유수流水 역사 판타지 장편소설

WISHBOOKS HISTORICAL FANTASY STORY

업어키운 여포 6

유수流水 역사 판타지 장편소설

초판 1쇄 찍은 날 | 2020년 7월 8일
초판 1쇄 펴낸 날 | 2020년 7월 15일

지은이 | 유수流水
펴낸이 | 권태완 우천제

기획 | 위시북스
편집책임 | 한준만
편집 | 위시북스

펴낸곳 | ㈜케이더블유북스
등록번호 | 제25100-2015-43호
등록일자 | 2015. 5. 4
KFN | 제2-42호

주소 | 서울시 구로구 디지털로31길 38-9, 401호
전화 | 070-8892-7937 팩스 | 02-866-4627
E-mail | fantasy@kwbooks.co.kr

ISBN 979-11-293-5969-8 04810
        979-11-293-5042-8 (set)

Wish Books
업어키운 여포
6
유수流水 역사 판타지 장편소설
WISHBOOKS HISTORICAL FANTASY STORY

목 차

1장
참교육이 필요하다

회계군 영홍현과 전당현. 장강과는 또 다른, 형주의 옥산이라는 곳에서 발원해 산길을 따라 굽이굽이 굽어져 바다를 향해 나아가는 절강의 줄기가 지나는 곳이다.

오랜 세월 끊임없이 산을 깎아내며 흘러온 강물 덕분에 곱게 갈린 산의 흙이 쌓여 토양이 무척이나 기름진 곳이기도 했다.

"그래서 이곳이 원래는 농사를 짓기가 참 좋은 곳이었단다. 하나 지금까지는 산월족과 우리 한족의 사이가 나빠 제대로 농사를 짓기가 어려운 땅이었지."

그런 영홍현에 있는 자그마한 마을의 중심부. 밑동만 남은 채 베인 커다란 나무 한 그루에 앉은 노숙이 어느덧 기다랗게 자라난 자신의 수염을 쓰다듬고 있다.

노숙의 주변으로 모인 아이들이 순수하고도 해맑은 얼굴로 그 모습을 쳐다보고 있었다. 피부가 까무잡잡한 아이도 있고, 노숙과 같이 비교적 밝은색인 아이도 있다.

　몇 년 전까지만 해도 서로 죽고 죽이며 치열하게 싸우던 한족과 산월족의 아이들이다. 그런 아이들이 함께 둘러앉아 손에 주먹밥 하나씩을 쥔 채, 어서 더 이야기해 달라는 얼굴로 노숙의 입만을 쳐다보고 있었다.

　"하지만 이제는 우리 주공께서 한족과 산월족 모두를 아우르고 계시단다. 너희도 십만지적을 들어봤겠지?"

　"저 알아요! 여포 님이랑 위속 님을 말하는 거잖아요?"

　한쪽에서 산월족 아이가 손을 번쩍 들며 말했다. 노숙이 흐뭇하게 미소 지으며 고개를 끄덕였다.

　"그래. 그분들께서 너흴 거두셨단다. 그 주먹밥도 그분들께서 주시는 게지."

　"저도 여포 님처럼 강한 사람이 될 거예요!"

　"저도요!"

　"나리! 저 궁금한 게 있어요. 위속 님은 엄청 똑똑하신 분 아니에요? 그런 분이 싸움도 잘해요?"

　바로 앞에 앉아 있던 아이의 머리를 부드럽게 쓰다듬던 노숙에게 또 다른 아이가 말했다.

　"그래서 더 대단한 거지. 일신의 무위만으로 친다면 천하에 주공을 따를 자가 없겠지만 총명함과 지혜로움으로 친다면 총군사를 따를 자가 없단다. 그만큼 대단한 분들이시지."

오랜 세월, 중원의 한족과 적대하며 반목해 온 산월족을 불과 몇 년밖에 안 되는 짧은 시간 동안에 함께 공존할 수 있게 한 것이 바로 위속이고 여포다.

비록 산월족 전체가 아니라 일부에 불과한 수준이긴 하지만 이것만으로도 엄청난 성과다. 장강 이남에서는 몇몇 지역에 한해서만 관의 행정력이 닿던 것이 지금은 장강 이남에서 절강 이북 전역으로 확대되었으니까.

"아주 훌륭한 분들이시지."

하루가 멀다고 벌어지던 산월족과의 싸움도 상당 부분 줄어들었고, 점으로 멀찌감치 떨어져 있던 여러 현을 돌아다니며 중앙의 명령을 전달하는 관리들이 공격당하는 일도 거의 없어지다시피 했다.

이러한 현상은 강남 전역에 대한 여포군 수뇌의 영향력이 공고해지도록 하는 데 지대하게 기여하고 있는 상황이었다.

북방에서의 전쟁이야 어떻게 되건 간에, 적어도 강남땅의 백성들만큼은 전란에 휘말리는 일 없이 평온하고 풍요롭게 지낼 수 있게 될 것이다.

노숙이 지금껏 바라 마지않던, 꿈과도 같은 이상향 속의 미래가 펼쳐지고 있는 것이었다.

"나리, 나으리."

"으응? 왜 그러느냐?"

"위속 님처럼 되려면 어떻게 해야 해요? 저도 위속 님처럼 되고 싶어요!"

"저 꽤 똑똑해요! 엄마가 저보고 엄청 똑똑하다고 했어요! 그 정도면 저도 총군사가 될 수 있을까요?"

그런 노숙을 향해 소년들이 더욱더 눈을 빛내며 떠들기 시작했다. 노숙이 난감하다는 듯 미소 짓고 있었다.

그러던 때.

뿌우우우우-

척, 척, 척.

저 멀리에서 뿔 나팔 소리와 함께 제식 행진의 발소리가 들려오기 시작했다.

노숙이 앉은 자리에서 몸을 일으켰다. 여포와 위속의 정착촌 순방 행렬이 다가오고 있었다.

"진짜 제대로 된 도시가 됐구만."

내가 알고 있는 이십일 세기의 도시와는 사뭇 다르지만, 지금의 이 시대에서라면 충분히 도시라고 부를 수 있을 거다.

당장 우리가 오면서 뿔 나팔 부는 소리를 듣고 모여든 사람만 수백 명이 넘는다. 지금도 저 뒤에서 계속 사람들이 몰려드는 중이고.

"어떤 것 같냐, 육손아. 저 정도면 다문화 도시라고 해도 되겠지?"

"예…… 다문화네요. 다문합니다."

내 제자로 들어온 지 벌써 사 년이 다 되어가는 육손이다. 처음 제자가 되었을 때까지만 해도 날 엄청나게 어려워하더니만, 이제는 대충 답하며 고개를 끄덕이기만 할 뿐이다.

'이 자식 봐라? 이제 좀 컸다 이건가?'

라고 말할까 하는 생각이 살짝 들었지만 굳이 그래야 할 필요가 없다. 어차피 이 자식, 오늘도 참교육을 당할 테니까. 으흐흐.

"육손아. 이따가 산월족 애들이랑 같이 편짜서 형님하고 대련하는 거 알지?"

"스승님."

"엉?"

"저 진짜 진지합니다. 오늘은 안 하면 안 될까요? 예?"

"응, 안 돼. 네가 해야지, 안 하면 누가 하냐. 내가 하리?"

내가 그렇게 말하는데 육손이의 눈이 동그랗게 커진다. 마치 이 말이 나오기를 기다렸다는 것처럼, 녀석의 표정이 환하게 밝아지고 있었다.

"스승님이 하시면 대박이죠. 그보다 좋을 수가 없습니다. 반응도 끝내줄 거고요, 병사로서 재능 있는 이들을 찾는 것도 겸하는 일이잖아요? 멀리에서 보는 것보다 스승님이 직접 함께 호흡하며 보시는 게 확실히 낫죠. 엄청 좋은 방법입니다."

"야. 내가 그 짓을 왜 해? 다 너 잘되라고 하는 짓인데 네가 맡아야지. 시도는 좋았으나 결과는 안 나올 거다. 전문 용어로 헛수고라는 거지. 흐흐흐."

"스승님이 대신하시면 주공께서 정말 기뻐하시지 않겠습니까?

저뿐만 아니라 다른 장수에게도 엄청난 가르침이 될 겁니다. 살신성인하는 그 자세가 많은 이들에게 본보기가 될 거라니까요?"

"응, 아니야. 물론 내가 나선다면 형님이 좋아하시긴 하겠지. 나도 마음 같아서는 너하고 같이 나서고 싶어. 그런 마음이 간절한데……."

"오, 정말이냐?"

"그야 당연히…… 엥? 에에에엥?"

"문숙 너도 나서고 싶다고? 으하하, 듣던 중 반가운 소리로구나."

갑자기 뒤에서 형님의 목소리가 들려온다.

나와 육손이가 서 있는 바로 뒤에 적토마가 서 있다. 그런 적토마 위에서 형님이 순수하게 기뻐하는 얼굴로 날 내려다보고 있었다.

"아니, 형님이 거기에서 왜 나와요? 병사들하고 앞에 서 있는 거 아니었어요?"

"우리 애들 제식 행진이 멀리서 보면 더 멋있더라고. 그걸 보고 있었지. 뒤로 오길 잘한 것 같다. 문숙 네 진심도 듣게 되고 말이야."

"아니, 아니이이! 형님, 제가 말하려는 건 그런 의미가 아니라요. 그게 무슨 뜻이냐면요."

"안다. 십만지적과 십만지적이 맞붙으면 어느 한쪽이 크게 다칠 수도 있겠지. 그러니까 네 녀석도 차마 내게 대련을 하자는 말을 못 하고 있던 것 아니냐?"

"예? 아니, 그게 아니라요. 그러니까 제가 말하려고 하는 건."

"오냐. 내 다 안다. 그래도 걱정하지 마라. 무인과 무인의 겨룸이다. 진검으로 하는 것도 아닌데 아무리 심해 봐야 뼈 조금 부러지는 거 말고 뭐가 있겠느냐? 먼저 가서 일 보고 있으마. 그러니까 넌 편하게 마음먹고 오너라. 전력을 다해서 상대해 줄 테니."

……뭐라고? 전력을 다한다고? 나한테? 형님이? 저거 여포잖아?

갑자기 눈앞이 하얗게 변하는 느낌이다. 전력을 다하겠다는 여포를 상대로 내가 어떻게 버텨? 설마, 나 여기에서 죽는 건 아니겠지?

갑자기 안 좋은 생각들이 마구마구 떠오른다. 목을 잘못 맞아서 즉사한다든지, 머리통을 잘못 맞아서 즉사한다든지. 사고는 얼마든지 날 수 있는 거잖아.

쓰벌……. 이번에는 진짜 망한 것 같다.

"함께 지내면서 불편한 건 없는가?"

"허어, 다툼이 있으면 함께 이야기를 나눠 감정을 풀어야지. 같은 마을에서 함께 살기로 한 사이이질 않은가. 이웃 좋다는 게 뭐라고? 자자, 그자를 데리고 와보시게. 본관과 함께 이야기해 보세나."

강남을 점령한 이후, 산양을 대신해 새롭게 우리 세력의 수도로 삼은 수춘에서 함께 나온 관리들이 마을 사람들의 민원을 접수해 그 이야기를 들어주고 있다.

산월족과 한족이라는, 서로 문화도 다르고 생김새도 다른 두 민족이 함께 뒤섞여 사는 곳이다. 적어도 한 세대, 두 세대 정도는 지나야 서로 함께 어우러져 지낼 수 있을 터. 그전까지는 계속해서 이런저런 혜택을 줘가며 함께 잘살 수 있도록 해줘야 한다.

그러니까 나도 같이 가서 얘기를 들어줘야 한다.

평소 같았으면 벌써 진즉에 그랬겠지. 죽간 몇 개 챙겨 들고 앉아서 사람들의 민원을 받아 적고 있을 거다. 해결해 줄 수 있는 건 내가 다 책임지고 해결해 주겠노라고 이야기하면서.

그런데 현실은……

"아오."

입이 방정이지, 진짜. 모든 재앙은 주둥아리에서부터 시작된다던 말이 갑자기 떠오른다.

아니, 하필이면 그 타이밍에 형님이 그 얘기를 들어? 무슨 운명의 농간도 아니고. 도대체 뭐야? 이게.

"군관이 되기만 하면 우리도 팔자 고칠 수 있는 거야. 매봉이, 알지?"

"안다. 십부장만 되면 가족들 먹여 살리는 건 문제가 없다면서? 후후, 내 꼭 주공의 눈에 띄어서 십부장이 되고야 말 거다."

"후우, 후우…… 할 수 있다, 할 수 있어."

울화통이 터지는 걸 억지로 참으며 육손이와 함께 서서 형님을 기다리는데 주변에 모인 사람들의 목소리가 들려왔다. 다들 긴장한 기색이 역력했다.

여기 모인 게 대충 서른 명이니까…… 으음, 이 사람들을 이용하면 뭔가 방법이 나오지 않을까?

"이봐들."

"예, 예?"

"다들 십부장이 되고 싶은 거지?"

"예에, 그렇습죠."

"그러면 나랑 같이해 볼래? 나도 너희랑 같이 형님하고 붙어야 하는 처지거든? 여기 이 녀석도 같이."

내가 육손이를 손으로 가리키며 말하자 장정들의 눈이 동그랗게 커진다.

"초, 총군사님께서 말씀이십니까요?"

"어, 어찌 저희가 총군사님 같은 분과 함께…… 안 될 말씀이십니다요."

"안 되긴 뭐가 안 돼. 나나 당신들이나 똑같은 사람인데. 부담 갖지 말고 잘해보자고. 어차피 각자 개인플레이를 해봤자 답 안 나와. 그냥 형님한테 한 대씩 얻어터지고 기절하는 거로 끝나겠지. 그렇게 해서 십부장이 될 수 있을 것 같아?"

대답이 없다. 다들 그냥 눈만 껌뻑이고 있을 뿐이다.

뭐, 이렇게들 반응하는 것도 무리는 아니겠지. 군대에서 일병, 이병들 데리고 참모총장이 같이 뭐 하자고 떠드는 꼴일 테니.

"방어진을 짜고서 조직적으로 싸워야 해. 우리 형님, 내 입으로 이렇게 말하긴 좀 그렇지만 완전 괴물이라 각자 싸우면 그냥 아무것도 못 하고 뚜드려 맞을 테니까 뭐라도 해야지. 내가 얘기하는 대로 같이들 해보자고."

"그, 그렇게 하면 저희가 십부장이 될 수도 있는 겁니까?"

"그거야 너희 하기에 달린 거지. 그래도 내가 하자는 대로 하는 게 조금이라도 가능성은 높을걸?"

"어떻게 하면 되겠습니까? 알려주십시오!"

장정들의 눈빛이 달라진다.

좋았어. 애들을 방패로 삼아서 조금이라도 형님의 힘을 빼고, 조금이라도 내가 덜 맞는 방법을 만들어야지. 이렇게라도 하지 않으면 난 진짜 죽을지도 모른다.

"너는 여기에서 있고, 너는 여기. 그리고 그쪽은 육손이랑 같이 있다가 형님을 가운데에 두고 사방에서 밀어붙이는 거야. 아무리 형님이라고 해도 사람이니까 무기로 공격하고 어쩌고 하는 것보단 아예 몸으로 달라붙어서 붙잡아 버리는 편이 조금이라도 승산이 클 테니까. 알았지?"

"예!"

"좋았어. 그리고 육손아. 너 잠깐만 나 좀 보자."

장정들을 데리고 두 개로 나눠진 보병 방진을 만들어놓고서 육손이를 향해 말했다. 녀석이 잔뜩 긴장한 얼굴로 고개를 끄덕이며 내게 다가오고 있었다.

"너나, 나나 진짜 이번엔 긴장해야 해. 까딱 잘못하면……

알지?"

"······예, 스승님."

"우리 살아서 보자."

"살아남아서 뵙겠습니다, 스승님."

육손이가 그렇게 비장하기 그지없는 얼굴로 이야기했을 때, 저만치에서 형님이 다가오기 시작했다.

평소엔 든든하기만 하던, 세상 모든 파도를 막아내 줄 것만 같던 형님이 지금은 악마처럼 두렵기만 하다.

나······ 진짜 멀쩡하게 살아남을 수 있을까?

계획은 원대했다.

육손과 내가 각각 하나씩의 보병 방진을 지휘하며 형님을 샌드위치처럼 감싸 버리고, 무기로 공방을 벌이며 제압하는 대신 아예 인간의 파도를 만들어 그대로 짜부라뜨리는 것.

형님도 인간이라면 힘이 아니라 질량으로 밀어붙이는 것에는 쉽게 대응하지 못할 거로 생각했다. 지금껏 그런 식으로는 형님을 상대하려 했던 자들이 없었으니 더더욱. 순간적으로 형님이 당황하거나 혼란스러워한다면 그대로 작전은 성공일 테니까.

나는 나대로 안 얻어터지고 끝낼 수 있어서 좋고, 우리 장정들은 형님을 제압하는 것에 성공해서 십부장이나 백부장이 될 수도 있을 테니 또 좋고. 허구한 날 형님을 상대로 대련하며 얻어터지기 바빴던 육손이도 오늘은 그냥 맞는 일 없이 넘어갈 수 있을 테니 역시나 좋을 터다.

그랬는데.

"장군, 괜찮으십니까?"

"아, 야. 아프다니까. 살살 좀 해!"

"최대한 살살 한 건데 그걸 가지고 아프다고 하시면 어쩝니까?"

후성이가 투덜거리면서도 멍이 든 등짝이며 팔이며 하는 곳에 약초 으깬 거를 발라주는데 그게 닿을 때마다 아프다. 무슨 갑옷까지 입은 상태로 목검에 뚜드려 맞은 건데도 이렇게 아파?

"다 됐습니다. 움직이지 마시고 이대로 주무세요. 의원이 그럽디다. 다쳤을 땐 그냥 다 필요 없고 쉬는 게 최고라고요."

"이 시대에도 그런 말을 하는 의원이 있어?"

"이 시대라뇨?"

"응? 아니야. 아무것도."

"쉬십쇼, 장군."

후성이가 묘한 눈으로 날 쳐다보더니 문을 열고선 그대로 나간다.

나랑 같이 다닌 지가 벌써 십 년이 다 되어가서 그런가, 어째 쟤는 나한테서 뭔가 묘한 걸 느끼는 것 같다. 말을 안 해서 그렇지, 이렇게 묘한 눈으로 쳐다보는 경우가 한두 번이 아니니까.

"참, 오늘 보름달 뜨는 날인 거 아시죠? 푹 주무실 수 있도록 제가 조치하겠습니다."

"오냐."

지금만 하더라도 그렇다. 굳게 닫혔던 문을 살짝 열어선 저렇게 말하고 가는데 확실히 이 세상에서 나에 대해 가장 잘 아는 게 후성이고, 그다음이 제갈영일 거다.

이거 완전 오피스 와이프…… 는 너무 끔찍한 소린가?

쏴아아아아-

'뭐야?'

혼자 누워서 이런저런 생각을 하고 있었는데 갑자기 바람 소리가 들려온다.

정신을 차리고 보니 어느덧 방 안에 안개가 가득하다. 형님한테 맞아서 아프던 것도 이제는 느껴지질 않는다. 확실히 꿈속에 들어온 모양.

"흐, 좀 낫네. 역시 사람은 등 따시고 배부르고 안 아픈 게 최고라니까."

그런 삶을 위해서 열심히 일하고, 노력하는 거겠지.

나도 이제 얼마 안 남았다. 자리도 거의 다 잡혀가고, 부하며 제자들이며 다 빵빵하게 세팅해 놨으니까. 좀 있으면 진짜 '리얼'로다가 놀고먹으면서 지낼 수 있겠지. 생각만 해도 기분이 좋아진다.

흐흐. 히히히.

기분 좋게 웃으며 머리맡에 놓여 있던 핸드폰을 집어 들었다.

"채팅방은…… 쯧, 없구만."

지난번에 한 번, 채팅방이 생기기에 계속해서 들어갈 수 있는 건가 보고 있는데 그 이후로는 한 번을 안 열린다. 그냥 그때가 특별했던 모양.

"어디 이번엔 또 누가 우릴 공격하려 드는지 볼까."

강남을 점령한 지 올해로 사 년째, 아직은 당장 우릴 어쩌겠다는 얘기가 보이질 않는다. 대부분 칠 년, 팔 년이 지나고 난 다음에서야 원소가 유표와 손을 붙잡고 우릴 대대적으로 공격하기 시작했다는 얘기일 뿐이다.

'그래도 혹시 모르니까 계속 꾸준히 봐야지.'

내가 그렇게 생각하며 몇 가지 단어들을 키워드로 놓고 검색하고 있었는데, '삼국지 시대 전체를 통틀어서 위속만큼 백성한테 잘해준 사람 없는 듯. 다들 ㅇㅈ?' 이란 글이 시야에 들어왔다.

흐흐. 갑자기 궁금해진다.

〈진짜 내가 제일 좋아하는 게 조조이긴 하지만 위속은 ㄹㅇ 인정할 수밖에 없는 것 같음. ㅋㅋㅋㅋ 위속 아니었으면 초나라 병사도 그렇고 백성도 그렇고 여포한테 그렇게 충성도 100 못 찍었을 것 같음;; 형들도 ㅇㅈ하심?〉

   └위속학원원장: 솔직히 중국사 전체를 통틀어서 올타임 넘버원이 위속임; 아니, 병사들 가족이 공격당할 수도 있다고 자기 군주 설득해서 자살 특공대나 마찬가지인 병력 꾸려다가 북연주로 쳐들어간 게 위속이잖습;;; 후대에 그런 사람이 누가 있음?

   └대군사가후: 솔직히 나 조조빠지만 진짜 이 부분은 인정. 지금 중국 정치하는 놈들이 위속 반만 따라갔어도…….

   └최강미모저수지: 얼ㅋㅋㅋㅋㅋㅋㅋ 바랄 걸 바라셔야졈ㅋㅋㅋㅋㅋ ㅋㅋㅋㅋㅋ 삼국지 시대 끝나고도 왕들이랑 재상이 위속을 본받겠다고

그렇게 떠들었는데 그거 반이라도 따라간 사람 누구 있음? 위속은 걍 이레귤러임. ㅋㅋㅋㅋㅋㅋㅋㅋ

⌐효기교위: 사실상 사회 복지사의 원조 아닙니까. 산월족이랑 한족이랑 동화시킨다고 회계에다가 새로 도시 만들면서 관리들 데려다 민원 해결해 주고 복지 챙긴 건 진짜…….

⌐원술을한방에: 여포가 그 산월족 중에 잘 싸우는 놈 찾겠다고 따라다닐 때 산월족이랑 편 먹고 여포랑 대련하던 건 진짜. ㅇㅇ 그거 이후로 반림 밑에 있던 산월족 민심이 확 기울었잖음. 그거 아니었으면 동화 작업도 지지부진했을 듯.

⌐육손믹서기: 전 정말 전풍이 염황인가? 사람 보내서 산월족이랑 위속이랑 이간질하지만 않았으면 역사가 달라졌을 거라고 봐요. 동화 작업이 이십 년은 더 당겨졌을 텐데……. 그랬으면 초나라가 천통했을 것 같음…….

⌐갓갓쯔쯔: -.-a 염황이 진짜 신의 한 수였죠. 노숙 건의받아서 위속이 딱 산월족 정착지에 학당 세워서 완공 일자까지 받아놨는데 완공 일자에 딱 맞춰서 선동 들어가 버렸으니……. 그거만 아니었으면. ㅎㅎㅎㅎㅎ

"뭐야……."

갑자기 이간질이라니? 내가 산월족들한테 해주던 게 달라지니 그에 맞춰서 무릉도원의 역사도 갱신되어 글이 올라온 모양인데…… 이간질이라?

"하, 전풍 이 자식."

한동안 조용해서 진짜 자기들 내정 다지는 것에만 열심인 줄 알았더니 뒤에서 이런 짓거리를 꾸미고 있었어?

자료를 찾아야 한다. 전풍이 도대체 무슨 짓거리를 어떻게 해댔던 건지. 그게 어떤 방식으로, 누구의 협조를 받아서 성공할 수 있었던 건지. 무조건 찾아야 한다.

"……."

언제나 그렇듯, 일정한 시간이 지나자 꿈속의 모든 것들이 녹아내리더니 눈이 떠졌다.

잠에서 깨어남과 동시에 나는 가만히 눈을 껌뻑이며 천장을 응시했다.

"전풍…… 이걸 어떻게 참교육을 시켜주지?"

그놈이 뭘 어떻게 꾸몄는지는 파악이 끝났다. 이제 남은 건 내가 파악한 것들을 가지고 전풍에게 한 방, 제대로 먹여주는 일이다.

물론 그 과정에서 그놈이 계획하고 꾸몄을 이간계를 수포로 만들어주는 것도 해야 할 테고.

"일단은…… 어라?"

뭐지? 몸이 지나치게 개운하다.

분명 잠들기 전까지만 하더라도 온몸에 시커먼 멍투성이였다. 덕분에 그냥 살짝 몸을 움직이는 것만으로도 고통이 엄청 심했는데 지금은…….

"뭐야. 멍이…… 없어?"

등판에 가득하던, 팔이며 옆구리며 할 것 없이 형님에게 목 검으로 난타당해 온몸에 생겨났던 멍이 흔적도 없이 사라져 있었다.

📱

기주, 발해성.

그곳에서 전풍은 자신의 앞에 잔뜩 쌓인 죽간을 노려보고 있었다. 그 죽간 대부분이 강남에서 보내져 온, 위속이 벌이는 일들에 대한 보고였다.

"산월족의 동화 정도가 위험한 수준이라고? 이게 말이 된다고 보느냐?"

수하가 급한 것이라며 건넸던 죽간을 한쪽에 휙 던지며 전 풍이 말했다.

"위속이 산월족과의 동화를 위해 새로이 만든 산현에 여러 관리를 배치하여 백성의 복지라는 것을 챙기고 있습니다. 두 세 달에 한 번씩 여포가 직접 병사를 이끌고 산현의 여러 마 을을 돌며 위무하고 있기까지 하답니다."

"일시적인 게 아니었더냐? 계속해서 꾸준히 백성들을 만나 며 그들을 보듬는다고? 그 여포가?"

"예, 군사님."

수하, 염황이 고개를 숙이며 말했다.

전풍이 어이가 없다는 듯 염황의 그 모습을 응시하더니 손가락으로 자신의 앞에 놓인 책상을 톡톡 건드리기 시작했다.

그러길 잠시.

"확실히 지금 손을 쓰지 않으면 어렵겠군. 알았으니 너는 이만 물러가 보도록."

염황을 보내고서 전풍은 곧장 움직이기 시작했다. 그런 전풍이 향하는 것은 원소의 사공부였다.

"예까지는 어인 일로 오신 겝니까?"

그런 전풍이 사공부에 들어섰을 때, 익숙한 목소리가 들려왔다.

곽도다. 사공부 앞에 세워 두었던 마차를 향해 걸어가던 곽도가 전풍의 모습을 발견하고선 씩 웃고 있었다.

"청주 자사를 뵙고자 왔소."

"첫째 공자가 청주 자사직에서 해임된 지가 언제인데 아직도 자사 타령이오? 하루가 멀다고 세상이 달라지는데 그것도 모르고 아직까지들 이러고 있다니. 내 개탄스럽기가 그지없소이다."

"호오, 그렇소이까?"

"참으로 그러하오. 이러니 주공께서도 그대들을 멀리하시는 게 아니겠소이까."

곽도의 미소가 비웃음으로 변해간다.

전풍은 덤덤한 얼굴로 그런 곽도의 모습을 응시했다. 자신을 비웃고, 원담을 조롱하는 것이지만 화가 나기는커녕 그냥 귀엽다는 느낌밖에 없다. 겨우 이걸로? 라는 생각마저 머릿속에서 떠오를 정도였다.

"날 자극하려면 위속 정도는 되어야 할 거외다. 총군사와 방군사, 청주 자사 역시 마찬가지일 것이고. 그대의 조롱은……."

곽도를 위아래로 훑어보던 전풍이 부드럽게 미소 지으며 말을 이었다.

"뭐가 없소. 상대를 자극하려고는 하는데 정작 자극적인 건 없는, 몹시 밍밍한 맛이랄까? 전장에 나아가 그런 식으로 했다간 오히려 적들이 즐거워하겠구려."

"뭐, 뭐라?"

"좀 더 정진하시오. 내 곽 선생의 조롱에 소리를 지르며 피를 토하게 될 날을 고대하리다."

곽도의 어깨를 가볍게 툭툭 두드려 주고서 전풍이 그 곁을 지나 원담의 처소를 향해 움직이기 시작했다.

그런 전풍의 뒷모습을 응시하던 곽도의 얼굴이 시뻘겋게 달아올라 있었다.

"원호. 무슨 일인가? 이리 갑자기 보기를 청하다니."

원담의 처소. 그곳에서 원담과 함께 기다리고 있던 저수가 반문했다.

전풍이 싱글벙글 웃는 낯으로 원담을, 저수를 향해 포권하더니 품속에서 죽간을 하나 꺼내 내밀고 있었다.

"이게 무엇인가?"

"위속이 산월족과 한족이 함께 살도록 새로이 만든 산현에서 병사들을 모으고 있다는 것을 확인한 보고입니다."

"위속이 산월족을 병사로 받아들이고 있다고?"

"예. 생각하는 것만으로도 짜릿하지 않습니까? 드디어 위속 그놈에게 한 방 크게 먹힐 기회가 온 겁니다. 이건 어떤 식으로든 트집을 잡아서 일을 키울 수 있어요. 으흐흐흐."

곽도를 상대하던 때의 그 모든 것을 달관한 것 같은 표정과는 비교도 되지 않을, 온갖 해묵은 원한과 증오가 단번에 묻어나오는 얼굴로 전풍이 음침한 웃음을 흘렸다.

"성공 가능성은? 위속 놈에게 먹일 수 있을 것으로 예측되는 피해의 규모는? 어느 정도지? 어디까지 계산하고 있나?"

"잘만 된다면 저 멀리 남쪽의 절강 인근까지 확장됐던 여포의 영향력을 장강 부근으로 쫓아낼 수 있습니다. 더 잘 된다면 산월족 전체가 여포의 적이 되어 십 년 이상 그 후방을 어지럽힐 수 있고요. 그리고 더욱더 잘한다면……."

말을 멈추며 전풍은 저수의 얼굴을 응시했다. 전풍의 한쪽 입꼬리가 높이 치솟아 있다.

그 모습을 지켜보고 있던 저수와 원담은 그것만으로도 전풍이 이야기하는 게 무엇인지를 알아차릴 수 있었다.

"그렇게만 된다면 더할 나위 없이 좋지. 산월족 사이에 깔아두었던 조직을 모조리 잃기는 하겠지만 어디 그까짓 게 대수겠는가? 자사, 소생은 찬성입니다. 이 기회를 놓쳐서는 안 될 것입니다."

위속에 대한 집착을 넘어 약간은 광기에 비슷한 감정까지 묻어나오는 전풍의 곁에서 저수가 말했다.

가만히 그 모습을 지켜보던 원담이 미간을 찌푸렸다.

"그래서 뭘 어쩌겠다는 것이오? 산월족을 병사로 받아들이고 있으니 그들을 선동해 사졸들의 반란이라도 유도하겠다는 것이오?"

"할 수 있는 것은 참으로 많습니다만 개중에서도 가장 효과가 좋을 것은 반림이 산월족 전체를 여포에게 팔아넘겼고, 여포는 산월족을 자신의 백성들 대신 전장으로 내몰아 어부지리를 취하려 한다며 유언비어를 퍼뜨리는 겁니다."

"산월족을 전장으로?"

"위속이 산월족 병사 중 용력 있는 자들을 받아들이는 건 결국 유포를, 우리를 공격하기 위함입니다. 산월족을 전장에 세우려는 건 진실이니 거기에 거짓을 섞는 겁니다. 나아가 그렇게 산월족을 전장으로 세워 싸울 수 있는 사내를 몰살시키고, 나머지 일족을 처단해 땅을 뺏으려 한다는 소문을 퍼뜨린다면."

"원수가 되겠군. 일단은 그게 먹혀야 하겠지만."

"먹힐 겁니다. 위속이 이것까지 모두 방비하기엔 지켜야 할 범위가 너무 넓습니다. 거대하게 펼쳐져 있는 적의 약점을 파고드는 꼴이니 열에 여덟은 성공하겠지요. 나쁘지 않은 계책입니다, 자사."

가만히 전풍과 원담이 나누는 이야기를 듣고만 있던 저수가 말했다. 원담이 저수를, 전풍을 한 차례씩 쳐다보더니 작게 한숨을 내쉬었다.

"이번엔 확실한 것이오?"

"십 할이라고는 할 수 없어도 팔 할은 됩니다. 자사께서는 이러한 순간을 위해 자산을 들어 간자 조직을 만든 것이잖습니까."

"이러한 상황을 위해서였지. 그대의 말대로지. 그러니까……."

원담이 앉아 있던 자리에서 벌떡 일어섰다. 그런 원담이 강렬하기 그지없는 눈빛을 쏘아내며 전풍을, 저수를 향해 말했다.

"부디 위속의 목을 베길 바라오."

"감사합니다, 자사. 실망하시지 않도록 하겠습니다."

전풍이 원담을 향해 포권하며 인사하고선 저수와 함께 그 처소를 빠져나왔다. 그러면서도 전풍은 계속해서 싸늘하기 그지없는 얼굴로 주먹을 움켜쥐고 있었다.

"원호. 정말로 열에 여덟은 성공할 것 같소?"

"산월족은 미개합니다. 비하하고자 하는 게 아니라 정말로 문명의 발전이 더디지요. 치열한 정치 놀음도 없고, 음모와 모략 역시 없습니다. 그러한 것을 경험한 적도 없으니 손쉽지요."

"그대의 말대로 그러하였으면 좋겠소만 너무 속단하지는 맙시다. 상식적으로 생각해서 우리가 이겨야 할 수밖에 없는 전투도 말도 안 되는 기기묘묘한 뭔가로 인해 번번이 패했소. 이번 역시 그러한 일이 반복될 수도 있을 터."

"그건 물론…… 그리해야겠지요. 그래도 이건 확실합니다. 승산이 있어요. 이런 기회를 놓친다면 앞으로도 우리가 할 수 있는 것은…… 흠?"

산월족이 여포에게 등을 돌리고, 간신히 안정을 찾아가던 강남이 다시 혼란에 빠질 그 광경을 상상하며 이야기하던 전풍에게 사공부 입구를 지키던 부장 하나가 다가왔다.

그 부장이 혼란스러워하는 얼굴로 전풍을 쳐다보고 있었다.

"저어, 선생. 누군가 이런 것을 선생께 전하라 하였습니다."

그러면서 돌돌 말린 죽간을 내밀기까지.

"이게 뭔데 전하라는 것이더냐?"

"읽어보면 알 것이라 하기에 소장이 읽어보았는데 그것이…… 실은 위속이 보낸 것 같습니다."

"뭐, 뭐라?"

전풍의 눈이 동그랗게 커졌다. 그러면서도 전풍은 황급히 죽간을 펼쳐 그 내용을 확인하기 시작했다. 그것은 함께 서 있던 저수 역시 마찬가지.

"나 위속은 전풍 네가 이번 여름에 할 일을 알고 있다…… 라고? 하, 이자가 진짜. 누굴 천하에 다시 없을 멍청이로 아는 것인가."

"이건 위속이 무리수를 던진 게 확실한 것 같군."

"그러게 말입니다. 책사란 무릇 잠에서 깨어남과 동시에 잠들기까지 항상 적들을 상대하기 위해 고민하는 자이거늘, 이리 새삼스레 여름에 할 일을 알고 있다고 헛소리를 늘어놓다니."

"무슨 일 있습니까?"

저수가, 전풍이 피식 웃으며 위속을 비웃고 있을 때 멀찌감치 뒤쪽에서 성큼성큼 사공부의 대문을 향해 걸어오던 장합이 말했다.

장합이 호기심 가득한 얼굴로 전풍을, 그가 손에 쥐고 있던 죽간을 번갈아 쳐다보고 있었다.

"위속이 웬 놈을 시켜서 내게 전하라 했다더이다. 아마 지금쯤이면 이걸 건넨 놈은 성 밖으로 도망치고 있겠지. 어디, 장군도 한번 보시겠소?"

전풍이 죽간을 내밀었다. 그것을 살핌과 동시에 장합의 미간이 좁혀지고, 그 얼굴이 딱딱하게 굳어졌다.

"뭔가 계획하고 계신 겁니까?"

"계획이야 언제나 하고 있지. 그래도 걱정하지 마시오. 이건 어디까지나 위속 그놈이 허장성세하는 것에 불과하니까."

"하지만 선생. 다른 사람도 아니고 위속이질 않습니까. 만약 이 죽간의 내용처럼 여름에 맞춰 진행할 일이라면……."

"그 계획을 확정한 게 방금이오. 위속이 내게 이걸 보낸 건 아무리 짧게 잡아도 한 달 전일 것이고. 제 놈이 신이 아니고서야 내가 오늘 무엇을 계획할지 어찌 알고 경고한단 말이오? 이건 허장성세요."

"확실히 그렇기는 합니다만……."

말꼬리를 흐리며 장합이 걱정스럽다는 듯 전풍의 모습을 응시했다.

"걱정할 거 없소. 이게 잘못되면 내 앞으로 죽을 때까지 여자 옷이라도 입고 다니리다."

"서, 선생?"

전풍이 그렇게 이야기했을 때, 장합이 흠칫하며 그를 쳐다봤다. 한쪽에서 공손히 두 손을 모은 채 서서 그들의 대화를 지켜보고 있던 문지기 부장 역시 마찬가지.

"으하하. 괜찮소, 괜찮아. 이번에야말로 위속이 낭패를 보게 될 터이니. 지켜보시구려. 가시지요, 총군사."

자신만만한 목소리로 껄껄 웃으며 전풍이 저수와 함께 자신들을 기다리고 있던 마차에 올랐다.

장합은 걱정스럽다는 얼굴로 그 모습을 한참 동안이나 지켜보고 서 있을 뿐이었다.

"스승님께서 이런 걸 보내오셨다고?"

연주, 산양성. 한때 여포의 안방이자 세력 전체의 중심부였던 그곳의 태수부에서 위속이 보내왔다는 죽간을 확인하던 제갈량이 반문했다.

어느덧 스물을 넘어 이십 대 중반이 되어가는 제갈량이다. 소년의 티를 벗고 한 명의 남자로서 자라난 백의 장삼 차림의 제갈량이 여유롭게 백우선을 흔들며 자신의 앞에 서 있는 손권의 모습을 응시하고 있었다.

"사형이 보기엔 어때요? 내 지금껏 스승님을 따르며 수도 없이 많은 것을 보아왔으나 이건 좀…… 정말 모르겠다니까요?"

"권이 네가 보기엔 스승님께서 저수와 전풍의 머릿속을 들여다봤다는 것이 못 미더운 거냐?"

"아니, 사형은 내가 스승님을 못 믿을 것처럼 보여요? 그냥 좀 의아하다는 거지. 내가 여기까지 오면서 뭘 했는지 압니까? 발해군으로 사람을 보내 전풍의 앞으로 죽간을 보냈어요. 스승님은 네놈이 이번 여름에 무슨 일을 할지 알고 있다는 내용이 적힌 거로."

"그게 뭐가 어때서?"

제갈량이 반문한다. 한 달도 더 전에 위속이 저수와 전풍의 행동을 미리 예측해 이런 일들을 진행한다는 것이 전혀 이상하지 않다는 것처럼.

그 모습을 지켜보던 손권이 고개를 갸웃거렸다.

"이건 마치…… 미래를 읽는 것과 같잖습니까. 예측이 아니라 예지의 영역 아니에요?"

"이게? 예지라고? 하하, 중모. 네 녀석은 아직도 스승님을 모르는 것이냐?"

"예?"

황당하다는 듯 손권이 눈을 동그랗게 떴을 때, 제갈량이 작게 웃으며 백우선을 내려놓더니 자리에서 몸을 일으켰다.

손권보다 머리 하나는 더 큰 제갈량이다. 그가 뒷짐을 진 채 창가로 걸어갔다.

그런 제갈량의 시야에 들어오는 것은 위속이 이곳 태수부에 머물던 시절, 직접 만들었던 정원의 모습이었다.

"스승님께서는 예지를 하신 게 아니라 예측을 하신 거다. 생각을 해봐라. 하북은 호시탐탐 우릴 공격할 기회만을 노린다.

우리가 강성해지는 것은 결코 바라지 않지. 우리를 약하게 만들 기회가 있다면 그들은 절대 놓치지 않을 터다. 맞지?"

"그거야 당연히……."

"그러니까 이건 스승님께서 의도하신 빅 픽쳐라는 거다."

"비, 빅 픽쳐라고요?"

"그래."

한 번 들어본 기억이 있다. 빅 픽쳐. 큰 그림이라는 의미에서 위속이 사용하는 표현이다.

그렇다는 것은…….

"설마, 스승님께서는 이 모든 걸 예상해서 하북에게 약점으로 보일 만한 것들을 직접 만들어 내보이셨다고요?"

"오냐. 산월족과 반목하는 상태가 유지된다면 우린 북방이 오환이나 흉노를 방비하듯 끊임없이 후방을 걱정해야 한다. 그러나 산월족과 한족의 동화에 성공한다면 강남땅 전체에 대한 통제력이 강해지지. 나아가서는 그 옛날, 초패왕의 전설을 펼쳐 보일 수도 있고."

"그, 그렇겠죠. 주공께서 바라시는 게 바로 그런 거 아닙니까."

"주공께서?"

주공은 그런 걸 생각하지 않으실걸?

제갈량이 들릴 듯 말 듯한 목소리로 중얼거리더니 말을 이었다.

"스승님께선 약점을 노출하고, 전풍과 저수가 그것을 공격하길 유도하신 거다. 그 과정에서 널 시켜 전풍과 저수가 방심하고 스승님을 비웃도록 하기까지 하셨지. 이 모든 것이 무엇을 위함이라고 보느냐?"

손권은 아무런 말도 하지 못했다. 그저 가만히, 눈동자만 껌 뻑이고 있을 뿐.

"이렇게 생각해 보자꾸나. 스승님께서 어째서 계속해서 병력을 충원하고, 훈련에 열을 올리시는 것 같으냐?"

"그거야 당연히…… 적들의 공격에 대비하는 거 아닙니까?"

"반만 맞았다. 스승님께서는 형주를 공격해 그곳을 주공의 땅으로 만들고자 생각하고 계시지. 하북에 비하면 반쪽짜리 연주나 예주, 서주, 강남의 인구는 보잘것없는 수준이지 않느냐."

"그러니까 스승님께서는 형주를 공격하기 위해 약점을 드러내고, 공격을 유도했으며 나아가 저수와 전풍을…… 설마?"

손권의 눈이 지금껏 그 어느 때보다도 더 동그랗게 커졌다.

"이제야 스승님의 큰 뜻을 이해한 것이냐?"

"제, 제가 생각한 게 맞는 겁니까?"

"비록 만날 때마다 연전연승을 거두었다고는 하나 저수와 전풍은 분명 하북에서 내놓을 수 있는 가장 유능한 책사다. 그들의 손발을 묶어놓을 수만 있다면 스승님께선 마음 편히 내게 북방의 방비를 맡겨놓은 채 형주를 정벌하는 것에 집중하실 수 있겠지. 이게 바로 빅 픽처라는 거다."

제갈량이 손권의 어깨를 가볍게 두드리며 다시 자신의 자리로 돌아가 앉아 붓을 들었다.

"저수와 전풍의 마무리는 내가 하도록 하마. 권이 너는 이 사형이 하는 걸 보고서 잘 배우도록 해라. 그래야 네 녀석 역시 언젠가는 스승님의 명을 받들어 중임을 맡지."

"아, 알겠습니다."

제갈량이 손에 쥔 붓이 춤을 춘다. 붓대가 쉴 새 없이 움직이길 잠시, 발해군에 잠입해 있을 간자들에게 보내지는 명령이 완성되었을 때 손권은 그것을 들고 움직이기 시작했다.

"저수와 전풍…… 지금이라면 그들을 상대하는 것도 해봄직은 할 것 같은데. 아쉽군."

📱

"……황상은 아직인가?"

몹시 언짢다는 듯, 인상을 찌푸린 채 태사의에 앉은 원소가 좌중을 둘러보며 말했다. 그런 원소의 모습에 저수와 전풍, 방통을 비롯한 여러 책사와 관료들이 고개를 조아린 채 입을 다물고 있었다.

"황실의 조정이 오늘날까지 존속함은 오직 나 원소에 의함이다. 헌데도 황상은 각지의 제후에게 걸맞을 관직을 내리는 일조차 이리도 질질 끌기만 한단 말인가!"

쾅!

태사의의 팔걸이를 주먹으로 내려치며 원소가 쩌렁쩌렁하기 그지없는 목소리로 외쳤다.

황제를 손아귀에 쥐고 있다 한들, 관직을 내리지도 않고 봉작을 내리지도 않으며 가만히 눈만 껌뻑이고 숨만 쉬고 있다면 자연히 조정의 권위가 훼손될 수밖에 없다.

그랬다간 황실을 옹립하며 천하를 자신의 의지대로 쥐고 흔들고자 하는 원소의 정치적 야심 역시 흐지부지될 수밖에 없을 터. 원소는 일부러 더욱더 분노한 양 목소리를 높이며 신료들의 모습을 응시했다.

하지만 그런 원소의 분노에 반응하고자 하는 것은 오직 두명, 곽도와 허유 두 사람일 뿐이었다.

"주공. 신 등에게 맡겨주소서. 신들이 황상께 간언하여 밀린 일들을 해결하겠습니다."

곽도가 한 걸음 앞으로 나오며 말했다.

"황상께서 지난날 동 태사의 폭정에 괴로워하고 계시니 신이 직접 황상을 알현하고 그 고통을 덜어드릴 것이니 허락하여 주십시오."

허유 역시 마찬가지.

두 사람이 나섰음에도 여전히 고개를 숙인 채, 시선조차 피하고 있는 다른 신료들의 모습을 응시하며 인상을 찌푸리던 원소가 작게 한숨을 내쉬었다.

곽도와 허유, 두 사람을 제외한다면 황제를 압박해 자신이 원하는 바를 이루어주고자 하는 이가 없는 것이나 마찬가지. 바꾸어 말하자면 원소 그 자신을 대신해 역사의 심판대에서 모욕당하길 자처하는 충신은 그 둘이 전부라는 의미였다.

"이리도 내 마음을 알아주는 자들이 없어서야…… 쯧."

나지막이 중얼거리던 원소의 시선이 곽도와 허유 두 사람을 향했다.

"확실한 방법이 있겠는가?"

"예. 신 등이 책임지고 황상께 간언할 것이니 주공께서는 심려치 마십시오."

"그리하라."

두 사람이 공손하기 그지없는 몸놀림으로 읍하며 종종걸음으로 외당을 빠져나가는 모습을 지켜보던 원소가 답답하다는 듯 냉수를 벌컥벌컥 들이켰다. 마치 커다란 돌덩이가 들어가 앉은 것처럼 가슴이 답답했다.

"오늘은 이쯤에서 파하도록 하지. 담이와 상이는 나를 따르거라. 성내를 시찰할 것이다."

이럴 땐 밖으로 나가 성내를 시찰하는 게 최고다. 백성들이 어떻게 살아가는지, 하북의 근거지로 삼은 이곳 발해군이 발전해 나가는 모습을 지켜보고 있노라면 가슴이 약간은 편해지곤 했으니까.

원소는 그렇게 생각하며 시종들의 도움을 받아 채비를 갖추고서 말에 올랐다. 그것은 원담과 원상, 그리고 저수와 전풍을 비롯한 열 명 남짓한 가신들 역시 마찬가지였다.

"슬슬 우리도 노선을 확실하게 정하는 게 좋을 것 같습니다."

원담과 원상의 뒤편에서 저수와 말 머리를 나란히 한 채로 움직이며 전풍이 나지막이 말했다.

"나도 같은 생각일세. 주공의 압박이 날이 갈수록 강해지니…… 더는 버티기가 어려울 것 같군."

원담과 원상의 후계자 경쟁에 한 발씩을 걸친 채로 있는 두 사람이다.

원소의 애정이 잔뜩 쏠린 원상이 아닌, 원담을 공공연히 지원하는 만큼 계속해서 원소의 뜻을 알면서도 모른 척했다간 괘씸죄를 뒤집어쓸 수도 있는 일. 역사의 앞에서 오욕을 당하더라도 당장을 도모하기 위해선 참고 견뎌야 할 수밖에 없으리라.

저풍이 그렇게 생각하고 있을 때.

두두두두두-!

원소의 사공부를 향해 정신없이 말 달리는 말단 장수 하나가 그들의 앞에 나타났다.

"주, 주공?"

생각지도 못하게 원소를 발견한 장수가 당황해하며 멍하니 자신의 앞에 펼쳐진 행차를 쳐다보고 있었다.

원소가 인상을 찌푸렸다.

"무슨 일인데 이리도 호들갑을 떠는 것이더냐?"

"그, 그것이."

"어허. 주공께서 하문하고 계시지 않느냐. 어서 고하지 못할까?"

뒤이어 터져 나온 누군가의 호통에 장수가 눈을 질끈 감고선 소리쳤다.

"저자에 사람 하나가 매달렸습니다!"

"사람이 매달리다니? 교수형이라도 당했다는 것이냐?"

"그, 그것이 아니오라 산 채로 묶여 매달렸다 합니다."

"산 채로?"

원소가 인상을 찌푸리며 주변을 돌아보았다. 누군가 아는 것이 있느냐는 얼굴이다.

하지만 대답이 나올 리가 만무했다.

"답답한 놈들 같으니라고. 안내하거라. 내 직접 가서 볼 것이다."

"예, 주공!"

장수가 허겁지겁 말을 몰아 원소를 저잣거리로 안내하기 시작했다.

그것은 전풍 역시 마찬가지.

'사람이 매달리다니?'

죄를 벌하고자 목을 매달아 죽이는 것이라면 또 몰라도 산 채로 매다는 경우는 없다.

죽이지도 않을 것이면서 백성들의 앞에서 매단다는 것은 결국 모욕을 주는 게 목적이라는 일. 하지만 그런 처벌을 받을 자 역시 전풍이 알기론 없었다.

"설마……."

문득 며칠 전, 산월족과 여포의 사이를 갈라놓기 위해 보냈던 염황의 얼굴이 전풍의 머릿속에서 떠올랐다.

전풍은 애써 그 얼굴을 지웠다. 염황이 그런 일을 당했을 리가 없으니까.

곧이어 저잣거리 한가운데 기둥에 매달려 허우적거리는 자의 목소리가 들려왔다.

"으읍, 으으으으읍!"

동시에 전풍의 눈이 동그랗게 커졌다. 몹시 익숙한 목소리였다.

"염황? 저것은 염황이 아닌가?"

입이 틀어막힌 채 매달린 그 얼굴을 알아보고서 원소가 말하는 목소리 역시 마찬가지.

좌중의 시선이 모조리 전풍과 저수를 향해 집중되기 시작했다. 전풍과 앙숙이나 마찬가지였던 신비가 어이가 없다는 얼굴을 하고 있었다.

"전풍. 어째서 그대의 심복이 저 꼴이 되어 있단 말이더냐?"

"그, 그것이."

전풍의 눈가가 파르르 떨리기 시작했다. 심장이 쿵쾅쿵쾅 뛰고, 피가 쏠리며 얼굴이 붉게 달아오르기 시작했다. 원소의 시선이 염황을 향하면 향할수록 전풍의 심장은 더욱더 거세게 뜀박질하고 있었다.

"주공. 신이 듣기로 전 군사가 총군사와 함께 위속을 상대로 계책을 내었다 합니다."

"계책을 낸 것과 저게 무슨 상관이란 말이더냐?"

"위속이 사람을 보내 사전에 총군사와 전 군사의 계책을 간파하였음을 알렸음에도 불구하고 강행하였다가 낭패를 본 듯싶습니다."

"뭐라?"

"주, 주공. 그것이 아니오라."

"게다가 전 군사는 이 일이 실패하였을 시, 평생에 걸쳐 여인네의 옷만을 입고 살 것이라 단언하였다 합니다."

"허."

어이가 없다는 듯, 헛웃음을 내뱉으며 원소가 전풍의 모습을 응시했다.

벌겋게 달아오른 전풍을 응시하며 원소가 한심하다는 듯 고개를 절레절레 흔들고 있었다.

"계책을 실패한 것으로도 모자라 아예 위속 그놈에게 무슨 짓을 할지도 다 들킨 상태에서 강행을 하였다? 저수, 전풍. 그대들이 제정신이란 말인가?"

"소, 송구합니다. 주공."

전풍이 입술을 질끈 깨물며 고개를 숙인 채 말했다.

저수는 아예 이런 상황을 맞이하는 것에 달관했다는 듯, 눈을 질끈 감은 채 아무런 말도 하질 않고 있었다.

📱

저벅, 저벅.

수춘성 정중앙, 태수부를 개조해 여포가 거처로 사용하기 위해 만든 온후부. 그곳의 정문으로 들어서며 주유는 저 멀리 앞에 서 있는 손책과 장수들의 모습을 응시하고 있었다.

"공근! 이제 오는 거냐?"

"돌아봐야 할 게 좀 있어서. 오랜만에 뵙습니다. 소장의 불민함으로 세 분 장군께서 그간 정말 고생이 많으셨습니다."

손책의 곁에 서 있는 정보와 황개, 한당을 향해 포권하며 주유가 고개를 숙였다.

칠 년쯤 전, 세양에서 위속에게 화공을 당하던 그때 포로가 되어 산양에 갇혀 있다가 풀려난 이들이다. 그런 이들의 머리카락이 하나같이 하얗게 물들어 있다. 얼굴도 자글자글 주름이 생겨난 것이 지금에 있어선 영락없는 노인의 그것이나 마찬가지였다.

"그게 왜 공근 네 탓이더냐? 위속 그놈이…… 아차차. 총군사 그자가 사람 같지 않았던 탓이지. 괜찮다. 그때의 그 일은 천재지변이나 마찬가지였던 거니까. 그리고 갇혀 있었다고는 해도 나쁘지 않았어. 안 그런가?"

정보가 한당의 옆구리를 툭 건드리며 말했다.

"하하하, 우리 집보다 더 좋더군. 날붙이만 없다뿐이지 검이며 창이며 하는 것들을 나무로 깎아다가 줘서 무예도 수련할 수 있었지. 경계가 지나치게 삼엄해서 탈출은 엄두도 못 냈지만 말이야."

"먹는 것도 괜찮았어. 천하의 온갖 명주란 명주는 다 가져다줬으니까. 외부의 소식을 전해 듣지 못하고 갇혀 지냈다는 것만 제외하면 괜찮았네. 정말로 지내기는 좋았으니까. 너무 자책할 필요 없어. 자네도 마음고생이 많았잖나."

주유의 팔을 가볍게 두드리며 황개가 말했다. 그런 황개의 시선이 어느덧 완연한 백발이 되어버린 주유의 모습을 응시하고 있었다.

서른 살이 되려면 아직 일 년이 더 있어야 하는 주유다. 외모만큼은 그 옛날, 아름다운 주랑이라는 이야기를 듣던 때만큼이나 곱고 아름다우나 머리카락만큼은 노인의 그것처럼 새하얗게 변해 있다.

손책과 함께 강남에서도 남쪽 깊숙한 곳으로 내려가 원술의 잔당이며 화합을 거부하고 끊임없이 약탈을 일삼는 산월족을 상대하며 그간 있었던 일들에 대해 전해 들은 황개가 정말 고생 많았다는 듯 그윽한 눈빛을 보내오고 있었다.

"……더욱 정진하여 장군들께서 그런 치욕을 겪는 일은 절대 없도록 하겠습니다."

"하하. 그거면 됐네. 자, 들어가세나. 새로운 주공이 우릴 기다리고 있다잖은가?"

츠즈즈즈즈즈즈즈즈-

활활 타오르는 불꽃 위에서 기름이 끓는다. 참 듣기 좋은 소리다.

시뻘겋게 타오르는 불꽃 그리고 그 위에서 벌겋게 달궈진 솥 옆으로 저 멀리에서 우리 집 가사 도우미들이 커다란 통 몇 개를 들고 온다.

곧 이 시대에서는 상상조차 할 수 없었던 광경이 펼쳐질 거다. 으흐흐.

"배고파 죽겠습니다, 장군. 밥도 먹지 말고 나오라는 게 어딨습니까?"

"맞습니다, 스승님. 오늘도 아침부터 주공과 대련을 한 덕분에 힘들어서 죽을 것 같은데 밥도 먹지 말라뇨. 너무하십니다. 성장기에는 한참 잘 챙겨 먹어야 한다고 그렇게 강조하시더니."

미친 듯이 나는 꼬르륵 소리를 나더러 들으라는 듯 배를 내밀어가며 후성이와 육손이가 말했다.

밥만 안 먹었을 뿐, 평소와 같은 업무를 봤던 후성이와 달리 형님과의 격렬한 운동이라 쓰고 사정없이 얻어터짐이라고 읽어야 할 행위를 하고 온 육손이다. 그런 녀석이 누가 보면 며칠 밥도 안 먹고 굶기기라도 한 것 같은 얼굴을 하고 있었다.

"조금만 기다려 봐. 너무 맛있어서 그 자리에서 우화등선해도 모를 정도의 음식을 보여줄 테니까."

"예? 우화등선요?"

"그런 게 있다니까. 기다려 봐. 오, 시작하는군."

팔팔 끓는 기름통 위에 반죽 옷을 입은 닭들이 투하된다. 튀김 가루 만드는 방법을 몰라서 적당히 밀가루에 우유를 섞은, 어설픈 반죽 옷을 입은 닭이 기름과 함께 끓어오르고 있었다.

쿵쿵.

"스승님. 이거 냄새가……."

"괜찮지?"

육손이가 고개를 끄덕인다. 후성이도 기대감 가득한 얼굴로 솥을 쳐다보고 있는데 저 멀리에서 발소리가 들려오기 시작했다. 주유와 손책이다. 걔들이 황개와 정보, 한당을 비롯한 자기네 파벌의 장수들을 이끌고 우리 쪽으로 다가오고 있었다.

"소장 주유, 손책 이하 장수들과 함께 총군사의 명을 받들어 수춘으로 돌아왔습니다."

그러면서 주유가 장수들과 함께 날 향해 포권한다. 이 시대에서는 보기 힘든, 절도 넘치는 모습이다.

아무래도 얘들, 내가 우리 쪽 병사들 데리고 제식하는 걸 보면서 살짝 물이 든 모양.

근데 이렇게까지 할 필요가 있나?

"주유야."

"예, 총군사님."

"그렇게 딱딱하게 할 필요 없어."

"예?"

"너희가 날 상대로 제식 행진하고 그럴 거 아니잖아? 편하게 앉아. 손책이랑 거기 할아버지들도 여기 와서 앉고요."

"크흠!"

황개가 헛기침을 하더니 손책, 주유를 따라 내가 이곳에 가져다 놓은 커다란 원탁의 한쪽에 가서 앉는다.

뭐지 이거. 딱 봐도 할아버지처럼 보여서 할아버지라고 부른 것뿐인데 내가 말실수를 한 건가?

"오랜만이오, 총군사."

"오, 공대 선생. 오랜만입니다."

내가 고민하고 있는데 진궁이 성렴이랑 학맹, 거기에 장료까지 데리고서 환하게 웃으며 우리 쪽으로 다가왔다.

저 양반도 나이를 먹었구나. 얼굴엔 주름이 늘었고, 머리는 파뿌리가 다 됐다. 하지만 살이 빠져서인지 안 그래도 날카롭던 인상이 더욱 날카롭게 변해 있었다.

"이제 주공만 오시면 되는 거외까?"

"뭐, 그렇죠."

"그런데 저건 무엇이오?"

자연스레 내 옆에 앉으며 진궁이 말했다. 그 시선이 닭을 튀겨내는 솥을 향해 있었다.

"식사하지 말고 오시라고 했던 거. 들으셨죠?"

"당연히 공복으로 왔지. 아무래도 저 솥에서 총군사가 대접하겠다는 식사가 나올 모양이구려? 오, 주공께서도 오시는군."

내가 고개를 끄덕이는데 진궁이 자리에서 일어났다. 나를 비롯한 다른 장수들 역시 마찬가지.

형님이 손권과 함께 성큼성큼 다가오더니 자연스럽게 상석에 가서 앉는다. 그런 형님의 입가에 싱글벙글 미소가 피어올라 있었다.

"문숙, 그게 진짜냐?"

"예?"

"형주를 치기로 했다는 거 말이야."

"혀, 형주를?"

"주공, 우리가 형주를 정벌한단 말입니까?"

"어. 문숙이 공격할 거라고 하던데?"

"총군사, 사실이외까?"

형님이 답함과 동시에 좌중의 시선이 날 향했다. 진궁이 이곳에 모인 이들 전부를 대표해 심각하기 그지없는 얼굴로 반문하고 있었다.

"예, 공격할 겁니다. 명분도 마련이 됐고요."

"명분이야 아무래도 상관없소. 어차피 약육강식은 작금의 천하에 있어서 새삼스러울 게 없는 논리가 되어버렸으니까. 하지만 우리가 형주를 공격하려면 연주와 서주를 제외한 나머지 지역의 거의 모든 병력을 동원해야 할 터인데. 원소가 가만히 있겠소이까?"

"진 군사의 말씀이 옳습니다. 소장이 유 사군을 도와 서주를 지키며 파악한 바로 하북의 병력은 물경 팔십만에 이릅니다. 북방 이민족과을 유화책으로 다스려 후방이 공격당할 염려도 없다시피 할뿐더러 지난날의 패전 이후로 저수와 전풍, 방통 등 하북의 책사들이 설욕의 순간만을 기다리는 실정입니다."

"파, 팔십만……."

진궁에 이은 주유의 목소리에 장료가 듣는 것만으로도 질린다는 듯, 인상을 찌푸리며 중얼거린다.

"북방의 공격에 방비해야 하는 상황에서 형주를 공격한다는 것은 어불성설입니다. 원소가 군을 움직이지 못할 상황이라면 또 모르겠으나 지금과 같은 시점에서는……."

"저, 공근 형님. 전풍과 저수가 없으면 괜찮지 않을까요?"

심각하기 그지없는 얼굴로 말을 이어 나가던 주유를 향해 육손이의 옆에 앉아 있던 손권이가 말했다.

"전풍과 저수가 없으면 중모 네 사형인 제갈공명이 있으니 버틸 수는 있겠지. 허나 전풍과 저수가 나서지 않을 리가 없다. 총군사님, 이건 지나치게 무리한 작전입니다. 재고하여 주십시오."

주유가 자리에서 벌떡 일어나더니 정중하기 그지없는 얼굴로 포권하며 말했다.

"제가 공근이랑 같이 원공로의 휘하에 있을 때 총군사님의 신묘한 계책을 수차례나 몸소 체험했지만 이건 좀…… 진짜 아닌 것 같습니다. 진짜 아니에요. 너무 위험합니다."

손책 역시 마찬가지.

"재고하여 주십시오. 군이 옛 성현의 말씀을 떠올리지 않아도 도적이 안방을 노리는 것을 뻔히 알면서도 군을 움직이는 것은 이치에 맞지 않는 일입니다."

그러고 있으니 황개가 정보, 한당과 함께 자리에서 일어나더니 말했다.

'쟤들은 아직 하북에서 무슨 일이 있었는지를 몰라서 저러는 모양이다.'

내가 그렇게 생각하며 설명을 해주려는 찰나, 손권이가 움켜쥔 주먹이 부르르 떨리는 게 시야에 들어왔다. 손권이의 얼굴이 벌겋게 달아올라 있었다.

'아니, 애가 왜 이래?'

"공근 형님, 책 형님. 그리고 황개 장군. 설마 제 스승님께서 그러한 기본적인 사리조차 헤아리지 못하고 형주 정벌을 말씀하셨겠습니까?"

"난 그렇게 생각 안 하는데 상황이 그렇잖냐, 상황이. 누가 봐도 명약관화해. 총군사께서 형주를 정벌하기 위해 군을 움직이면 하북에서는 저수, 전풍에게 대군을 맡겨 남진해 올걸? 만약 그렇게 안 되면 내가 권이 너를 형님으로 모시…… 크흠."

자신만만한 목소리로 말하던 손책이 헛기침을 하며 시선을 돌린다.

그런 모습을 지켜보던 손권이 씩 웃고 있다. 허저만큼이나 순딩순딩하던, 귀엽고 해맑던 손권이한테는 상상할 수 없었던 음흉한 미소였다.

'뭐야, 우리 손권이가 왜 저래?'

"형님, 남아일언 중천금입니다. 아시죠?"

손권이의 그 말에 손책이가 몸을 흠칫하며 반문했다.

"야. 형이 잠깐 실언을 할 수도 있지. 뭘 그렇게 노려봐?"

"자신만만하게 말씀하셨으면 그만한 근거가 있기 때문인 거 아닙니까? 설마, 그냥 뇌피셜로 말씀하시는 거예요?"

"뇌, 뇌피셜? 그게…… 뭐냐?"

"뇌 내 망상이라는 겁니다."

"뭐, 뭐 인마?"

손책의 얼굴이 손권이의 것처럼 벌겋게 달아오른다. 그럴 수록 손권이의 입가에 피어오른 미소는 점점 더 사악하게 진해져 가고 있다.

'하…… 우리 순딩하던 손권이가 도대체 왜 저렇게 된 거지?'

"그래, 인마. 까짓것 내기해! 네 말이 맞으면 널 형님으로 모시마. 근데 만약 이 형의 말이 맞으면 어떻게 할 거냐?"

"여기, 제 사제 육백언을 사형으로 모시겠습니다. 콜? 후달리면 그냥 앉으시고요."

"후달려? 야, 중모야. 너 나 모르냐? 나 손백부야, 손백부. 강남의 호랑이. 후달리긴 누가 후달려? 너나 후회하지 마!"

"제가? 후회를? 그럴 리가. 크크큭."

어디에서부터 잘못된 거지? 손권이에게서 시커먼 아우라가 뿜어져 나오는 것 같다.

내가 안타까운 마음으로 녀석을 쳐다보고 있는데 녀석이 말을 이었다.

"형님, 아니, 책아."

"어? 뭐, 뭐 인마? 책아?"

"중모, 하북에서 무슨 일이 있기라도 했던 것이냐?"

손권이의 태도가 돌변하기가 무섭게 주유가 반문했다. 손권이가 고개를 끄덕였다.

"얼마 전, 스승님께서 산월족과 우릴 반목시키려던 저수와 전풍의 계략을 역으로 이용하셨습니다."

"뭐라고?"

"원소의 앞에서 저수와 전풍의 위신이 제대로 깎였으며,

곽도가 새로운 총군사로 임명되었습니다. 허유와 심배, 신비 등을 비롯한 원상 일파가 군권을 장악하다시피 했고요. 들었지? 책 아우."

"지, 진짜야?"

믿을 수 없다는 듯이 반문하는 손책을 향해 손권이가 저벅저벅 걸어가더니 득의양양한 얼굴로 그 어깨를 두드린다.

"이 형님이 아우에게 거짓을 이야기하겠느냐?"

"야! 너 처음부터 다 알고서 나 도발한 거지? 이거 무효야, 이씨!"

"천하의 손백부가 뭐 이렇게 혓바닥이 길어? 아니다 싶으면 초장에 물러났어야지."

"이, 이익!"

손책이가 부들부들하고 있는데 옆에서 주유가 조용히 자리에 앉는다. 황개 삼인방 역시 마찬가지.

"어쨌든 감축드립니다, 스승님. 진짜 쩌는 계략이었습니다. 저수랑 전풍이랑 지금쯤 멘탈이 완전 박살 나서 떡실신해 있을 거예요."

"어? 어…… 고맙다, 손권아."

손권이가 날 향해 포권하고선 씩 웃으며 옆자리로 돌아와 앉는데 문득 내가 지금껏 손권이를 갈궜던 기억들이 머릿속에서 파노라마처럼 펼쳐진다.

등골이 서늘하다.

"손권아. 내가 제자 중에 널 제일 예뻐하는 거 알지?"

"저도 스승님이 제일 좋아요. 아시죠?"

손권이가 환하게 웃는데 한기가 느껴진다.

'진짜 앞으로 잘해야지.'

그렇게 생각하고 있을 때, 저 멀리에서 향긋한 냄새가 밀려와 코끝을 자극하는 게 느껴졌다. 고개를 돌려서 보니 요리가 끝난 모양이다.

바싹하게 튀겨낸 백 개도 넘을 닭 다리를 그릇에 담아다가 지금껏 내가 중원 각지에서 수집한 재료로 만든 소스를 바르고 있었다.

마음 편히 먹으려면 슬슬 마무리해야 할 것 같다.

"어쨌든. 우리는 형주를 공격할 거야. 목표는 형주 자사 유표의 압제 아래에서 신음하는 무릉과 그 이남 지역의 이민족을 해방하는 것이고."

"어…… 그들을 말입니까?"

주유가 떨떠름해진 얼굴로 반문한다. 손책이 손권에게 한 방 크게 먹은 것과는 별개의, 진심으로 당황해하는 기색이 주유의 얼굴에 역력했다.

"주유 네가 못다 한 무릉 묘족의 해방을 내가, 우리 형님이 이뤄줄 거다. 거기에 나서는 건 여기 이 자리에 모인 이들 전원이고."

"드디어……."

육손이가 떨리는 목소리로 중얼거린다.

내가 좌중을 돌아보고선 말을 이었다.

"곧 있으면 여름이 될 것이고, 북동풍이 불어오게 될 겁니다. 우리 강남에서 뱃길을 이용해 형주로 넘어갈 수 있는 건 그때가 사실상 일 년 중 유일한 시기이니 이번의 기회를 놓치지 않을 겁니다."

장수들이 기대감에 눈을 번쩍인다. 손권이와 육손 역시 마찬가지.

"주유."

"예, 총군사."

"네게 전선 백 척과 수군 삼만을 주마. 너는 지금껏 너와 손을 맞춰온 장수들을 이끌고 장강을 거슬러 올라가 형주의 수군을 격파해라."

"존명."

"그리고 공대 선생."

"말씀하시오, 총군사."

"선생은 저와 함께 형님을 모시고 칠만 명의 육군과 함께 수군과 보조를 맞춰 진격할 겁니다."

"총군사의 명에 따르리다."

"손권아."

"예, 스승님."

"너는…… 알지? 네가 해야 하는 거."

"형주 자사 유표가 무릉의 묘족들을 얼마나 잔악하게 탄압하였는지를 병사들에게 알려 우리가 해방자임을 자각하도록 하는 일을 말씀하시는 거죠?"

"오냐."

"깔끔하게 처리할게요."

손권이가 그렇게 답함과 동시에 우리 집 도우미들이 사기로 된 넓은 그릇을 가지고 이쪽으로 다가오기 시작했다.

둘이 먹다 하나가 죽어도 모를, 치느님을 영접할 시간이다.

2장
새로운 종목

장강이다. 내가 한국에서 농부로 살던 시절엔 양자강, 양쯔 강이란 이름으로도 불리던 그곳의 풍경이 눈앞에 펼쳐져 있다. 그리고 그 모습은 진짜…….

"대륙의 기상이란 말이 괜히 나온 게 아니네."

강이 미친 듯이 크다.

장강을 따라 움직이는 칠만 명의 우리 병사들과 보조를 맞추느라 일부러 땅 쪽으로 붙어서 움직이는 중인데 지금껏 병사들 반대쪽 땅이 보이는 경우가 별로 없을 정도. 대부분 우리 병사들 반대쪽으론 수평선이 펼쳐져 있다.

가도 가도 끝이 없다. 그냥 마냥 수평선이고, 또 수평선이다. 한 번씩 크고 작은 섬이며 늪지대며 하는 것들이 보였다가 사라지는 게 전부일 뿐이었다.

"이 상태로 나흘을 더 가야 한다고 했던가?"

"예, 나흘 정도면 파양호에 도착하게 될 겁니다. 바다만큼 넓은 그곳을 통과하고 나면 본격적으로 형주 곳곳으로 향하는 수로를 이용할 수 있게 될 겁니다."

"물론 그곳에서 기다리고 있을 형주의 수군을 격파한 다음의 이야기이겠지만 말이오."

나와 함께 대장선에서 비교적 편하게 형주를 향해 나아가던 주유와 진궁이 말을 꺼냈다.

나는 고개를 끄덕였다. 두 사람의 말대로다.

"형주 곳곳은 장강의 크고 작은 줄기로 물길이 이어져 있으니까. 그곳만 뚫으면 나머지는 쉽겠지."

내가 그렇게 말하니 주유와 진궁이 날 쳐다본다.

"형주의 수군은 아무리 적게 잡아도 아군보다 반절은 더 많소. 게다가 오랜 세월 장강을 누벼온 탓에 정예 중의 정예라고 할 수 있을 터. 쉽지 않을 것이오."

"공대 선생의 말씀대로이긴 합니다. 쉽지 않겠죠."

내가 고개를 끄덕이는데 어디에서 초롱초롱한 눈빛이 느껴진다. 시선을 옮겨서 보니 손권이와 함께 서 있던 육손이가 날 쳐다보고 있다.

그 와중에서 손권이는.

"네가 그때 못 봐서 그래. 내가 그때 산양성 벌판 위로 군함을 몰고 가서 원소군을 격파했다니까?"

"아니, 그게 말이 됩니까? 사형. 산양성 주변은 초원이잖아요?

거기를 어떻게 군함을 끌고 가요?"

"스승님께서 사전에 미리 홍수가 날 걸 예견하고서 내게 군함을 준비하라고 하셨거든. 그래서 홍수가 남과 동시에 성 밖에서 허우적거리는 원소군을 격파할 수 있었지. 사제, 그때 원소군 병력이 어느 정도나 됐나 알아?"

"어, 얼마나 됐습니까?"

"삼십만이야, 삼십만. 그 병력이 홍수 한 방에…… 알겠어? 그때는 홍수였어. 이번에도 말도 안 되는 기책을 사용하실걸?"

육손이의 눈빛이 더욱더 초롱초롱하게 반짝인다.

'아니, 얘가 갑자기 왜 이래?'

"저기, 손권아."

"예?"

"이번에 사용할 계책, 그거 그냥 발석거를 쓰는 건데?"

형주 수군이 우리보다 강력한 만큼, 정공법으로는 답이 없다. 무슨 수를 써서라도 쟤들을 발석거가 설치된 쪽으로 유인해서 격파해야 한다. 그게 내가 세운 계책이고, 작전이다.

"오, 발석거요? 발석거면…… 상대적으로 압도적인 적 함대를 육지 쪽으로 유인해서 발석거로 공격하는 척 뭔가를 노리시는 거군요?"

"어, 어엉?"

"헛, 사형. 그런 거였습니까?"

"사제야, 사제야. 우리 스승님께서 지금껏 한 번이라도 뻔한 전술과 계책을 사용하시는 걸 본 적이 있어? 야, 우리 스승님은 평범한 사람들은 진짜 상상도 못 할 기발한 책략을 자유자재로 사용하시는 분이라니까?"

손권이가 그렇게 말하니 좌중에서 날 쳐다보는 눈빛들이 조금씩 달라진다. 심지어는 진궁 역시 마찬가지.

"상대의 전력만 놓고 본다면 쉽지 않은 싸움이겠소만, 총군사와 함께여서 안심되는구려. 투석기를 이용한 기만책이라…… 이번에도 잘 부탁하오."

"많은 가르침 부탁드리겠습니다."

진궁이, 주유가 그렇게 말하고선 성큼성큼 자신들의 할 일을 하러 걸어가기 시작했다.

이 인간들은 내가 무슨 툭 건드리면 말도 안 되는 계책을 툭툭 뱉어내는 자판기처럼 보이나?

강남에서부터 끌고 온 배들을 강변에다가 대어놓고, 육군과 함께 야영을 준비한 진지를 거닐며 나는 하늘을 올려봤다. 보름달이 떠올라 있다.

원래는 형주군이 뭘 어떻게 대비하고 있는지를 살펴보려고 보름달이 뜰 때쯤 해서 전투가 임박하도록 일정을 조정해 둔 것이었는데 확실히 내가 잘 생각한 것 같다.

적들이 어떤 움직임을 보일지, 어떤 생각을 하고 있을지 살피는 것 외로 손권이가 활약한 덕분에 다들 은근히 기대하고 있는 그 기책에 대해서도 볼 수 있을 테니까.

"편히 쉬십시오, 장군. 소장이 확실히 지키겠습니다."

강변을 따라 군함을, 병사들을 살펴보던 내가 침소로 사용할 군막에 들어서니 후성이가 따라와 말했다. 이제는 보름달이 떠오르는 날뿐만 아니라 내가 잠을 청할 때면 항상 푹, 숙면할 수 있도록 배려해 주는 느낌이다.

"오냐. 잘 부탁해."

녀석의 어깨를 두드려 주고서 나는 갑옷을 벗고, 단검을 뽑아 들었다.

지난번, 육손이와 함께 형님에게 뚜드려 맞고서 온몸에 멍이 잔뜩 든 채로 무릉도원에 들어갔다 나오니 멍이 사라졌었다.

확인해 볼 필요가 있다. 그게 무릉도원 때문이었는지, 아니면 그냥 단순히 푹 자고 일어나서 사라졌던 건지.

"윽."

단검으로 팔뚝을 아주 살짝 그었다. 피부가 갈라지며 피가 새어 나온다.

그걸 붕대로 대강 감고서 침상에 누웠다.

자고 일어나서 보면 알 수 있을 거다. 착각했던 건지, 아니면 진짜 무릉도원의 효능이었는지.

📱

쏴아아아―

바람 소리와 함께 눈을 뜸과 동시에 머리맡의 핸드폰을 집어 들었다. 그러고선 바로 무릉도원에 접속했다.

"흠. 채팅방은 오늘도 없는 건가."

아무래도 진짜 이건 월식 같은 게 있는 날에만 나올 모양이다.

아쉽지만 어쩔 수 없지. 낭비할 시간이 없다. 나는 곧장 형주, 여포, 위속을 키워드로 넣고 글을 검색했다.

그러고선 곧이어 눈에 들어오는 제목 하나. '파양 전투에서 여포가 유표를 이길 방법은 없었나?'라는 것이었다.

"쓰읍."

입맛이 쓰다. 형주의 수군을 발석거 쪽으로 유인해서 전함 채로 모조리 격침시키기 위해 그렇게 고민하고, 또 고민했는데 이게 역사 속에서는 별로 효과를 못 본 모양.

〈진짜;; 파양 전투에서 위속이 이길 방법은 없었을까요? 어제 드라마 보는데 새삼 또 빡침. ㅋㅋㅋㅋ 여기에서 위속이 이겼으면 그대로 형주 먹고 익주까지 들어갈 수도 있는 거였는데. 서서…… 개사기 캐릭인 듯……. ——〉

　└철벽의서서: 일단 형주보다 수군이 약한데도 밀고 들어갔다는 것에서부터가 패착일걸여? 한 5년쯤 더 강남에서 꾹 참고 수군 키웠으면 위속이 이겼을지도?

　└주유스트로: 전풍이랑 저수랑 계략으로 날려 버리고 기회 얻은 건데 이때 못 살리면 사실상 그 이후로도 답이 없는 거라 ㅇㅇ 위속이 나름 도박 수 던졌던 거겠죠. 결과가 똥망이긴 하지만. ㅡ.ㅡa

└대군사가후: ㅎㅎㅎㅎ 애초부터 무리수였음. 할 거면 육군으로만 집중해서 밀고 올라가던지. 애매하게 수륙 합동 작전 펼치다가 쌍으로 한 방에 훅 가버림. ㅎㅎㅎㅎㅎㅎㅎㅎㅎㅎ

└조건달: 전함, 수군 병력 전부 서서랑 괴월한테 야금야금 갉아 먹혀서 1차로 망하고 보급 털려서 2차로 망하고 식량 부족해지니 역병까지 같이 돌아서 3차로 똥망했는데 무슨 방법이 있겠음? 없어요, 그런 거. 걍 꼬라박은 거부터 실패임. ㅋㅋㅋㅋㅋㅋㅋ

└방통은방탕해: 사실 이건 서서랑 괴월이 잘한 거죠. 자기네가 위속 상대가 안 된다는 걸 인정하고서 최대한 수비적으로, 져도 별로 아쉽지 않지만 이겨도 찔끔찔끔 이득 보는 걸 계속 반복해서 결국엔 이긴 거라……

댓글이 주르륵 달려 있는데 죄다 이런 내용이다.

결론은 형주 쪽 수군이 우리보다 우위에 있고, 그 전력 차를 뒤집어엎는 일에 실패한 게 결정적인 패인이라는 얘기.

"서서랑 괴월이 이렇게 쫄아 있으면 확실히……"

답이 없다.

내 이름값을 보고 서서나 괴월이 공을 세우겠다는 욕심에 살짝 무리수를 던지는 그림이 나와야 이 전력 차를 뒤집을 수가 있을 터.

하지만 애초부터 나한테 이길 수가 없다는 걸 인정한 상태에서 수세적으로 나오는 적들을 유인하는 것에는 답이 없다.

이렇게 되면 진짜 내가 패주해서 도망가는 것 같은 그림을 만들어놓고, 서서랑 괴월을 속여서 매복이 숨은 자리로 추격해 들어오도록 해야 한다는 건데…… 될까?

갑자기 막막해진다. 손권이나 육손이, 진궁과 주유가 기발한 계책을 기대하는 것에서 오던 압박감과는 비교도 되지 않을 부담감이 가슴을 짓뭉개는 느낌이다.

그래도 방법을 찾아야 한다.

어차피 주사위는 던져진 상태. 어떻게든 형주의 수군을 때려잡고, 형주 전역으로 나아갈 수로를 손아귀에 넣어야만 할 상황이다.

내가 그렇게 생각하며 밑으로 주르륵 이어진 댓글을 찬찬히 살피고 있을 때.

└육손이네국밥: 좀 아쉽기는 함;; 나중에 조조네가 서측에서 시작해서 장강 줄기 타고 형주 점령하고, 강남까지 올 때 여포랑 산월족 병사들이 수전에서 무쌍 찍었었는데 차라리 그걸 여기에서 써먹었으면 이겼을지도?

└반림아들반월: ㅋㅋㅋㅋㅋㅋ 반월네 부대가 좀 쩔었져. 산월족이 산만 타고 다닌 게 아니라 절강에서 배도 타고 다녔어서 나름 수전에도 조예가 있었는데 그거 활용을 못 했음. ㅠㅠㅠㅠㅠ

└킹갓여포: 갓직히 여포랑 반월이랑 같이 수군 끌고 백병전 벌였으면 겜 오버였음. ㅇㄱㄹㅇ ㅂㅂㅂㄱ ㅃㅂㅋㅌ임.

└마초여포맨: ㅇㅈ

└똥쟁이중달: ㅇㅈ2222

└프린스원소: ㅇㅈ333333

밑으로 쭈르륵 달린 또 다른 댓글들이 시야에 들어왔다.

아니, 그게 된다고? 이거 최대한 자세하게 알아봐야 한다.

나는 그렇게 생각하며 무릉도원에 있는 온갖 글들을, 댓글들을 검색하며 살피기 시작했다.

📱

안개 낀 군막 대신, 현실의 그 익숙하기 그지없는 모습이 시야에 들어온다.

눈을 뜨고 몸을 일으키니 보름달의 꿈에서 깨어날 때면 항상 느꼈던 것과 같은 상쾌함이 온몸을 휘감고 있었다.

"결국, 방법은 그것뿐인가."

무릉도원에서 봤던 내용을 머릿속으로 떠올리며 정리하는데 팔에 감고 있던 붕대가 시야에 들어왔다.

어제, 잠들기 전에 단검으로 작게 상처를 냈던 부분에서 새어 나온 피로 붕대가 시뻘겋게 물들어 있다. 하지만 피는 이미한참 전에 멎은 듯, 바짝 말라 있었다.

심장이 두근거린다.

떨리는 손으로 붕대를 풀고 나니.

"허. 깨끗하네?"

피가 조금 새어 나왔던 흔적만 있을 뿐 깨끗하다. 상처도 없고, 흉터도 없다. 그냥 애초부터 그런 상처 따위는 생기지도 않았다는 것처럼 말끔하게 회복되어 있었다.

이걸 도대체 어떻게 해석해야 하는 거지?

"자, 장군!"

혼란스러운 마음에 이마를 부여잡고 있는데 내 군막의 휘장이 걷히더니 빼꼼히 고개를 내밀던 후성이의 목소리가 들려왔다.

녀석이 당황한 기색이 역력한 얼굴로 날 쳐다보고 있다. 그런 녀석과 함께 달려온 육손이와 손권이 역시 비슷한 얼굴을 하고 있었다.

"상황이 안 좋습니다. 나와서 보셔야 할 것 같습니다. 형주 수군의 규모가……."

"응, 우리가 예상했던 것보다 전함이 더 많지? 대선이 백오십 척에 중선, 소선을 합쳐서 삼백 척이라던가?"

"어, 어떻게 아셨습니까?"

후성이의 눈이 동그랗게 커진다.

"이번엔 디아블로께서 점지해 주셨다."

"디, 디아블로요?"

"그런 게 있어. 어쨌든 당황할 거 없다. 우리가 예상했던 것보다 많다고 해도 그게 다 제대로 된 배가 아니야. 일종의 허장성세 같은 거다."

"스승님. 그러면 형주군이 되는 대로 온갖 배들을 징발해서 끌고 나온 건가요? 상태가 좋건, 아니건 상관없이요?"

"그런 거지. 배가 늘면 인력도 필요한 법이니 어부며 뭐며 할 거 없이 물에 익숙한 사람들은 전부 데려다가 군복을 입혀놨을 것이고. 숫자만 많다뿐이지, 실상을 알고 보면 대선 이외에 나머지는 전부 오합지졸이야."

무릉도원에서 보고 나왔기에 알 수 있는 이야기일 뿐이다.

이 시점에서 손권이나 육손이, 후성이에게 들어줄 근거 따위는 없다. 하지만 녀석들은 지금껏 내가 해온 것들이 있기 때문인 듯, 내 말을 철석같이 믿으며 고개를 끄덕이고 있었다.

그런 녀석들을 데리고 군막 밖으로 나가니 진궁이 형님과 함께 말을 몰아 다가오는 모습이 시야에 들어왔다. 그 뒤로 우리 쪽 병사들이 정신없이 움직이며 영채를 나서 방진을 형성하는 모습이 보이는 중이었다.

"총군사! 적들의 규모가 거대하오!"

살짝 당황한 것 같은 진궁의 목소리가 들려온다. 그 옆에서 형님이 씩 웃는 낯을 하고 있었다.

"십만 병력이라는데? 어떠냐, 문숙. 또 한 번 해볼까?"

"주공! 상황이 엄중합니다. 우리가 생각했던 것보다 적의 규모가 훨씬 더 거대한데 어찌 그런……."

"더 엄중하니까 내가 앞장서서 돌파해야 하는 거 아니야? 상황이 위험하다고 군주라는 작자가 뒤로 물러나서 뒷짐 지고 구경이나 하고 있으면 병사들이 어떻게 생각하겠어? 안 그러냐?"

형님의 시선이 날 향한다. 진궁의 그것 역시 마찬가지.

"형님 말씀이 옳습니다. 엄중한 상황일수록 장수가 앞장서야죠."

"초, 총군사! 적 수군이 생각했던 것보다 훨씬 더 강대하오.

지금은 그에 맞춰 방책을 마련해야 할 때지, 그리 맹목적으로 돌격할 때가 아니란 말이외다!"

좀처럼 목소리를 높이는 경우가 없던 진궁이 답답하다는 기색이 가득한 얼굴로 소리친다.

"혀, 형주의 수군이 보입니다!"

'진궁을 어떻게 설득해야 할까.'

내가 그렇게 생각하는데 저 멀리에서 우리 쪽 병사들의 목소리가 들려왔다. 주유가 지휘하는 우리 쪽 군함들의 사이로 형주군 군함들의 모습이 시야에 들어오기 시작했다.

많다. 확실히 많다. 그들이 무척이나 빠른 속도로 접근해 오고 있었다. 계속 시간을 끌었다간 제대로 준비하지도 못하고 저들을 맞이하게 될 거다.

"공대 선생. 설명은 나중에 하겠습니다. 좀 급해요."

"아니, 총군사. 지금 그게 도대체 무슨 말씀이외까! 상황이 이러하거늘 어찌 그런!"

"급할 땐 적장의 목을 베는 게 최고지. 어떠냐, 문숙. 함께 갈 테냐?"

진궁이 재차 소리치는 와중에서 형님이 날 쳐다본다.

이 양반, 내가 좋다고 하면 진짜 일말의 망설임도 없이 형주군을 향해 돌격할 기세다. 까딱 잘못하면 나도 거기 딸려 들어가겠지. 생각만 해도 끔찍하다.

"문숙?"

"형님. 만날 땅에서만 싸우는 거, 질리지 않으십니까? 이번엔 종목을 조금 바꿔보시죠."

"종목을?"

"예, 항우도 못 해본 것을 형님께서는 해내시는 겁니다. 제가 말씀드린 대로만 하시면 할 수 있어요."

"그게 뭐냐?"

전장에 대한 흥분과 기대, 희열로 물들어 있던 형님의 얼굴이 조금 전과는 또 다르게 물들어간다. 더없이 진지한 모습이다. 무슨 수를 써서라도 해내고야 말겠다는, 강인한 결의마저 느껴질 정도.

내가 손을 들어 주유가 지휘하는 우리 함대를 가리켰다.

형님의 시선이 내 손가락을 따라 움직인다.

그런 형님의 입가에 미소가 피어오르고 있었다.

📱

"적들이 다가오고 있다! 전투를 준비하라!"

"무기를 점검하라! 방패를 나눠주고, 갑옷을 점검하라! 적들은 필시 거리가 좁혀짐과 동시에 백병전을 시도할 것이다!"

"물은 마시지 마라! 뱃일에 익숙하지 않은 자들은 배불리 먹고, 충분히 마시는 것만으로도 멀미가 생겨 제대로 싸우지 못하게 될 것이다!"

"닻을 올리고 발판을 치워라!"

부장들의 목소리가 사방에서 울려 퍼진다.

일사불란하게 움직이며 뭍에서 물러나 강으로, 형주 수군을 향해 나아가고자 준비하고 있는 병사들과 부장들의 모습을 지켜보며 주유는 손책과 함께 장군선의 갑판 위에 서 있었다.

"공근, 어떨 것 같아?"

"쉽지 않겠지. 백병전으로 들어가면 우리가 불리해질 테니 거리를 유지하며 화공을 퍼붓고, 뭍에서 돌덩이를 쏘아낼 발석거에 의지해 버티는 게 유일한 방안이다. 총군사가 뭔가 말도 안 되는 계책을 낸다면 또 모르겠지만."

주유의 시선이 저 멀리, 뭍 너머의 영채를 향해 옮겨졌다.

여(呂)와 위(魏), 진(陳), 허(許)에 후(侯), 장(張) 등 온갖 장수들의 깃발이 펄럭이고 있다. 하지만 형주 수군의 압도적인 전력을 단숨에 뒤엎을 계책 같은 건 쉬이 나오지 않을 터였다.

"위속이면 그래도 가능하지 않겠어?"

가만히 상념에 잠겨 있던 주유를 향해 손책이 말했다.

그러나 주유는 고개를 저었다.

"육전이라면 가능할 수도 있지. 허나 이건 수전이야. 변수를 만들어낼 요소 자체가 적어. 무슨 말도 안 되는 자연재해라도 벌어진다면 또 모르겠지만 그게 아니면…… 흠?"

나지막한 목소리로 말을 이어 나가던 주유의 시야에 낯선 광경이 들어왔다.

영채에 주둔하고 있던 병사들이 움직이고 있다. 형주 수군이 접근해 오는 것 이외에도 육군이 함께 다가오고 있으니 그들을 상대하고자 하려는 것이다.

처음 주유는 그렇게 생각하고 있었다.

그런데 시뻘건 말 하나가 대지를 박차며 질주해 오고 있다. 그 위에 타고 있는 것은 당연하게도 여포다. 방천화극을 손에 쥐고, 붉은 전포를 펄럭이는 여포의 뒤로 산월족임에 분명한 이들이 잔뜩 몰려서 함께 달려오고 있었다.

"……이게 무슨?"

주유가 지금의 상황을 채 제대로 이해하기도 전에 여포가, 산월족 병사들이 당연하다는 듯 군함에 올라타고 있었다.

쏴아아아아-

바람이 불어온다. 한여름인 만큼, 바람이 분다고 해도 덥거나 약간 시원한 게 정상일 터다.

하지만 싸늘하다. 싸늘하다 못해 서늘하고, 온몸에 소름이 돋을 지경이다.

주유가 얼굴을 굳히고 있을 때, 그를 발견한 여포가 씩 웃으며 성큼성큼 다가오고 있었다.

"주공."

"공근, 항우를 아느냐?"

"초패왕 항우를…… 말씀하시는 것입니까?"

갑자기 여기에서 항우는 왜?

주유가 얼굴로 그렇게 이야기하고 있을 때, 여포의 입가에 피어올랐던 미소가 진하게 변해갔다.

"문숙이 그러더구나. 항우는 수전에서 대승을 거둬본 적이 없다고."

"그렇…… 습니까?"

문숙이라는, 그 이름이 들려옴과 함께 주유가 몸을 흠칫거리며 반문했다.

여포가 고개를 끄덕이고 있었다.

"그래서 결심했다. 항우도 해보지 못한 것을 해내며 항우를 뛰어넘겠다고. 내 직접 수군을 이끌고 적과 부딪칠 것이다. 백병전이다."

"주, 주공?"

옆에서 듣고 있던 손책이 화들짝 놀라선 소리친다.

"그렇게 화낼 거 없다. 너희들의 공을 뺏을 생각은 없으니까."

"자, 잠시만요. 공을 뺏다니, 그건 또 무슨 말씀이십니까?"

주유가 떨리는 목소리로 반문했다.

"적들의 배가 삼백 척이라지? 각각 백 척씩 나눠주마."

"그 말씀은……."

"내가 백 척, 주유 네가 백 척, 그리고 손책 네가 또 백 척을 백병전으로 처리하면 되는 거지. 어때, 이 정도면 공정한 군주가 아니더냐?"

"하, 하하……."

말도 안 되는 소리다. 갑자기 머리가 지끈지끈해져 온다.

동시에 주유의 머릿속에서 자신에게 여포를 보내놓고, 혼자 안전한 곳에서 편하게 지휘봉을 휘두르고 있을 위속의 모습이 떠올랐다.

움켜쥔 주유의 주먹이 부들부들 떨리고 있었다.

드넓은 파양호. 그 호수 위, 물살을 헤치며 가르는 전함의 위에서 유표는 자신의 대장선을 둘러싼 여러 전함의 모습을 응시했다.

대선만 하더라도 자그마치 백오십 척에 달하는 규모다. 그 위에서 수만 명의 병사가 활을 들고, 검을 들고서 전투를 준비하고 있었다.

"이 정도면 바람도 약하고, 전투를 치르기에 나쁘지 않은 날씨야. 아니 그런가?"

"맞습니다, 주공. 백병전을 치르기에도 좋고, 불화살을 쏴적 함대를 불사르기도 좋지요. 소장에게 맡겨만 주십시오. 주공께서 하명하신다면 지금 당장에라도 이 채모가 함대를 이끌고 적들을 수장시켜 버릴 것입니다."

중년의 장수, 채모가 제 가슴을 탕탕 두드리며 자신 넘치는 목소리로 말했다. 패전에 대한 걱정 따위는 전혀 하지 않는, 승리에 대한 확신으로 가득 찬 얼굴이었다.

그것은 그 옆에 서 있던, 장년의 책사 괴월 역시 마찬가지.

"위속이 아무리 날고 긴다 하여도 수전에 한해서는 문외한일 수밖에 없습니다. 반면 우리 형주 수군은 물에서 나고, 자란 이들로 이루어져 있고 그런 자들이 지휘하고 있으니 질 수가 없지요. 주공께서는 안심하시고 앞으로 곧 펼쳐질 절경을 구경하십시오."

괴월이 그렇게 이야기했을 때, 유표의 미간에 주름이 좁혀졌다. 영 마음에 들지 않는다는 듯, 유표가 괴월과 채모를 번갈아 쳐다보고 있었다.

"그대들은 우리가 무조건 이길 것으로 생각하는 모양이외다?"

"그야 당연한 것 아니겠습니까? 강남의 수군은 병사며 장수며 할 것 없이 경험이 일천한 데다 군함의 숫자도 적고, 병력도 적습니다. 모든 면에서 주공의 수군이 우위에 있으니 패전은 상상조차 할 수 없는 일입니다."

당당하기만 한 채모의 목소리에 유표의 미간에 접혔던 주름이 점점 더 깊게 변해갔다. 그 모습을 지켜보던 채모가 왜 그러냐는 것 같은 얼굴로 그런 유표를 응시하고 있었다.

"육전과 수전의 이치가 다르다고는 하나 위속은 이미 육전에서 그 책략이 극한에 달한 자일세. 그런 자가 수전을 겪어본 적이 없다 한들 서책으로 본 적조차 없겠나?"

"하오나 주공."

"소생 역시 주공과 같이 생각하고 있습니다. 방심해서는 안 될 것입니다. 상대는 그 위속입니다."

가만히 서서 허리춤에 찬 검을 매만지고 있던 서서의 목소리에 채모가 얼굴을 굳혔다.

하지만 그것도 잠시.

"하하. 다시 생각해 보니 군사의 말씀이 옳은 것 같습니다.

암요, 방심해서는 안 되지요. 마땅히 임전의 태세를 정비하며 있는 힘을 다해서 적들과 부딪쳐야 할……."

"주, 주공! 적 함대가 접근해 오고 있습니다!"

불쾌하다는 기색을 완전히 지워 버리며 이야기하던 채모가 채 말을 끝내기도 전에 괴월이 외쳤다.

채모와 유표, 서서의 시선이 수평선 쪽을 향했다. 점처럼 작게만 보이던 여포의 전함들이 그들을 향해 접근해 오고 있었다. 그것도 무척이나 빠른 속도였다.

유표의 미간이 좁혀졌다.

"가만히 앉아서 당하고만 있을 생각은 없는 모양이군. 군사는 어찌 생각하는가?"

"이것은…… 모르겠군요. 저들의 경험이 일천하다 하여 백병전이 벌어지고 나면 아군이 압도적으로 우세할 것이란 점을 모를 리가 없을 터인데."

"일단은 전투를 준비하도록. 싸움을 피할 생각이 없다면 마땅히 맞이해 줘야겠지."

"전투를 준비하라!"

유표의 그 목소리와 함께 채모가 소리쳤다.

둥, 두둥- 두두둥, 둥-!

대장선에서 시작된 북소리가 함대 전체로 퍼져 나가기 시작했다.

"으흐흐, 저것들도 같이 어울려 보겠다는 모양이로군. 좋아. 좋은 자세다."

저 멀리에서 들려오는 북소리에 여포가 기분 좋게 웃는다. 여포와 함께 있는 적토마 역시 기분이 좋은 건지 계속 푸드덕 거리며 꼬리를 흔드는 중이었다.

"고, 공근. 이거…… 어떻게 해야 돼?"

하지만 그 모습을 지켜보고 있던 이들은 하나같이 얼굴을 딱딱하게 굳히고 있었다.

그것은 손책 역시 마찬가지.

"백병전을 시작하면 필패다. 그것만큼은 막아야 하는데……."

주유가 이를 악물었다.

막아야 하지만 막을 수가 없다. 위속이 한 손을 거들었고, 군주인 여포가 직접 뛰쳐나온 상황이다. 그것도 산월족 장수 인 반월과 그 휘하의 병사들 역시 마찬가지.

다들 아직까지는 멀쩡하게 서 있지만, 막상 배와 배가 부딪 치며 혼란스럽기 그지없을 백병전이 펼쳐지고 나면 뱃멀미에 얼굴이 하얗게 변할 거다. 끊임없이 흔들리는 배 위에서 저들 은 제대로 균형조차 잡질 못하며 아우성치게 되겠지.

"자, 장군! 적들도 속도를 올리고 있습니다!"

여몽의 목소리에 주유가, 손책이 형주군 전함을 향해 고개 를 돌렸다. 돛이 활짝 펼쳐지고, 수십 개의 노를 모두 꺼내 힘 차게 젓고 있다.

형주 수군 전함의 속도가 점점 더, 정말 무서울 정도로 빨라지고 있었다. 결단을 내려야 한다.

"야, 인마. 공근! 그냥 이대로 죽을 거야?"

"공근! 어떻게 할 거야?"

"이보게, 공근!"

손책이, 황개가, 정보가 소리친다.

주유가 주먹을 움켜쥐었다.

"으하하하, 어서들 오너라!"

"크윽."

뒤이어 적토마에 올라 방천화극을 쥔 채로 형주 수군을 기다리는 여포의 웃음소리가 들려왔을 때, 주유의 입술이 터지며 피가 주르륵 흘러내렸다.

정말 화가 치민다. 백성이고 나발이고 그냥 다 때려치우고 사라져 버리고 싶다는 생각이 머릿속을 가득 메우기 시작했다.

지금 마음 같아선 위속을 마주함과 동시에 온갖 쌍욕을 퍼부으며 그 낯짝에 주먹을 갈길 수도 있을 것 같았다.

"총군사, 내 그자를 정말."

분에 가득 찬 목소리로 주유가 그렇게 중얼거림과 동시에, 그의 머릿속에서 위속이 씩 웃고 있을 그 모습이 재차 떠올랐다.

동시에 또 다른, 서주성에서 며칠 동안이나 병사들과 함께 자신을 보고 똥쟁이라며 욕설을 퍼붓던 모습 역시 함께였다.

"……그자가 답 없는 짓을 할 리가 없다."

위속이다. 다름 아닌 위속이다. 지금껏 한 번도 패한 적 없고, 모든 싸움에서 승리를 거두며 중원의 변방에서 허망하게 사라졌어야 할 여포를 천하 삼강 중 하나로 끌어올린 장본인이다. 그런 위속이, 그것도 여포를 사지로 몰 이유가 없다.

생각이 거기까지 이어졌을 때, 주유는 자신도 모르게 온몸에 돋아 오르는 소름을 느꼈다. 온몸의 피부에서 닭살이 돋아 올랐다. 장난기 가득한 얼굴로 웃고 있는, 머릿속에 떠오른 위속의 그 모습이 더없이 두렵게 느껴지고 있었다.

"공근?"

"백부!"

"어, 엉?"

"속도를 올려라! 우리도 전속력으로 나아간다!"

"뭐, 뭐라고?"

"이보게, 공근! 정말 자살이라도 할 작정인 겐가!"

손책이, 황개가 황당하다는 듯 소리쳤지만 주유는 그 목소리를 무시했다. 대신 갑옷의 매무새를 점검하고, 허리춤에 차고 있던 검을 뽑아 들고 있었다.

스르릉-!

듣기 좋은, 서늘하기 그지없는 그 소리와 함께 뽑혀 나온 주유의 검이 햇빛을 반사하며 번쩍인다.

주유는 그 검을 잠시 응시하더니 손책을 비롯해 자신의 주변에 있는 장수들 쪽으로 시선을 옮겼다.

"우리가 이긴다."

"뭐? 야, 백부. 너 진짜 머리가 어떻게 된 거 아니야?"

"총군사의 명이다. 저 주공이 이곳으로 오게 되며 어떤 일이 벌어지게 될지 모두 총군사는 예상했을 거다. 그러면 그 결과 역시 마찬가지겠지. 안 그런가?"

"으, 으응?"

손책의 얼굴이 살짝 멍하게 변해간다. 그런 손책의 머릿속에서 원술의 휘하에 있던 시절, 자신이 위속을 상대하며 어떤 꼴들을 당해왔는지 그 기억이 파노라마처럼 펼쳐지고 있었다.

"으으으."

하나같이 괴로운 기억들이다. 하지만 자신이 위속의 휘하였다면, 위속과 같은 편이었다면 즐겁기 그지없는 기억들일 터.

"병장기를 챙기게. 속력을 올리고. 백병전을 준비해야 해."

"아, 알았어. 다들 들었죠? 전 함대에 신호를 보내라! 지금부터 우린 백병전으로 돌입한다!"

손책이 그렇게 외침과 동시에 명령을 알리는 북소리가 울려 퍼지기 시작했다.

병사들이 백병전을 준비하는 모습을 지켜보며 주유는 한 차례 심호흡을 하고는 여포의 뒤로 나아갔다.

적 함선이 가까워져 온다. 그 갑판 위에서 백병전을 준비하는, 흉흉하기 그지없는 기세를 뿜어내는 그 병사들의 모습 역시 시야에 들어왔다.

이제 곧 저들을 제압하러 뛰어들 거다. 배 위에서 무기를 휘두르며 정신없이 싸우게 될 거다.

무척이나 고되고, 위험한 일이 될 터. 전투가 끝날 때까진 쉴 수도, 멈출 수도 없다. 끊임없이 검을 휘두르고, 또 휘둘러야만 한다. 자신만 싸우는 게 아니라 여포 역시 함께니까.

위속의 예상이 맞아떨어진다면 이번 수전의 승자는 자신이 될 것이다. 그렇긴 하지만.

"내 이자를 정말!"

빠드득!

문득 밀려오는 분노에 주유가 이를 갈며 소리쳤다.

위속의 지략이 놀라운 것은 놀라운 거다. 그러나 그와 별개로 여포를 자신에게 떠맡겨 힘든 일을 도맡게 하는 건 빡칠 수밖에 없는 일이니까.

📱

쿵-!

여포군의 전함과 형주 수군의 군함이 부딪친다. 그 충격에 군함의 전면부가 우지끈 소리를 내며 부서지고, 적지 않은 숫자의 병사들이 호수 위에 빠졌다.

혼란스럽기 그지없는 상황이다. 하지만 누구나 예측할 수 있는, 예견된 상황이기도 했다.

"흐음."

그런 와중, 유표는 대장선의 가장 높은 곳에서 전장이 된 파양호의 모습을 지켜보고 있었다. 지금까지 드러난 객관적인 전력으로만 보면 이번 수전의 승자는 누가 보아도 자신일 터.

"위속 놈이라고 해도 상황이 이렇게까지 온다면 손을 쓸 방도가 없을 것이다."

저 멀리 앞의 여(呂)와 함께 주(周), 그리고 손(孫)의 깃발이 펄럭이는 대장선이 가장 먼저 무너질 것을 기대하며 유표는 자신의 수염을 쓰다듬었다.

그랬는데.

"흐음?"

수전에서는 볼 수 없을 것이라 여겼던, 기이한 뭔가가 유표의 시야에 들어왔다.

말이다. 그것도 온몸이 시뻘겋기 그지없는, 거대한 말. 그 말이 여포군의 대장선과 형주 수군의 전함이 부딪치기 직전, 멀찌감치 뒤로 물러나더니 두두두 전함 위를 달리며 번쩍 날아오르고 있었다.

"저게 무슨……."

유표가 중얼거리고 있을 때, 미간을 잔뜩 찌푸리며 그 모습을 지켜보던 서서의 눈이 조금씩 동그랗게 커지기 시작했다.

서서의 얼굴이 경악으로 물들어가고 있었다.

"주, 주공. 저거, 저것은 적토마입니다!"

"적토마? 여포의 애마라는 그 명마를 말하는 겐가?"

"예, 주공! 그 적토마입니다!"

서서가 유표를 향해 환희에 가득 찬 얼굴로 포권하며 말을 이었다.

"기회입니다, 주공. 위속이 무엇을 생각하였는지는 알 수 없으나 수전에 익숙지 않을 여포가 그것도 군마를 끌고 배 위에 오른만큼 그 목숨은 경각에 달렸다고 보아도 과언이 아닐 것입니다!"

"오, 그렇다면."

"예, 주공. 여포의 목을 벨 절호의 기회입니다. 지금 당장 명령을 내리시어 여포를 향해 모든 전력을 집중하십시오. 이 호수 위에서 여포의 목을 벨 수만 있다면 이번 전쟁은 어린아이의 손목을 비트는 것만큼이나 간단하게 승리할 수 있을 것입니다!"

"주공! 소장을 보내주십시오. 소장이 직접 병사들을 지휘해 여포의 목을 베어 주공께 바치겠습니다!"

서서가 그렇게 말하기가 무섭게 옆에 서 있던 채모가 다가왔다.

유표가 채모의 그 모습을 물끄러미 쳐다보더니 고개를 끄덕였다.

"좋다. 덕규! 그대에게 맡기도록 하지. 무슨 수를 써서라도 여포의 목을 가지고 오게. 알겠나?"

"예, 주공!"

여포의 목을 벤다면 이번 전쟁에서 승리하는 것은 물론이고, 장강을 따라 강남으로 진출해 새로운 땅을 얻게 될 거다. 그러면 결국 자신에게도 적지 않은 보상이 주어지게 될 터.

장밋빛 환상을 꿈꾸며, 채모는 옮겨 탄 전함을 지휘해 전장으로 나아갔다.

그러고 있었는데.

"으하하하, 왜 이리도 약한 것이더냐!"

수만 명의 병사가 한데 어우러져 거대하기 그지없는 함성을 질러내는 와중에서도 여포의 쩌렁쩌렁한 목소리가 들려왔다.

전함 위에서 적토마에 오른 여포가 방천화극을 휘두르고 있다. 그런 방천화극이 빛을 번쩍일 때마다 다섯 명, 여섯 명에 달하는 병사들이 피를 흩뿌리며 쓰러지고 있다.

그리고 그 옆의 또 다른 전함에서는.

"크아아악! 모조리 쓸어버려라! 우리가 최고의 전공을 세워야 한다!"

기다란 백발을 풀어 헤친 장수가 미친 듯이 검을 휘두르고 있다. 그 휘하의 병사들 역시 반쯤 미쳐서 싸우고 있다.

게다가 채모의 전함이 나아가고 있는 방향에서는.

"끼요오오오오오옷-!"

"끼햐아아아- 끼히히히히-!"

기괴하기 그지없는 괴성을 내지르는 산월족이 형형색색의 도끼며 칼이며 하는 것들을 휘두르며 배와 배 사이를 뛰어넘어 다니고 있다.

깃발도 없고, 통일된 복식의 갑옷도 아니다. 하지만 산월족은 그것만으로도 충분하다는 듯, 쉴 새 없이 무기를 휘두르고 휘두르며 또 휘두르고 있다.

그들과 마주하는 형주 수군 병사들이 추풍낙엽처럼 쓰러져 죽어가고 있다. 채모가 지켜보고 있는 동안에만 두 척이 그렇게 당한 상태.

"치, 칠백여 명이……."

채모가 떨리는 목소리로 중얼거렸다.

살아서 두 다리로 서 있는 형주병은 찾아볼 수조차 없을 정도로 완벽하게 처리된 전함만이 가득하다. 그런 전함 위에서 새로운 적들이 다가오길 기다리며 여포가, 백발의 장수가, 산월족이 전의를 불태우며 채모를 지켜보고 있었다.

꿀꺽.

자신도 모르게 굵은 침을 삼키며 채모가 소리쳤다.

"야이, 씨. 이건 좀 아니잖아!"

"자, 장군?"

"배 바로 돌려! 배 돌리라고! 저것들은 인간이 아니야! 인간이 아니라고! 신호를 보내! 백병전이 아니라 화공이다! 모조리 불태워 버려!"

"예, 옛! 알겠습니다!"

뿌우우우우우우우-!

지금까지와는 다른, 뿔 나팔 소리가 울려 퍼지기 시작했다.

동시에 화공을 지시하는 깃발이 펄럭이기 시작했다.

저들이 어찌어찌 백병전은 압도할 수 있었다고 해도 화공이 시작되고 나면 방법이 없을 것이다. 수전에서의 경험이 없는 자들은 화공이 펼쳐지는 와중에서 배에 불이 붙지 않도록 관리하고, 역으로 적들을 공격하는 방법을 알지 못할 테니까.

채모는 그렇게 생각하며 안심했다. 백병전이 아니어도 적들을 쓸어버릴 방법은 얼마든지 많다.

그랬는데.

쏴아아아아아아아아아-!

여포군에게 나포당한 전함들의 노 수십 개가 일사불란하게 움직이고 있다. 백발의 장수가 탄 전함이, 여포가 탄 전함이 무서운 속도로 미끄러지듯 물길을 가르며 접근해 오고 있었다.

그리고 그 전함과의 거리가 꽤 가까운 수준까지 좁혀졌을 때.

다그닥, 다그닥, 다그닥-!

말발굽 소리가 들려왔다.

그 소리가 들려온 방향으로 고개를 돌렸을 때, 채모는 볼 수 있었다.

부웅-!

시뻘건 적토마가 적 전함에서부터 부웅 뛰어오른다. 그 적토마가 허공을 가르며 채모가 탄 전함을 향해 허공을 가르며 날아오고 있었다.

"어, 어, 어?"

이런 광경을 보게 될 것이라곤 상상조차 한 적 없던 채모의 눈이 동그랗게 커졌을 때.

쿠웅!

육중한 그 적토마가 전함에 내려앉았다.

그리고 그런 채모의 귓가에 들려온 것은.

"여기에서 제일 센 놈이 누구냐?"

즐거워하는 기색이 가득한 여포의 목소리였다.

📱

"흐으음……."

지금쯤 격전이 벌어지고 있을 파양호를 응시하는 진궁이 침음성을 흘린다.

"잘 풀리고 있을지 모르겠구려."

"잘 되고 있을 겁니다. 우리 장군께서 계시를 받으셨잖습니까? 애초에 전투에서 패배한 적도 없지만 계시를 받은 전투치고 좋게 안 풀렸던 게 없어요."

그런 진궁의 옆에서 후성이가 말했다. 확신이 가득한 목소리다. 내가 이야기했으니 당연히 잘 될 것이라는 믿어 의심치 않는 것처럼.

진궁이 뭐 저런 인간이 다 있느냐는 듯 후성이를 잠시 쳐다보더니 내 쪽으로 시선을 옮겼다.

"나 역시 총군사가 직접 입안한 계책이 실패하리라 생각지는 않소. 그저 너무도 파격적이기에 불안할 뿐인 게지. 중원에서도 북쪽 끝의, 그 척박하고 광활한 병주 땅에서 나고 자란 주공이 수전을 벌인다니. 쉽게 받아들일 일이 아니잖소이까."

"이해합니다. 그렇게 생각할 수도 있죠."

사실 진궁의 입장에선 그렇게 생각할 수밖에 없다. 이 시점에서 객관적으로 드러난 정보가 그러하니까.

하지만 내가 본 것은 미래의 정보다. 그 사실을 알 리 없는 진궁은 자신의 능력이 턱없이 부족하다고 생각하는 것인지 얼굴을 굳힌 채 계속해서 파양호를, 저 멀리 앞의 형주군을 번갈아 쳐다보고 있을 뿐이었다.

'선생의 능력이 모자란 게 아니라 그냥 내가 치트 키를 쓰는 거니 그렇게 자괴감 느낄 필요가 없다고요.'

그 말이 입안에서 맴돌았지만 이야기하지 못했다.

이야기한다고 해도 받아들이지 못할 거다. 이해하지도 못할 것이고. 꿈속에서 핸드폰을 쥐면 미래의 삼국지 덕후들이 우글거리는 카페에 접속한다니. 이걸 이 시대의 사람한테 어떻게 이해시켜?

"장군. 적들이 다가오고 있습니다."

내가 그렇게 생각하고 있을 때, 후성이의 목소리가 들려왔다.

정신을 차리고 보니 십만 명에 달하는 형주군 병력이 우릴 향해 성큼성큼 다가오고 있다. 그 선두에 선 것은······.

"장윤인가."

이(李) 그리고 문(文)과 함께 장(張)의 깃발이 펄럭인다.

형주군 쪽에서 대장을 맡을 수 있을 장씨라고 하면 장윤 하나밖에 없지.

그런 놈이 앞으로 나오더니 옆으로 손을 내민다. 부장 하나가 몹시 익숙한 물건을 놈에게 건네고 있었다. 대나무를 깎아서 만든 확성기다.

시벌. 저게 왜 저기에서 나와?

"아아. 들리느냐? 위속! 이 장윤 님의 목소리가 들린다면 손한 번 들어보거라!"

꽤 묘하기까지 한 목소리가 들려왔다. 내가 주유한테 한 걸

이야기로 전해 듣고서 따라 하는 모양. 무릉도원에서도 이런 얘기는 못 봤는데 이거 의외네.

"잘 들린다. 잘 들려."

적당히 손을 들어 보이며 내가 말하니 장윤이 씩 웃는다.

"이놈 똥쟁이 위속아! 네놈이 연주와 강남에서는 명성을 날렸을지 모르나, 이곳에서 네가 얻을 수 있는 건 오직 똥쟁이로서의 오명일 뿐이로다! 아니 그러하더냐!"

"맞습니다!"

장윤의 외침에 그 뒤에서 대기하고 있던 형주군 병사들이 소리친다.

"수전이라고는 쥐뿔도 모르는 놈들이 형주에 와서 우리 수군에게 싸움을 건다면 어찌 되겠느냐!"

"필패입니다!"

"뭐라고? 잘 안 들리는구나!"

"필패입니드아아악!"

"들었느냐, 위속! 우리 병사들이 네놈의 미래에 있는 건 패배뿐이라는구나!"

형주군 병사들이 악을 써가며 소리치고, 장윤이 뿌듯하다는 듯 씩 웃으며 날 쳐다본다.

"귀엽네, 쟤들. 크크크."

"그러게 말입니다. 나름 준비를 한 것 같기는 한데. 영⋯⋯ 밍밍하네요. 장군께서 저걸 하셨을 땐 공근 장군 얼굴이 막 벌겋게 변해서 피까지 토하고 그랬잖습니까?"

"옛날 생각나는구만."

주유가 열 받아서 피를 토하다 죽게 할 작정으로 진짜 화를 있는 대로 돋웠었는데 이제는 그런 놈과 같은 편이 되어서 싸우고 있으니. 역시 세상은 일단 오래 살고 볼 일이다.

"이놈, 위속아! 네놈의 미래가 어떤 모습일지 그려지지 않느냐? 네놈의 미래는 이미 정해졌느니라! 아니 그렇더냐? 그 미래의 모습이 뭐라고?"

"똥쟁이!"

"안 들리는구나!"

"똥쟁이이이아아악!"

장윤이 재차 외치니 형주군 병사들이 또 악을 써가며 소리치고 있다. 이건 뭐 재미있는 것도 아니고, 감동스러운 것도 아니고…….

"애잔합니다, 정말."

내가 물끄러미 쳐다보고 있는데 후성이가 말했다. 고개를 끄덕일 수밖에 없는 촌철살인의 논평이나 마찬가지.

"나름 준비를 한 것 같은데. 어디, 적당히 상대 좀 해줄까?"

어차피 좀 더 시간을 끌어야 한다. 장윤이 날 욕한다고 멍하니 있으면 있을수록 좋지.

으흐흐. 일이 잘 풀리겠구만.

"후후."

이엄과 문빙, 두 장수를 양옆에 두고서 대나무 확성기를 손에 든 장윤이 기분 좋게 웃었다.

지금쯤이면 위속은 얼굴이 벌겋게 변해 있을 거다. 남들을 모욕할 줄만 알았지, 자신이 모욕당한 적은 없으니 길길이 날뛰며 분노하고 있을 터.

여포의 머리라 할 수 있는 위속이 분노에 눈이 멀어 제대로 된 지휘를 할 수 없게 된다면 이번 전투의 승패는 불을 보듯 뻔하다. 자신들이 이기는 거다.

그리고 위속을 묶어두는 공을 세운 자신은 단번에 채모를 제치고 형주에서 유표 다음으로 제일가는 위세를 손에 넣게 되겠지. 상상하는 것만으로도 행복하다.

장윤은 그렇게 생각하며 대나무 확성기를 고쳐 잡았다. 기왕 시작한 것이니 위속이 아예 분노로 눈이 돌아가도록 만들어볼 작정이었다.

그랬는데.

"형주의 병사들아. 들리느냐?"

위속의 목소리가 들려왔다.

당연하게도 이쪽에서 돌아가는 대답은 없었다.

"위속! 네놈이 떠들어댄들 우리 병사들이 눈이나 껌뻑……."

"듣도 보도 못한 잡놈이 장수랍시고 너희를 지휘하는데 신뢰가 가냐? 전쟁에서 살아남으려면 그래도 좋은 지휘관의 지휘를 받는 게 낫지 않겠어?"

"으하하, 위속! 이 장윤 님께선 형주 일대를 주름잡는 명장이니라!"

"네가? 좀 있으면 똥쟁이가 돼서 역사에 이름도 한 줄 안 남을 놈이 명장은 무슨 얼어 죽을. 지나가던 개똥이가 다 웃겠네. 야, 장윤아. 내가 이거 하나만 묻자."

"어디 이야기해 보거라!"

"원소랑 원술, 이각이랑 곽사, 저수에 전풍이랑 방통까지. 얘네들 공통점이 뭔지 아냐?"

"공통점이라니?"

비록 지금에 와서 멀쩡한 것은 원소 하나뿐이지만 한때엔 천하를 진동시키던 제후들이고 하북이 자랑하는 책사들이다.

장윤이 눈을 껌뻑였다. 그들의 공통점이랄 게 딱히 떠오르질 않는 탓.

"공통점이 뭐가 있다는 것이냐!"

"뭐긴 뭐야. 다 나한테 한 대 씨게 얻어맞은 놈들이라는 거지. 네가 그중에 하나라도 상대할 수 있을 것 같냐?"

재차 이어지는 위속의 외침에 장윤의 얼굴이 굳어졌다.

"내가 형주를 벗어난 적이 없어서 그렇지, 주공을 도와 형주 밖으로 나섰다면 그중 반절은 이미 내 손에!"

"너 같은 듣보잡이? 야. 듣보잡이 왜 듣보잡인 줄 모르냐?"

"개소리가 과하구나, 위속!"

장윤이 인상을 찌푸리며 소리쳤다. 그런 장윤의 옆에 서 있던 청년 장수, 이엄의 눈이 동그랗게 커지고 있었다.

"자, 장군. 위험합니다!"

"정방. 갑자기 그게 무슨 소리더냐?"

위속이 분노해 튀어나올 수밖에 없을 도발을 이어 나가고자 하던 장윤이 반문했다.

"적장이 보이질 않습니다. 여포의 휘하엔 맹장이 수두룩하게 많이 있질 않습니까. 당장 우리 형주를 치겠다며 저들이 이끌고 온 장수 중 굵직한 자들만 하더라도 손책과 주유에 장료, 허저, 위월, 감녕이 있습니다. 어디 그뿐입니까? 위속의 제자 육손과 손권까지 있지요. 하지만 그들 중 저기에 있는 게 몇이나 됩니까?"

다급하기 그지없는 목소리로 이엄이 손을 들어 위속을, 그 뒤에서 있는 장수들의 모습을 가리켰다.

장윤의 눈매가 가늘어졌다. 보이는 건 위속과 허저 그리고 후성과 진궁의 깃발 정도가 전부일 뿐이다. 감녕도 없고, 장료도 없으며, 위월 역시 없다. 심지어는 육손과 손권 역시 마찬가지.

"손책과 주유는 수군을 맡았으니 그렇다 치더라도, 보십시오. 저게 어찌 칠만에 달하는 군세라 하겠습니까!"

계속해서 이어지는 이엄의 그 목소리에 장윤이 눈매를 찌푸리며 위속이 이끄는 병사들의 모습을 응시했다. 밀집 대형을 꾸린 것처럼, 병사들이 다닥다닥 모여 있는 중이다.

그런데 그 모습이 어딘지 어색하다. 어떤 곳은 병사들이 잔뜩 모여 있고, 또 어떤 곳으로는 휑하니 비어 있는 것 같아 위속이 새로 고안한 진법 같은 게 아닐까 고민하고 있던 장윤의 얼굴이 딱딱하게 굳어지고 있었다.

"서, 설마?"

"그게 맞을 것입니다, 장군. 위속은 수전에서 승부가 결정되기도 전에 먼저 우릴 공격해 궤멸시킬 작정일 겁니다. 장군! 대비하셔야 합니다!"

이엄이 그렇게 소리쳤을 때.

"장군! 장 장군! 큰일 났습니다!"

부장 하나가 헐레벌떡 달려와 소리쳤다.

"에이, 또 뭐냐! 뭔데 그렇게 호들갑이야?"

"저쪽, 저쪽을 보십시오! 주공의 전함이 추격당하고 있습니다!"

"뭐, 뭐라고?"

조금 전까지만 해도 여유롭기 그지없는 모습으로 위속을 향해 조롱을 퍼붓던 장윤의 낯빛이 창백하게 변하기 시작했다. 그런 장윤이 헐레벌떡 말에 올라 파양호 쪽을 쳐다봤다.

"이럴 수가."

유(劉)의 깃발이 커다랗게 새겨진 전함이 정말 꽁지가 빠지도록, 정신없이 뭍을 향해 도망쳐 오고 있다. 그런 전함의 바로 뒤를 여(呂)의 깃발을 단 전함들이 따라붙고 있었다.

말도 안 된다. 불가능한 일이다.

장윤은 그 광경을 지켜보면서도 그렇게 생각하고 있었다.

"장군! 주공을 구원해야 합니다! 궁수를 보내 주공을 추격하는 적들을 떼어내십시오!"

비명 섞인 이엄의 그 목소리가 장윤의 귓가에 들려왔다.

그런 와중에서도 장윤은 입을 열지 못했다. 상상치도 못한 상황 때문이다.

위풍당당하게 물길을 가르며 나아가던 형주 수군은 도대체 어딜 가고 유표의 전함이 저리 추격당하고 있단 말인가?

너무도 혼란스러운, 충격적이기만 한 결과에 장윤의 머릿속은 생각 자체를 멈춰 버린 상태였다.

그런 와중에서.

두두두두두두두-!

난데없는 기병대의 말발굽 소리가 들려오기 시작했다.

장윤이 반사적으로 그 소리가 들려온 쪽으로 시선을 옮겼다. 그들, 장윤의 휘하에 있는 형주군 병사들의 후방으로부터 들려오는 소리다.

장윤의 눈이 동그랗게 커졌다.

"장군! 사라졌던 적 병력이 움직이는 겁니다! 대응을!"

다급하기 그지없는 목소리로 이엄이 소리쳤다. 하지만 장윤의 대답은 없었다.

이를 악문 이엄이 자신의 말에 올라타며 검을 뽑아 들었다.

"지금부터 내가 지휘할 것이다! 문빙 장군! 지금 즉시 병사 일만을 이끌고 가 주공이 안전하게 상륙하실 수 있도록 구원하시오!"

"알겠소이다!"

"왕위! 그대는 후방으로 가 방진을 펼치고, 적 기마의 습격에 대비하라! 조금만 버티면 아군이 도착할 것이다!"

"예, 장군!"

"곽준!"

"하명하시오!"

"병사 일만을 내어줄 것이니 그대의 병사들과 합쳐 후위를 맡아주게. 어렵겠지만 부탁하네. 이대로 멍하니 있다간 우린 이곳에서 모두 죽을 걸세. 위험을 무릅쓰고서라도 기춘성으로 물러나야 해. 알겠는가?"

"주공을 위해 목숨을 바치리다."

비장하기 그지없는 얼굴로 포권하는 곽준을 향해 고개를 끄덕여 보이며 이엄이 소리쳤다.

"적들이 오고 있다! 후방의 적들을 공격하러 갈 것이다! 나를 따르라!"

반쯤 정신을 놓은 채 멍하니 서 있는 장윤을 대신해 여러 장수에게 명령을 내리던 이엄이 후방을 향해, 여포군 기마가 돌격해 오는 곳을 향해 질주하기 시작했다.

두두두두두두-

기마병이다. 그들이 질주하고 있다.

일만에 달하는, 여포 휘하에서 고르고 골라선 쉴 새 없이 몇 년이나 갈고 깎고 대패질까지 해가며 키워낸 최정예다.

파양호 북쪽의 길조차 나지 않은 벌판을 달리며 마침내 적들을 목전에 둔 상황. 그런 와중에서 장료는 자신의 옆에서 달리는 손권을 응시하고 있었다.

　"중모."

　"예?"

　"이번이 사실상 첫 실전이라고 들었다. 자신 있느냐?"

　"스승님께서 내신 계책이잖습니까. 당연히 자신 있죠. 걱정 마십쇼. 훌륭하게 해내 보이겠습니다."

　"오냐, 믿으마."

　손권이 장료를 향해 포권함과 동시에 품속에서 자그마한 뿔피리를 꺼내더니 힘차게 바람을 불어 넣었다.

　피이이이이-!

　그와 동시에 사방에서 뿔피리 특유의 그 날카롭고 높은 음색의 소리가 울려 퍼지기 시작했다.

　장료의 기마대를 따라 뒤에서 움직이던 삼천 남짓한 병력과 함께 손권이 말 머리를 돌리며 옆으로 물러나고 있었다.

　"와아아아아아아아아-!"

　전투가 벌어진 모양이다. 죽고 죽이며 서로가 외치는 거대한 함성이 들려오기 시작했다. 꽤 멀리 떨어진 거리임에도 쇠와 쇠가 부딪치는 소리 역시 함께였다.

장윤을 대장으로 한 십만 병력이 진을 치고 있는 황매오. 장강이 범람할 때면 함께 수위가 높아지는 파양호의 치수를 위해 만든 그 제방 근처에서 장윤을 대장으로 한 병력이 여포의 병사들을 상대로 싸우고 있을 거다.

지금쯤이면 장윤 본대의 후방으로 우회해 기습적으로 돌입해 들어간 정예 기병대에게 급습당해 큰 낭패를 보려는 참일 터.

"흐음."

울창한 숲속에 군을 숨긴 채 기다리고 있던 장년의 장수, 황충이 가슴께까지 내려오는 기다란 수염을 쓰다듬고 있다. 그런 황충의 곁에서 부장이 애가 탄다는 얼굴을 하고 있었다.

"장군. 서둘러 나아가야 합니다. 지금의 이 순간에서도 적들은 아군을……."

"때를 기다려야지. 군사께서도 적 기마가 충분히 아군 진영으로 파고들 때까지 꾹 참으라 하질 않으셨더냐. 아군의 희생은 안타까운 일이나 적의 최정예를 섬멸하는 일이다. 당장의 희생이 결국엔 더 큰 희생을 막게 될 것이니."

"하, 하지만……."

"허어. 내 말을 이해하지 못한 것이냐? 우린 혹여나 있을지 모를, 최악의 상황에 대비해 군사께서 남긴 비장의 한 수다. 형주군 전체가 패망하는 것을 막는 것이 우리의 역할이거늘, 어찌 사사로운 정에 이끌려 대국을 보지 못하고 자그마한 것에 얽매는 것이냐. 정신 차리지 못할까?"

"……예, 장군. 송구합니다."

부장이 입술을 질끈 깨물며 답하자 황충은 눈을 감았다.

그러길 잠시, 감겨 있던 황충의 그 깊고 맑은 눈동자가 모습을 드러냈다. 황충이 창을 쥔 손에 힘을 더하고 있었다.

"때가 되었다. 신호를 보내라."

"북을 울려라!"

부장이 반색하며 소리치자 사방에서 북소리가 울려 퍼진다. 황충이 선두에서 말을 몰아 자신의 휘하에 있는 만 명의 기병대와 함께 본진의 후방을 공격하고 있을 이들을 향해 나아가기 시작했다.

울창한 숲속을 지나자 드넓은 벌판의 갈대밭이 나타났다.

장강이 범람하고 나면 늪지대가 되는 곳이지만 지금은 사람 키만 한 갈대만이 무성할 뿐, 일만 명이나 되는 기병대가 전력으로 질주하기에 부족함이 없는 곳이었다.

두두두두-

그런 갈대밭에서 걷는 것으로 시작됐던 기병대의 움직임이 점점 더 빠르게 변해간다.

이윽고 약간의 시간이 지났을 즈음엔 거의 전속력으로 질주하는 것에 도달하고 있었다.

스사사사사사-

쭉쭉 뻗은 갈대가 얼굴을, 갑옷을 스치며 지나는 게 느껴진다. 얼굴 곳곳에서 작게 생채기가 나고, 희미하게나마 피가 새어 나왔지만 황충은 무시했다.

그런 황충의 머릿속은 아군의 후방을 공격한 적들을 무찌르고, 섬멸하는 생각 하나로만 집중되어 있었다.

"와아아아아아아아아-!"

"죽여라! 모조리 죽여 없애라!"

"막아라! 네 몸으로라도 막아라! 우리가 무너지면 우리 군 전체가 무너지게 된단 말이다!"

"무슨 수를 써서라도 막아야 한다! 주공께서 지켜보고 계신다! 죽을 때 죽더라도 한 놈이라도 죽이고 난 뒤에 죽어라!"

본대와의 거리가 가까워질수록 악전고투의 와중에서 그들이 내뱉는 외침이 더 선명하게 들려오기 시작했다.

황충이 말의 배를 걷어찼다. 더욱더 속도를 높이려는 거다. 이제 조금만 더 가면 전장에 도착하게 될 터.

저 멀리에서 흙먼지가 피어오르는 것이 시야에 들어왔다. 희미하게나마 적 기마와 형주군 병사들이 뒤섞여 격전을 벌이는 모습 역시 마찬가지.

황충이 창을 치켜들었다.

"적들이 저기에 있……."

푹-!

기묘한 충격이 느껴졌다.

자신이 낼 수 있는, 가장 커다란 목소리로 외치려던 황충의 눈앞에 비치는 풍경이 일순간 달라졌다.

갈대밭이 가까워진다. 몸이 부웅 허공을 나는 느낌이다.

그것을 인지한 황충의 눈이 동그랗게 커지기 시작했을 때, 갈대가 뿌리 내린 대지가 바로 코앞까지 다가와 있었다.

"크허억!"

온 세상이 빙글빙글 돈다.

지금껏 살면서 한 번도 느껴본 적 없는 격통이 온몸을 휘감는다. 뼈며 관절이며 할 것 없이 온몸이 다 아프다.

간신히 정신을 차린 황충이 휘청이며 몸을 일으켰을 때, 그는 볼 수 있었다.

콰직, 콰지지지직!

"끄으으으으으……."

"끄아아아아아아아아악!"

"커허어어어억!"

"이, 이게 도대체……."

말과 말이 뒤엉키고, 사람의 뼈가 으깨진다. 적지 않은 이들이 뭔가에 몸이 꿰뚫려 있고, 땅에 쓰러져 절명했거나 절명해 가는 과정에 놓여 있다.

그리고 그런 참상을 만들어낸 것은.

"마, 말뚝?"

갈대밭 한가운데에 기다랗게 세워져 있는, 나무를 날카롭게 깎아 사람이며 말이며 할 것 없이 모조리 꿰어버린 말뚝이다. 그런 게 기다랗게 이어져 있었다.

"으아아악! 멈춰! 멈추라고!"

"말뚝이다! 말 머리를 돌려! 피해야 해!"

선두가 그 말뚝과 충돌하며 참상이 벌어진 것을 본 기병들이 정신없이 속도를 줄이고, 말 머리를 돌려 말뚝을 피하며, 몇

몇은 있는 힘껏 말과 함께 뛰어오르고 있다.

하지만 그렇게 한다고 해서 이 혼란이 한순간에 해결될 리가 만무. 사방에서 비명이 터져 나오고, 말과 말이 부딪치며, 사람이 죽어간다.

몸에서 느껴지는 고통조차 잊은 채, 멍한 얼굴이 되어 주변을 돌아보는 황충의 시야에 들어온 것은 참상 그 자체였다.

그리고 그와 동시에 황충은 이와 같은 참상을 만들어낼 자가 누구인지를 머릿속으로 떠올리고선 소리치고자 했다.

하지만.

"쏴라!"

갈대밭 저편에서 앳된 느낌의 목소리가 울려 퍼졌다.

황충이 자신도 모르게 고개를 들어 올렸다.

그런 황충의 시야에 들어온 것은 수천 발의 화살이 허공을 가르며 자신들을 향해 날아오는 그 모습이었다.

3장
호갱님!

"유표를 잡아라!"

"유표만 잡으면 다 끝난다! 스승님께서 약속하셨던 것을 기억해라!"

"유표만 잡으면 승진이다, 이 잡것들아! 나 이번에 꼭 오천인장 달아야 한단 말이드아아아아!"

"유표를 잡으면 네 계급 특진이다! 일반 병사도 바로 천인장이 되는 거야!"

"우오오오오, 천인장!"

"승진! 승진! 승진! 승진!"

"승진! 승진! 승진! 승진!"

간신히 배에서 내려 뭍에 도착하기가 무섭게 말을 타고 북서쪽으로 도주하는 유표의 뒤에서 여포군 병사들이 내뱉는 소리가 들려온다.

승진이라니. 삶과 죽음이 갈리는, 이 전장에서 저게 도대체 무슨 소리란 말인가.

쫓기는 와중에서도 유표는 어이가 없다는 듯 저 뒤편을 응시했다.

"주공을 지켜라!"

"여포에게 형주가 넘어가면 너희 가족들이라고 무사할 것 같으냐! 무조건 막아라! 목숨을 던져가면서라도 막으란 말이다!"

형주군 병사들이, 채모와 괴월을 비롯한 여러 호족이 지난 수년간 날카롭게 갈고 닦으며 키워온 정예병들이 죽음을 각오하고서 소리치며 여포군을 막아선다.

하지만 승진에 눈이 돌아가 버린, 끊임없이 승진 하나만을 외치며 미친 듯이 질주해 오는 여포군 병사들을 막기엔 턱없이 부족하기만 한 수준이었다.

"주공. 후방을 막아서지 않는다면 어렵습니다."

상황을 살피던 서서가 딱딱하게 굳어진 얼굴로 유표의 바로 옆으로 말을 몰아 달려오며 말했다.

유표가 주먹을 움켜쥐었다.

이곳에서는 잘 보이지 않지만 저 뒤에서 들려오는 소리만으로도 알 수 있다. 지금쯤 후방은 미친 듯이 추격해 오는 여포군 병사들에 의해 병사들이 쉴 새 없이 죽어 나가고 있을 거다.

모두를 살릴 수는 없다. 나머지를 살리기 위해서라도 누군가를 후방으로 보내 희생시켜야만 할 상황이었다.

"주공! 소장을 보내주십시오. 소장이 죽음을 각오하고 적들을 막아 세우겠습니다!"

그런 와중에서 이엄이 비장하기 그지없는 목소리로 말했다.

"정방. 내 어찌 그대를……."

"이 형주에 이엄은 없어도 되지만 주공이 없어서는 안 됩니다!"

"이엄 장군. 병사 일만을 줄 터이니 그들을 데리고 후방을 막아주시오. 장군의 희생에 감사드리오."

곁에서 그 이야기를 듣고 있던 서서가 포권하자 이엄이 뒤도 돌아보지 않고 말 머리를 돌려 후방으로 달려가기 시작했다.

그 모습에 유표가 이를 악물고 있었다.

"도대체…… 어째서 일이 이렇게까지 되었단 말인가."

파양호의 북서쪽, 대룡산 줄기의 끄트머리. 그곳에 도착한 유표가 중얼거리며 말에서 내려 땅바닥에 철퍼덕 주저앉았다.

노구를 이끌고 먼 거리를 미친 듯이 질주해 온 탓에 심장이 쿵쾅거린다. 지금 당장에라도 여(呂)나 위(魏)의 깃발이 펄럭이며 저 뒤에서 따라올 것 같다는 생각이 든다.

혹시나 하는 마음에 고개를 돌려 남동쪽을 쳐다봤지만 계속해서 도망쳐 오는 형주군 병사들만이 있을 뿐, 여포군은 보이질 않고 있었다.

"주공. 이엄 장군이 포로가 되어 붙잡히는 걸 본 자가 있다

합니다. 다행히 추격은 확실히 떼어낸 모양입니다만……."

"뭐라?"

"이엄 장군이 본대를 이끌고 퇴각하기 시작했을 때, 후위를 맡았던 곽준 장군 역시 포로가 되었다는 보고가 있었습니다."

"황충은? 황한승은 어찌 되었는가?"

유표의 반문에 서서가 조용히 고개를 저었다.

유표가 허탈하다는 듯 웃음을 터뜨렸다.

"으하하. 절대 패할 리가 없다고 생각했던 물 위에서도 당했고, 뭍에서도 당했군. 내가 확실하게 당했어. 이렇게까지 황당하게 당할 수가 있단 말인가!"

"주, 주공?"

"서 군사도 생각해 보게. 말도 안 되는 패배야. 아니 그런가?"

"송구합니다."

"아니야, 아니야. 서 군사도 따지고 보면 할 수 있는 건 다 했네. 애초에 나는 생각도 안 했지만, 수군이 패배하는 것에 대비해서 황한승에게 기마 일만을 맡겨 만약의 상황에 대비하기까지 했어. 그 정도면 할 만큼 한 거지. 자네 탓이 아닐세."

그렇게 말하며 유표가 서서의 어깨를 가볍게 두드려 주더니 주변을 돌아보았다.

그런 유표의 시야에 들어오는 풍경은 그다지 높지는 않으나 숲이 울창한 대룡산 그리고 온 사방으로 갈대며 풀이며 하는 것들이 사람 키보다 더 높게 자라난 평원이었다.

한참이나 눈매를 가늘게 하며 그 광경을 돌아보던 유표의 입꼬리가 한쪽으로 히죽 치켜져 올라갔다. 곁에 서 있던 서서와 괴월의 얼굴에 의아해하는 기색이 피어나고 있었다.

"주, 주공! 주고오오옹!"

그때, 저 뒤쪽에서 애달픈 목소리 하나가 울려 퍼졌다.

유표가 고개를 돌렸다.

채모다. 형주군 상장으로서의 위엄 가득하던 갑옷은 온데간데없이 사라지고, 어디에서 주운 건지 볼품없는 검만 한 자루 든 모습이었다.

"살아서 왔구만?"

"이 채모, 죽으나 사나 주공만을 지키고 충성을 다 하려는 마음뿐입니다! 그럼에도 파양호에서 여포와 주유에게 당해 함대를 모두 잃었으니 죽어 마땅합니다. 죽여주십시오, 주공!"

무릎을 꿇고, 땅에 이마를 박으며 채모가 쩌렁쩌렁하기 그지없는 목소리로 소리쳤다.

그런 채모를 유표가 일으켜 세우더니 등을 토닥이고 있었다.

"됐네, 됐어. 살아서 돌아오면 된 게야. 그리고 난 자네가 살아서 돌아오니 더 마음이 놓이는군."

"예? 그, 그게 무슨 말씀이십니까?"

"으흐흐, 웃기지 않는가? 다들 잘 보게. 이곳의 지형이 어떠하던가?"

이해가 되질 않는다는 듯 멍하니 눈만 껌뻑이는 채모를 내버려 두고서 유표가 손가락을 들어 주변을 가리켰다.

서서가, 괴월이 유표의 그 손가락을 따라 주변을 살피기 시작했다. 그런 이들의 얼굴이 딱딱하게 굳어지고 있었다.

"이곳은 사지입니다, 주공. 어서 피해야 합니다."

"피하긴 뭘 피해? 잘 보게. 만약 위속이 이곳에 매복을 뒀으면 우린 꼼짝없이 당했을 거야. 그런데 지금까지 매복은커녕 쥐새끼 한 마리 보이질 않는 중이잖은가?"

"그, 그건 확실히 그렇습니다. 복병을 숨기기에 딱 좋은 곳이지요. 지금과 같은 상황에선 이곳에서 오천 명만 튀어나온다고 해도 우린 괴멸을 면치 못할 것입니다."

괴월이 고개를 끄덕였다.

기분 좋게 웃는 유표의 미소가 더욱더 진해지고 있었다.

"그러니까 기분이 좋다는 걸세. 파양호에서 그렇게 말도 안 되는 승리를 거두고, 우리 본대까지 공격했지. 심지어는 서 군사 자네가 복병을 둘 것까지 예측해서 우리 후방을 공격하는 와중에 새로운 복병까지 숨겨뒀어. 그랬던 인간이 바로 위속인데."

유표의 시선이 이번엔 채모를 향했다.

지금껏 유표가 무슨 소리를 하는 것인지 모르겠다는 얼굴로 어쩔 줄을 몰라 하던 채모의 얼굴에는 어색한 미소가 피어나고 있었다.

"덕규가 몸 성히 돌아왔지. 우리 형주의 호족 연합체를 이끄는 수장이 바로 덕규가 아닌가. 덕규를 사로잡았으면 난 적잖이 곤란했을 거야. 어디 그뿐인가? 이곳에다가 복병까지 심어 두었으면 우린 끝일세, 끝. 그런데 복병도 없고 덕규도 무사히 돌아왔으니 위속 그놈도 결국엔 인간이라는 게지."

"마, 맞습니다, 주공! 위속도 결국엔 인간인 만큼, 모든 것을 알 수는 없지요. 모든 것을 다 할 수도 없고요. 이제 곧 가을이고, 조금 있으면 겨울이니 강남에서 배를 띄운들 형주까지 올 수는 없을 겁니다! 천시만 우릴 돕는다면 소장이 직접 군을 이끌고 위속을……."

둥- 둥- 둥- 둥-

"북소리?"

채모가 채 말을 끝내기도 전에 저 멀리에서 북소리가 울려 퍼지기 시작했다. 자신도 모르게 중얼거리던 유표의 안색이 새하얗게 질리기 시작했다. 채모 역시 마찬가지.

"스승님을 모욕하는 자가 여기에 있다! 모조리 쓸어버려라!"

"우와아아아아아아아아아-!"

대룡산 자락에서 육(陸)이 새겨진 깃발과 함께 여포군 병사들이 함성을 내지르며 질주해 내려오기 시작했다. 그 선두에 선 것은 머리끝부터 발끝까지 시커먼 갑옷을 입고, 흑마를 탄 채 창을 든 육손이었다.

"주공! 피하십시오! 피하셔야 합니다! 주공을 모시어라!"

"복병이라니? 이곳에 복병이라니!"

창을 꼬나 잡고 병사들과 함께 미친 듯이 질주해 오는 육손. 그의 모습을 보고서 믿을 수 없다는 얼굴로 서 있는 유표를 억지로 들어 올리다시피 하며 서서는 움직이기 시작했다.

"하, 하하……."

해가 저물어갈 즈음.

육손의 추격을 간신히 떼어냈을 때, 유표는 어이가 없다는 듯 헛웃음을 내뱉었다. 그런 유표의 주변에 남은 건 이제 일만도 채 안 되는 병사들일 뿐이었다.

"어이가 없군…… 어이가 없어. 파양호에서도 지고, 뭍에서도 지더니 이제는 매복까지. 허…… 그게 정말 사람이란 말인가?"

"주공, 승패는 병가지상사라 하였습니다. 비록 소생들이 무능하여 대패를 당하였으나 마음을 추스르고 지키는 것에만 전념을 다 한다면 능히 저들을 쫓아낼 수 있을 것입니다."

"그렇겠지. 서 군사, 그대의 말이 옳아. 이제 곧 겨울이고, 저들은 강남에서 이곳까지 천삼백 리나 되는 거리를 육로로 움직이며 보급해야 할 테지."

"예, 주공. 게다가 저들의 북방으론 팔십만 대군을 이끄는 원본초가 있습니다. 전쟁이 길어진다면 필시 원본초가 남하해 내려올 것입니다."

유표가 고개를 끄덕이며 서서를 응시했다.

지금껏 단 한 번도 상상해 본 적 없는 대패를 당하고, 끝없이 이어지는 매복에 연이어 곤란함을 겪은 와중임에도 서서의 얼굴엔 절망스러운 기색이 보이질 않고 있었다.

"그대는 이런 상황에서도 냉정을 유지하며 최선의 수를 찾아내고자 노력하는군."

"비록 소생, 위속에게 지략에서 패하였으나 군사로서 해야 할 바에 충실할 따름입니다."

"그래. 그 정도면 되네. 시간은 우리의 편이지, 저들의 편이 아니니까."

수성에만 전념하면 파양호 일대를 잃는 것까지는 어쩔 수 없다 하더라도 형주의 중심이라 할 수 있을 양양과 강하, 남군은 지킬 수 있으리라.

유표는 그렇게 생각하며 혼자 고개를 끄덕였다. 그런 유표의 시야에 저 멀리 앞에 우뚝 솟아 있는, 형주 외곽을 시찰하며 몇 번이고 보았던 기춘성이 있었다.

유(劉)와 함께 기춘성의 태수, 소비의 깃발이 펄럭이고 있다. 멀리에서 보기론 멀쩡하기 그지없는 모습이다. 대룡산까지는 위속의 손아귀가 뻗쳤지만, 이곳 기춘성은 소비가 철통같이 지키고 있을 터였다.

"흐흐, 흐흐흐흐."

웃음이 나온다.

유표가 한 손으로 자신의 이마를 부여잡은 채 계속해서 웃기 시작했다. 그런 유표의 모습에 서서히, 괴월의 눈이 동그랗게 커지기 시작했다.

채모도 그러했으며, 지금껏 말없이 병사들을 통솔하며 어떻게 해서든 돌파로를 뚫어 길을 만들었던 문빙 역시 마찬가지였다.

"주, 주공?"

"주공! 어찌하여 또 웃고 계시는 겁니까?"

괴월이, 서서가 반문하기가 무섭게 유표가 손을 들어 기춘성을 가리켰다.

"보아라! 기춘성이 멀쩡한 모습을 보니 내 마음이 놓여서 그런다. 크흐흐흐, 위속 그놈의 지략이 아무리 뛰어나다 한들 멀쩡한 성까지 어쩔 수는 없다는 것이 아니겠느냐?"

"주공, 그…… 일단은 기춘성까지 무사히 들어간 다음에 그런 말씀을 하시면 안 되겠습니까? 보십시오, 병사들이 불안해하고 있습니다."

괴월이 손가락으로 병사들을 가리키며 말했다.

유표가 피식 웃으며 고개를 저었다.

"불안해하긴 뭘 불안해해? 우리 코앞에 있는 것이 기춘성이다. 이 상태에서 여포군의 추격이 나타난들 기춘 태수 소비가 우릴 구원하러 올 것인데 뭐가 두렵다는 것이냐!"

"하오나."

"되었다! 비록 한 번 패전을 겪었다 한들 우리 형주의 남아들이 언제부터 이런 겁쟁이가 되었단 말인가! 내 직접 선두에 서서 기춘성으로 나아가며 형주 남아의 기개가 죽지 않았다는 것을……."

끼이이이이익-!

유표가 그렇게 말하고 있을 때, 성문이 열리는 소리와 함께 일단의 병사들이 성 밖으로 달려오기 시작했다.

"보아라! 기춘 태수가 우릴 맞이하러 나오고 있질 않으냐!"

"주, 주공! 보십시오! 기춘 태수가 아닙니다!"

"뭐, 뭐라?"

선두에서 수염을 쓰다듬으며 여유롭기만 한 얼굴을 하고 있던 유표의 얼굴이 딱딱하게 굳어졌다.

"보십시오! 위(魏)의 깃발입니다! 위속이 왔어요, 위속이 왔단 말입니다!"

안색이 창백하게 변한 괴월이 미친 듯이 소리치기 시작했다. 그것은 유표와 함께 있던 다른 장수들 역시 마찬가지.

"으아악! 위속이다! 위속이 왔어!"

"귀신이 왔다! 도망쳐야 해!"

"어딜 간단 말이더냐! 주공을 지켜라! 주공을 지키란 말이다!"

"총군사의 말씀대로 유표가 나타났다! 유표를 잡아라! 유표만 잡는다면 네 계급 특진이다!"

"유표가 저 앞에 있다!"

"우와아아아아아아아!"

위(魏)의 깃발을 사용하는 장수, 위월이 병사들과 함께 괴성을 외치며 질주해 오기 시작했다. 그 모습을 지켜보며 유표는 한숨을 푹 내쉬더니 혼자 고개를 절레절레 젓고 있었다.

"어이가 없군."

그것 이외엔 아무런 말도 나오질 않는다. 정말 어이가 없다.

그것은 유표와 함께 서 있던 괴월 역시 마찬가지.

"으흐흐흐."

괴월이 마치 실성하기라도 한 것처럼 홀로 웃음을 터뜨리고 있었다.

그런 와중에서.

둥- 둥- 둥- 둥-

또 다른 북소리와 함께 기춘성 옆의 자그마한 호숫가 쪽에서 새로운 병력이 그 모습을 드러내기 시작했다.

정(程)의 깃발이다. 그런 깃발과 함께 장수 하나가 전마를 타고 자신의 휘하 병력과 함께 미친 듯이 질주해 오고 있었다.

"이건…… 의미가 없겠군."

유표가 땅바닥에 털썩 주저앉으며 중얼거렸다.

앞에서도, 뒤에서도 여포의 장수들이 돌격해 오고 있다. 반면 지금 당장 자신을 지키고 있는 병사는 고작 해봐야 일만 명도 채 안 되는, 사기가 땅에 떨어질 대로 떨어졌고 체력도 바닥난 이들일 뿐이었다.

싸워봐야 무의미한 저항이다. 차라리 깔끔하게 자결해 버리는 것이 나을 터.

"검을, 검을 주게."

유표가 서서를 향해 손을 뻗으며 말했다.

하지만 대답은 돌아오지 않았다. 서서는 그저 귀신이라도 본 것처럼 저 멀리, 장강 줄기만을 응시하고 있을 뿐이었다.

"내 검을 달라 하고 있잖은가!"

"주공! 저쪽을 보십시오! 지원입니다, 강하 태수의 지원군이 왔어요!"

지금껏 애써 침착함을 유지하던 서서의 그 목소리에 유표가 확 고개를 돌렸다.

그런 유표의 시야에 들어온 것은.

"전함?"

황(黃)의 깃발을 휘날리는 전함이다. 그런 전함이 무려 서른 척이나 강줄기를 따라 빠른 속도로 다가오고 있었다.

"으하하하, 주공! 살길이 생겼습니다! 어서 가십시오! 강하 태수의 배에 오르셔야 합니다!"

강하 태수 황조가 나타났다. 그것도 서른 척이나 되는 함대를 이끌고서.

강변에 배를 대고 화살을 있는 대로 쏟아내는 것만으로도 여포군은 접근할 엄두조차 내지 못할 거다. 이제 살아남을 수 있다. 저 뒤에서 밀려오는 적들을 아주 잠시만 막으면, 물길을 타고 미끄러지듯 빠른 속도로 다가오는 황조의 함대가 도착할 때까지만 버티면 될 터.

파양호에서의 패전을 조금이나마 만회할 기회다. 채모는 그렇게 생각하며 함지박만 하게 웃으며 검을 뽑아 들었다.

하지만 그런 채모를 향해 질주해 오는 것은 위월이고, 그 휘하에서도 정예 중의 정예라 할 수 있을 천인장 정양의 부대였다.

□

"끄으으……."

어딘가를 향해 몸이 질질 끌려가는 게 느껴진다.

기절했다가 정신을 차린 채모가 인상을 찌푸리며 눈을 떴다. 하지만 아무것도 보이질 않는다. 느껴지는 건 눈가를 에워싼 두꺼운 천이고, 양팔을 붙잡고서 끌고 가는 우악스러운 손길이며, 자신의 의지와는 달리 어찌어찌 움직이며 걷고는 있는 두 다리의 움직임이었다.

'이게 도대체?'

이해가 되질 않는다.

채모가 기억하는 마지막은 황조의 함대가 접근하는 것을 보고서 병사들과 함께 조금이나마 시간을 끌겠다며 후위에 서던, 그 순간이었으니까.

"어, 사형. 이 자식 깬 모양인데요?"

"깼으면 좋지. 스승님께서 기다리실 필요도 없고."

"어, 어어!"

귓가에 들려오는 낯선 목소리에 상황을 파악하기 위해 노력하던 채모가 비명을 내질렀다. 몸이 균형을 잃음과 동시에 땅바닥에 철퍼덕 쓰러지는 것이 느껴졌다.

그런 채모가 반사적으로 몸을 일으켰다. 두 팔을 붙잡던 손길이 더는 느껴지질 않는다.

그가 조심스레 눈을 가리고 있던 천을 들어 올렸을 때, 낯선 얼굴의 장수가 인상을 찌푸리며 서 있었다.

"하. 그렇게 덫을 놨는데 겨우 잡아 온 게 이거야?"

"죄송합니다, 스승님. 황조가 예상보다 너무 빨리 나타나 버려서."

"아오…… 뭐 그래도 강하엔 감녕이 가 있을 테니 성과가 없진 않겠군. 어쨌든 이게 채모라는 거지?"

장수가 인상을 찌푸리며 채모의 모습을 살피기 시작했다.

채모가 굵은 침을 꿀꺽 삼켰다. 강하에 대해서 떠드는, 섬뜩한 이야기가 들려왔지만 일단은 자신이 살아남는 게 우선이다.

"내, 내가 채모요만…… 귀하는 누구시오?"

"나? 위속."

"위, 위속? 그, 그러면 내가 그대들에게 포로로 잡혔다는 말인가?"

"포로라니? 에헤이, 무슨 말을 그렇게 섭섭하게 하시나. 포로가 아니라 귀중한 자원이자 호갱님이시지."

"호갱? 그게 도대체 무슨 소리요?"

"앞으로 알게 될 거야."

위속이 씩 웃으며 말했다. 그 웃음이 채모에겐 더없이 서늘하고, 더없이 두렵게만 느껴질 뿐이었다.

📱

"호갱님이라니 그게 도대체……."

채모가 눈을 껌뻑인다. 그런 채모의 옆에서 진궁이 의미심장한 표정으로 날 쳐다보고 있었다.

"호갱님이 호갱님이지 뭘. 너희는 밖에서 기다려라."

"예, 스승님."

"채모 너는 거기에 편하게 앉고. 이야기할 게 좀 있으니까."

육손이와 손권이를 내보냄과 동시에 난 채모를 대충 앉히며 뒷짐을 지고 주변을 돌아보았다.

유표가 직접 사용하던, 형주 수군의 대장선이라 그런지 실내가 꽤나 화려하다. 조조나 원소가 사용하던 군막과는 또 다른 느낌이랄까?

청룡이 새겨진 커다란 깃발이 유표의 자리 뒤쪽에 걸려 있고, 유표가 있는 동안엔 끊임없이 향을 피워두었던 듯 은은한 향기가 선내에 가득하다.

이런 선실에 있는 건 오직 나와 진궁 그리고 포로로 잡혀 온 비무장 상태의 채모, 총 세 명이었다.

당장에라도 내가 마음만 먹는다면 채모는 세상에서 하직하게 될 수도 있다. 그 때문인지 채모는 몹시 불안해하는 모습으로 눈동자만 데굴데굴 굴리며 우리의 눈치를 살피고 있었다.

"그나저나 참 아쉽게 되었소. 채모가 아니라 유표를 사로잡았더라면 단번에 싸움이 끝났을 것을."

그런 채모의 모습을 힐끔 쳐다보며 진궁이 말했다. 슬슬 시작하는 모양.

"아쉽지만 어쩔 수 없죠. 서서가 무슨 짓을 할지, 어떤 대비를 할지 다 읽었어도 먼 곳의 바람까지 읽는 건 어려워서…… 뭐, 그래도 남군에 숨겨둔 우리 쪽 애들이 있으니 다행이죠."

채모가 몸을 흠칫거리며 날 쳐다본다.

"수, 숨겨두다니. 그게 무슨 소리요?"

"성을 점령하려면 성문을 열어야 하잖아. 근데 난 이 전쟁을 길게 끌 생각이 없거든. 단숨에, 빠르고 쉽게 우리 쪽 승리로 형주 전역을 점령할 생각이라 준비를 좀 해놨지. 매수도 좀 했고."

"매수…… 매수…… 허억!"

혼자 중얼거리던 채모가 일순간 화들짝 놀라선 날 쳐다본다. 그런 채모의 얼굴이 벌겋게 달아올라 있다. 떨리는 손가락으로 날 가리키며 입을 뻐끔거리는 채모의 그 눈에 두려운 기색이 서리고 있었다.

"어, 어째서요! 어째서 내게 그런 이야기를 들려준단 말이오!"

"들어도 상관이 없으니까?"

"살인멸구라도 할 생각이외까! 나를, 형주 호족 연합체의 우두머리인 이 채모를?"

"포로로 잡았으니 죽이건 살리건 그건 내 마음인데 그걸 네가 왜 따져? 그리고 그냥 살려서 보내줘도 네가 할 수 있는 건 없을걸? 안 그렇습니까? 공대 선생."

"총군사가 해놓은 것들이 워낙에 많아서. 아마…… 살아서 돌아간들 곧 유표에게 숙청당하는 신세가 될 거외다."

"도대체 이게 무슨……."

"총군사가 이번 전쟁을 준비하며 형주에 대한 모든 것들을 낱낱이 조사했소. 그 과정에서 그대와 그대의 일가에 관한 이야기도 파악했지. 꽤 지저분하더군. 안 그렇소이까?"

"자잘하게 해먹은 건 뭐, 그렇다 치더라도 큰 똥이 하나 있었죠. 유표가 알면 당장에 채씨 일가를 멸족시키겠다고 길길이 날뛰어도 이상하지 않을 만한 거로."

"말도 안 되는 소리요! 그러한 것은 없소이다. 전혀 없단 말이오!"

채모가 자리에서 일어나며 버럭 소리친다. 자신은 정말로 무고하다는 것처럼.

근데 그럴 리가 없다.

〈유표가 아들이 둘이었는데 첫째는 다른 부인이고 둘째가 채모 여동생이 낳은 애였음. 그래서 채모가 둘째를 후계자로 밀겠다고 첫째 쪽 사람 매수해서 오래 먹으면 죽는 독약 비슷한 거 먹이고 있었다 함. ㅋㅋㅋ 나중에 형주에서 내전 난 게 이거 때문임. ㅎㅎㅎㅎㅎ〉

무릉도원에서 본 댓글 중 하나다.

내가 형님과 함께 형주를 공격하기 얼마 전부터 먹이기 시작했다고 했었으니 지금쯤이면 이미 독약을 탄 식사가 유기의 목구멍 너머로 수십 번이나 넘어갔을 터.

"연기 잘하네. 하긴, 피 안 섞인 조카를 죽이고 친조카를 형주 자사로 만들려면 그 정도 실력은 있어야지."

"……."

겁을 잔뜩 집어먹은 것처럼, 내가 하는 말 한 마디 한 마디에 격하게 반응하며 몸을 떨기까지 하던 채모의 얼굴이 딱딱하게 굳어졌다.

그런 채모가 자리에서 일어나 날, 진궁을 번갈아 쳐다본다.

그 얼굴이, 눈빛이 조금 전과는 비교도 할 수 없이 차갑게 식어 있었다.

"어떻게 안 것이오?"

"방법이 중요한 게 아니야. 그 정보가 내 손에 쥐어져 있다는 사실이 중요한 거지. 당신네 군사인 서서가 무슨 짓을 어떻게 할지, 그 머릿속도 다 들여다보고 있었는데 흔해 빠진 후계싸움 정도쯤이야."

"그걸 내게 이야기했다는 건…… 이런 것이오? 날 협박해 우리 채씨 일족을, 나아가 형주의 호족이 주공에게 협조하지 않도록 하겠다는?"

"그럴 수도 있고."

이럴 땐 최대한 두루뭉술하게 이야기하는 게 좋을 거다.

나는 여유로운 얼굴을 가장하며 어깨를 으쓱였다.

채모가 유기의 음식에 독을 타 서서히 죽어가도록 했다는 것까지는 알아냈다. 하지만 그걸 이용해서 뭘 어떻게 더 할 수 있는지에 대해서는 아직까진 생각해 둔 게 없다.

이제부터는 순수하게 무릉도원을 통해 만들어진 위속이라는 군사의 능력을 신뢰하는 진궁, 그리고 무릉도원 없는 진짜 위속의 능력만으로 진행해야 하는 상태.

모든 것을 다 알고 있는 척, 지금의 이 순간만큼은 내가 원래의 삼국지 속 제갈량이라고 생각하고 행동해야 한다.

"도대체 나보고 뭘 어쩌라는 거요?"

"살아남을 길을 주겠다는 거다. 어차피 네가 원하는 건 유표의 충신으로서 절개를 지키고 죽는 게 아닐 거 아냐?"

"……내 지위를 보장해 줄 것도 아니잖소?"

"지위? 아니, 여기에서 지위 타령이 나오나?"

"채모. 그대가 지금 지위를 운운할 입장인 것으로 보이는가?"

나와 거의 동시에 진궁이 말했다.

채모가 인상을 찌푸리고 있었다.

"날 붙잡고 이런 이야기를 한다는 것 자체가 거래를 위한 것 아니오? 거래라 하면 내게도, 그대들에게도 뭔가 이득이 되어야 성립될 터인데 어찌 손해만 볼 거래를 해야 한단 말이오?"

전투에 나와 패배한, 그것도 형주의 전력 대부분을 잃어버리고 대패한 장수의 그것이라고는 보이지 않을 정도로 당당한 모습이었다. 어이가 없다.

"채모. 너도 얻을 게 있어야 한다고 했어?"

"그렇소."

"좋아. 그러면 살려는 주지."

"……뭐, 뭐라고? 지금 뭐라 한 것이오!"

"살려는 준다고. 왜, 그것만 가지고는 모자라다 생각하는가?"

채모가 눈을 동그랗게 뜨고선 혼자 껌뻑인다. 어이가 없다는 듯, 빤히 날 쳐다보는 채다.

"어차피 너 혼자서는 남군까지 살아서 가지도 못할뿐더러, 가고 나면 유표에게 숙청당할 거다. 그게 아니라고 해도 살아남기 위해 군사를 모아, 나와 우리 형님께 대척해야 할 것인데. 글쎄, 압도적인 전력을 가지고도 참패를 당했는데 이길 수 있겠어?"

채모가 날 노려본다.

하지만 그 입이 열리지는 않는다. 분하다는 듯, 이를 악물고 있을 뿐이었다.

"이 자리에서 약속하지. 상황에 따라 유표를 살려둘 수는 있다. 다른 호족 가문에게 위해를 가하지 않을 수도 있어. 하지만 네가 거래에 응하지 않는다면 내 단언컨대 너희 일족은 앞날이 별로 즐겁진 않을 거야."

채모가 이를 악문다.

"그래서 내가 뭘 하란 거요?"

형주, 남군성. 간신히 그곳에 도착한 유표는 이를 악문 채 성벽에 올라 저 동쪽으로 향하는 장강의 물줄기를 노려봤다.

이곳에서는 보이지 않지만, 저 동쪽 어딘가에서 여포군은 지금 이 순간에도 계속해서 서쪽을 향해 진격해 오고 있을 터.

"주공."

"서 군사. 여포는 어디까지 당도했다 하는가?"

"……강하를 넘어 물길을 따라 이곳 남군성을 향해 다가오는 중이라 합니다."

"미친 자들 같으니라고. 고작 십만밖에 안 되는 병력으로 정녕 형주 전역을 집어삼킬 수 있을 거라 본단 말인가?"

"위속과 여포는 진심으로 그리 생각하는 것 같습니다. 이미 기춘에 오천, 강하에 이만을 남긴 상태이며 나머지 칠만 병력을 이끌고 서진해 오는 와중에서도 물길 주변의 요충지에 병력을 주둔시키는 상태라 합니다."

서서의 그 목소리에 유표가 인상을 찌푸렸다.

그런 상태로 움직인다면 남군에 도착할 때쯤엔 병력이 채 오만도 되지 않을 터.

비록 파양호에서의 대패로 정예 병력의 상당한 숫자를 잃었다고는 하나 아직도 유표에겐, 형주 전역엔 십이만에 이르는 정병이 남아 있다. 제대로 된 훈련을 받아오지는 않은, 백성들 가운데서 병력을 총동원한다면 이십만까지는 끌어모을 수도 있을 것이고. 싸움을 한다면 할 수는 있을 상황이었다.

"그대는 어찌 생각하는가?"

유표의 시선이 서서의 왼편에 서 있던, 괴월을 향했다.

잠시 고민하던 괴월이 막 입을 열려던 찰나.

"주공! 급보입니다!"

저 아래에서 병사 하나가 황급하게 외치더니 성벽을 따라 달려 올라오기 시작했다.

"급보라니…… 설마?"

가슴이 철렁하고 내려앉는 느낌이다.

병사가 성벽을 올라오는 동안, 유표는 머릿속으로 온갖 것들을 상상했다. 위속이 또 어딘가 형주의 주요 거점이 될 성을 점령했다는, 최악의 것에서부터 시작해 원소가 대군을 이끌고 여포를 공격하기 위해 움직인다는 최상의 것까지.

그런 유표의 표정이 기묘하게 변해가고 있었다.

"주공, 주공!"

"그래. 무슨 일이더냐?"

"양양, 양양에서 반란이 일어났다 합니다!"

"뭐, 뭐라?"

"덕규, 이자가 결국 내게서 돌아섰단 말인가."

괴월이 화들짝 놀라선 소리치고 있을 때, 유표가 주먹을 움켜쥐었다.

채모가 포로로 잡혔다. 그런 직후에 채씨 가문의 손아귀에 있다고 해도 과언이 아닐 양양에서 반란이 일어났다는 소식이 전해졌고.

이는 결국 채모가 자신의 목숨을 구하기 위해 여포에게, 위속에게 붙었다고밖에 해석할 수 없는 일이다.

"이럴 수도 있다고 생각하고는 있었는데. 막상 얻어맞고 나니 뒤통수가 얼얼하군."

목숨까지 맡길 정도는 아니지만 그래도 꽤 믿고, 신뢰하던 부하다. 그런 부하가 자신에게 등을 돌리다니. 뒤통수가 얼얼한 것을 넘어 솔직한 심정으론 가슴 속이 쓰라릴 정도였다.

"주공, 대비하셔야 합니다."

"대비? 당연히 해야겠지. 그리해야 할 수밖에 없겠구먼."

성벽에 서서 뒷짐을 진 채 저 멀리, 지평선과 수평선이 뒤섞인 형주의 모습을 응시하며 유표가 땅이 꺼져라 한숨을 내쉬기 시작했다.

그 와중에서 괴월이 자신은 이해가 되질 않는다는 듯 서서의 옆구리를 툭툭 건드리고 있었다.

"주공께선 도대체 뭘 말씀하시는 것이오? 대비라니? 서 군사는 또 뭘 말씀하시는 것이고?"

"전쟁 말입니다."

"그야 당연히 준비해야지. 여포가 형주 땅에서 물러나기 전까지는 계속 전쟁의 와중이질 않소."

"그게 아닙니다. 지금 우린 대군을 잃었고, 수군의 대부분을 잃었습니다. 보충하려 한다면 어부들을 끌어모아 얼마든지 다시 만들 수 있겠으나, 파양호에서 수군과 함께 호수 바닥에 빠뜨린 주공의 권위와 위신은 그럴 수가 없지요."

"권위와 위신이라면…… 설마 그 이야기를 하는 것이오?"

서서가 고개를 끄덕였다.

"형주는 호족의 힘이 특히 강합니다. 주공은 지금껏 호족의 지지를 받아 형주를 지배해 오셨지요. 하지만 이번의 패전으로 호족들은 의아해하기 시작했을 겁니다. 주공께서 정말로 형주를 지키고, 자신들의 이권을 지켜줄 수 있을지."

"……양양의 반란은 그러한 의구심에 불을 지피는 꼴이 되었겠군. 적절한 조치와 성과가 나오기 전까지는 계속에서 이반이 반복될 것이고."

"예. 그리되겠지요."

이제 유표에겐 한 번의 기회만이 남았을 뿐이다.

채모가, 형주 최대의 도시 중 하나인 양양이 계속해서 유표를 지지한다면 지구전을 벌이며 수성에 집중할 수 있겠지만 이제는 그럴 수가 없다.

보란 듯이 여포와 위속을 상대로 회전을 벌여 승리를 거두고, 호족들의 의구심을 걷어내며 지배력을 공고히 해야 한다. 그러지 않으면 끝이다.

유표는 여포에게가 아니라 형주의 호족들에게 사로잡히게 될 거다. 그다음은 여포를 환영하는 형주 호족들이 보내는 선물이 될 것이고.

"괴 군사. 소생이 이리 부탁드리겠습니다. 주공의 군사로서, 이곳 남군에 뿌리를 내린 괴씨 가문의 가주로서 도와주시겠습니까?"

괴월을 향해 정중하기 그지없는 어조로 읍하며 서서가 말했다.

서서의 그런 모습을 응시하던 괴월이 쓰게 웃었다.

"당연한 것을 어찌 그리 묻는 게요? 내 주공이시오. 이 괴월은 살아서도, 죽어서도 주공을 도울 거외다."

"……이런 벼락 맞아 죽을 놈들!"

한참이나 미동도 없이 자신의 앞에 놓인 죽간을 읽던 괴월이 버럭 화를 내며 소리쳤다.

그 목소리에 괴월과 같은 공간에 있던 관리들이 또 시작이라는 듯 잠시 그를 물끄러미 쳐다보더니 한숨을 내쉬며 다시 각자의 죽간 쪽으로 시선을 옮기고 있었다.

"이번엔 어딥니까?"

"장사군이외다, 장사군! 무릉만이가 날뛰고 있어 병사를 단 한 명도 보내줄 수가 없다 하오!"

"군량미나 병장기도 그런 겁니까?"

"군량, 병장기는 물론이고 전함 한 척 내줄 수 없다 하오. 자기들은 남쪽에 온 정신을 집중하고 있어 여포군의 동향조차 파악할 수가 없는 수준이라는군. 내 참, 어이가 없어서."

잔뜩 붉어진 얼굴로 괴월이 말했다.

"익숙해질 만도 한 일이잖습니까. 이미 그런 식으로 주공과 거리를 두는 호족이 한둘이 아닌데."

"서 군사야 그들이 주공을 뵈었을 때 어떤 이야기들을 했는지 듣지 못해서 그런 거외다. 주공을 황실 웃어른으로 깍듯이 모시며 간이고 쓸개고 다 빼줄 것처럼 굴던 작자들이거늘."

"세상사가 다 그런 거지요. 일단은 고정하십시오, 괴 군사. 지금은 그런 자들 때문에 화를 낼 여유조차 없질 않습니까."

"……그래. 그 말이 맞기는 하오."

제 얼굴을 감싸며 심호흡을 하던 괴월이 서서 쪽으로 시선을 옮겼다.

"서 군사 쪽은 어찌 되어가고 있소?"

"계획대로 진행 중입니다. 이미 남군성과 인근 지역에서 십만에 달하는 장정을 징집했고, 기본적인 훈련을 진행 중입니다.

다행히도 무릉군 쪽에서 지원이 오기도 했고요."

"무릉에서의 지원이라…… 그러면 얼추 십팔만인가?"

파양호에서의 패전에서 흩어졌던 병사들이 다시 모여서 사만, 남군성에 있던 병력 중 동원할 수 있는 이만, 그리고 무릉에서 보내온 병력 이만이 합쳐져서 팔만이다. 거기에 징집병을 포함해서 십팔만이고.

나쁘지 않은 숫자다.

"장수가 없는 게 뼈아프군. 이엄에 곽준까지 능력 있는 장수들이 포로로 잡혔어. 그나마 무사히 살아서 돌아온 황충 장군과 문빙 장군이 버텨주고 있기는 하지만."

여포, 위속, 진궁, 주유에 허저, 마초, 장료, 감녕, 위월, 손책, 여몽, 태사자까지. 당장에 떠오르는 이름만 하더라도 저렇다.

이름만으로도 병사들의 사기를 떨어뜨릴 수 있을 유명한 장수들이 수두룩하게 몰려왔다. 그런데 유표의 휘하에서 그들과 함께 맞서 싸울 장수는 황충과 문빙, 황조 정도가 전부일 뿐이다.

장수가 없다. 막막하기 그지없는 상황이었다.

"어쩔 수 없지요. 가진 것들로만 승리를 거둬야 하지 않겠……"

"구, 군사님! 급보입니다!"

서서가 채 말을 끝내기도 전에 병사 하나가 헐레벌떡 달려와 소리쳤다.

"무슨 일이더냐?"

"여포군이 나타났습니다! 그들이 강을 거스르며 남군을 향해 접근 중이라 합니다!"

"병력의 규모는? 규모는 어찌 된다더냐?"

"오만 명입니다! 여포가 직접 전장에 나설 모양인 것 같습니다!"

"오만…… 겨우 오만 명이라고? 알았다. 일단 가보거라."

병사를 내보냄과 동시에 괴월이 안도의 한숨을 내쉬었다.

조금 전까지만 해도 유표에게 등을 돌린 호족들에 대한 분노 그리고 지금의 상황에 대한 답답함이 한데 뒤섞여 온갖 근심과 걱정이 가득하던 괴월의 얼굴이다.

하지만 지금 그 얼굴이 편안하게 변해가고 있었다.

"아무래도 위속 그자가 지난번의 승전에 지나치게 심취한 모양이외다. 아무리 명장들이 그리 많아도 그렇지, 겨우 오만이라니. 아니 그렇소이까?"

코웃음 치며 중얼거리던 괴월의 시선이 서서 쪽으로 옮겨졌다.

그리고 그때, 괴월은 봤다.

서서의 얼굴에서 핏기가 빠져나가고, 안색이 창백하기 그지없게 변해간다. 그런 서서의 이마에 식은땀이 송골송골 맺혀가고 있었다.

"서, 서 군사?"

4장
다 방법이 있으니까

"이야, 좋구만."

연주나 강남에서 느끼던 것과는 또 다른 맛이다.

싸움이 나면 매일같이 밖으로 나가 창을 휘둘러야 했고, 그게 아니어도 눈치껏 각지에서 올라오는 죽간을 가져다 확인하며 행정 업무를 나눠 처리해야 했다. 어느 정도, 형님의 세력이 커진 이후에도 역시 마찬가지.

그런데 지금은 완전 좋다.

"세월을 낚는 게 바로 낚시라더니…… 이런 건 줄은 정말 몰랐습니다."

"재미있냐?"

"재미까지는 아니지만 뭐랄까…… 그냥 이러고 있으니 마음이 편해지는 느낌입니다. 고기를 낚는 게 아니어도 기분이 좋아진다고나 할까요?"

장강의 줄기 중 하나인 한수 강변에서 나와 함께 앉아 낚싯대를 드리우고 있던 후성이가 말했다. 그런 녀석의 얼굴이 무슨 큰 짐을 덜어낸 사람이라도 되는 것처럼 무척이나 편안하게 변해 있었다.

"난 앞으로도 계속 이러고 지내련다. 어차피 머리 쓰는 거야 공대 선생이랑 주유에 손권, 육손, 공명까지 있으니 나 없어도 일은 잘 돌아갈 거야."

"진짜 괜찮은 겁니까? 지금 전쟁 중이잖아요?"

"전쟁 중이지. 근데 유표는 이미 양팔, 양다리 다 잘린 거나 마찬가지잖냐. 파양호에서 대패하고 채모가 돌아서는 바람에 호족들 지지도 다 없어졌지, 주력 병력도 반절 이상 날아갔지. 지가 뭐 어쩌려고?"

"그래도 새로 만든 군대의 머릿수가 십팔만이나 된다잖습니까."

"그중에 그나마 제대로 훈련이라도 받아본 애들은 끽해야 팔만이 전부야. 나머지는 그냥 징집병이고. 그런 애들 데리고 무슨 싸움을 한다고."

원소 쪽에서 오랜 세월 훈련받고, 좋은 무기와 갑옷으로 무장한 병력이 삼십만씩 밀고 내려와도 충분히 다 때려잡았던 우리 군이다.

책사라고는 서서와 괴월, 둘이 전부고 장수도 문빙과 황조 황충으로 이어지는 세 명을 제외한다면 딱히 없는 게 당장의 유표다. 두려울 게 없다.

진궁이며 주유며 머리 좀 쓴다는 사람들은 죄다 여기에 와 있으니 굳이 내가 나서서 어쩌고저쩌고 떠들지 않아도 충분히 좋은 계책을 내서 저것들을 쳐부술 거다.

언제까지고 내가 모든 것을 할 수는 없다. 설령 할 수 있다고 해도 안 할 거고.

"지금부터 미리미리 이렇게 짬 처리를 해놔야 나중이 편해진다. 넌 다 늙어서 꼬부랑 할아버지 될 때까지 전장만 돌아다닐 거야?"

"에이, 제가 그럴 리가 있겠습니까? 적당한 수준에서 멈추고 물러나야죠."

"은퇴하고 나면 나랑 여행이나 다닐까? 가볼 만한 곳 엄청 많거든."

"좋죠."

내가 농부로 살아가던 미래, 어쩌면 과거라고 해야 할지도 모를 그 시점에서는 돈이 없어서 못 했던 여행이다.

하지만 지금 이 시점에서는 얼마든지 가능할 터. 귀빈 수준도 아니고, 거의 무슨 왕처럼 대접받으면서 돌아다닐 수 있을 거다.

꼭 가보고 싶었던 장가계가 조조 쪽으로 넘어갈 가능성이 크다는 게 아쉽기는 하지만 뭐, 강남과 서주 쪽으로만 쳐도 구경 다닐 곳은 차고도 넘친다.

"저쪽 바다 너머에 대만이랑 제주도라고 있는데 거기도 엄청 좋아. 언제 한번 꼭 가보자."

"대만과 제주도라고요? 그런 곳도 있습니까?"

"웅야."

'제주도는 거리가 거리인 만큼, 쉽지 않겠지만 대만까지는 뭐 가볼 만하겠지.'

내가 그렇게 생각하고 있을 때, 저 멀리에서 말발굽 소리가 들려왔다. 부장 하나가 우리를 향해 달려오고 있었다.

"곧 회의가 시작될 예정이라 합니다. 공대 선생께서 총군사님이 회의에 참석하시길 부탁하셨습니다."

"딱 맞춰 오셨구려, 총군사. 낚시는 즐거우셨소이까?"

"오랜만에 마음 편히 있으니까 좋더라고요. 근데 선생은 안색이 좀…… 음."

군막에 들어서기가 무섭게 진궁이 날 맞이한다. 그런 진궁의 눈 밑이 거무스름한 게 다크서클이 진하게 생겨 있다. 그것은 진궁과 함께 서 있는 주유와 손권, 육손 역시 마찬가지였다.

"뭐야…… 서서 때려잡을 계책을 세우겠더니 다들 잠도 안 자고 머리 싸매고 있던 거예요?"

"할 때 확실하게 해야 하지 않겠소이까? 그래도 고생한 덕택에 적들을 격파할 계책도 만들었으니 성과는 나쁘지 않소."

피곤해서인지 이마에 맺힌 식은땀을 닦아내며 진궁이 말했다. 그런 진궁의 옆에서 손권이랑 육손이 살짝 무섭다는 듯 날 쳐다보고 있었다.

"왜. 니들은 또 왜 그러고 있어?"

"아니…… 그냥 그런 생각이 들어서요. 스승님하고 적이 된다면 진짜 힘들 것 같다는."

"나랑?"

손권이가 고개를 끄덕이며 고개를 돌린다. 그런 손권이의 시선이 닿는 곳에 새하얀 머리카락을 길게 늘어뜨린 주유가 서 있었다.

"뭐냐. 왜 날 쳐다보는 거지?"

"스승님을 대신해서 계책을 구상하다가 보니 새삼 공근 형님이 얼마나 고생하셨을지가 생각이 나서……."

"중모. 내가 무슨."

척.

주유가 뭔가를 이야기하려던 순간, 손책이 그 어깨에 손을 얹는다. 그런 손책이 그윽하기 그지없는 눈빛을 쏘아내며 조용히 고개를 끄덕이고 있었다.

"우리 공근이 그동안 마음고생을 좀 하기는 했지."

"무슨 소리를 하는 거냐, 백부."

"그러게요. 세양에서도 그랬고 서주에서도 그렇고……."

손책에 이은 손권이의 목소리에 조금씩 굳어지던 주유의 얼굴이 조금씩 일그러져 간다. 주유가 주먹을 움켜쥐고 있었다.

"서주도 서주지만 장강을 건넜을 때가 진짜였지. '위속 이미 갔음 미안'이었나? 깃발에 그렇게 쓰여 있는 걸 봤을 때가 진짜였어. 공근이 그때 이후로 일주일을 못 잤다니까?"

"백부…… 이 자식이 정말."

주유가 이를 악물고 중얼거린다. 그러거나 말거나 손책과 손권이는 주거니 받거니 하며 옛날 얘기들을 떠들어대는데 주유의 얼굴이 조금씩 붉게 달아오르고 있다.

아니, 쟤들은 지금 주유를 달래는 거야 아니면 놀리는 거야?

"흠흠, 어쨌건 총군사의 계책에 대해 우리가 잘 알고 있는 덕분에 비교적 쉽게 대응 방안을 만들 수 있었소이다. 그 과정에서 주공근에게 많은 도움을 받게 되었고 말이오."

"암암. 그렇고말고요. 이 자리에 저희만큼 많이 당해본 사람이 또 없잖아요? 우리 공근이 이번에야말로 이겨보겠다고 몇 달을 고생고생하며 계책을 세웠는데 막상 붙어보고 나면 결과는 항상…… 고, 공근?"

혼자 고개를 끄덕이며 이야기하던 손책의 눈이 동그랗게 커졌다.

주유의 눈썹이 씰룩거리고, 이를 악문 입가가 파르르 떨린다. 그런 주유의 손이 조금씩 허리춤에 걸려 있는 자신의 검쪽으로 움직이고 있었다.

"고, 공근?"

"공근 형님! 진정, 진정하세요! 형님! 이러다가 또 피를 토하실지도 모른다고요!"

"크아아아악! 그걸 아는 놈들이 그따위 소리를 하는 것이냐!"

스르르릉-!

"으아아아악!"

"공근! 진정하라니까, 공근!"

주유가 검을 뽑아 들기가 무섭게 손권이와 손책이 군막 밖으로 도망쳐 나간다. 주유가 그런 둘을 따라 사력을 다해가며 달려가고 있었다.

"미안해, 미안하다고!"

"맞아요, 형님! 그러니까 진정 좀 하시라고요!"

"내가 지금 진정하게 생겼느냐, 이 빌어먹을 손씨 놈들아!"

"아니, 이게 무슨……."

군막 밖에서 들려오는 주유와 손권, 손책의 목소리에 진궁이 황당하다는 듯 중얼거린다. 다른 장수들 역시 마찬가지.

그런 와중에서.

"흠. 주유와 대련하고 싶어지면 저 방법을 쓰면 되겠군."

형님이 꿀팁 하나를 얻었다는 듯 씩 웃으며 중얼거리고 있다.

불쌍한 자식…… 진짜 잘해줘야겠다.

"흠흠. 좀 혼란스럽긴 하지만 여하간에…… 우리가 낸 결론은 이러하오. 유표와 서서는 이미 한번 파양호에서 대패를 겪었으니 극도로 보수적이면서 최대한 안전한 방법을 사용하고자 할 것이오. 정말 천천히, 방비를 튼튼히 하며 수세적인 공격을 펼치겠지."

"수세적인 공격이라고요?"

'무슨 따뜻한 아이스 아메리카노도 아니고 이게 무슨 소리야?'

내가 고개를 갸웃거리고 있는데 진궁이 어색하게 웃으며 말을 이었다.

"이런 거외다. 유표의 입장에선 호족들의 시선을 신경 써야만 하오. 강한 공세를 펼치는 것처럼 보여야 하지. 하지만 정말로 그랬다간 대패를 당할 수 있으니 안정적으로 우릴 밀어붙이며 조금씩 물러나도록, 두 달 세 달 시간이 지나도 승부가 나진 않도록 할 거외다."

"아."

유표가 원하는 그림이 머릿속에 그려졌다.

강인하게 우릴 밀어내는 것 같은 그림을 만들어놓고, 시간을 끌어 호족에 대한 영향력을 복구하는 거다.

그렇게 새로 충원된 병력을 이용해 기나긴 보급로를 유지해야 하는 우리 군의 후방을 기습하는 것. 거기에 원소가 대군을 이끌고 남하하는, 일종의 행운을 노리기까지.

제대로 버틸 수만 있다면 나쁘지 않은 계책이다. 버틸 수 있을 것 같지가 않지만.

"그 방책에 대한 방안은요?"

"적들이 수세적으로 나온다면 우린 공세적으로 나가면 되오. 형주군과 달리 우리에겐 주공을 포함해 맹장이 많잖소이까. 게다가 저들은 전장 경험이 없는 농민병이 반절 이상이니 단 한 번의 충격만으로도 모조리 무너뜨릴 수 있을 거요. 예를 들자면 화공 같은 것 말이외다."

"맞습니다. 일단 위속이라는, 두 글자를 듣고 나면 적들은 제일 먼저 화공을 걱정하거든요? 화공을 가하는 게 아니어도 좋습니다. 그냥 화공을 가하는 척, 그거 하나만 해도 혼비백산할 걸요?"

진궁에 이어 육손이가 말했다.

"게다가 스승님은 그것도 있으시잖습니까. 바람의 방향을 바꾸는 거요. 크으. 스승님이 나가서서 화공 펼치는 척 한 번 싹 하고, 거기에다가 바람 바꾸는 척까지 또 싹 하면 끝나죠. 그냥 게임 오버라니까요?"

"게, 게임 오버? 그건 또 뭔가? 아니, 기껏 다 외웠는데 또 처음 보는 말이 나왔구만. 에잉."

"소장이 아까 백언에게 물어봤는데 뭔가 일이 끝난다는, 마무리되는 것과 비슷한 의미라더군요."

"마무리…… 마무리…… 그렇군. 알려줘서 고맙네."

'뭐냐…… 저 상황은.'

모르는 단어가 나오니 장료가 인상을 찌푸리고, 후성이가 그 뜻을 알려준다. 장료는 고맙다며 그 단어를 암기하고자 내가 영어 단어를 외우던 시절에 그랬던 것처럼 혼자 중얼거리기까지.

"총군사께서 보기엔 이 계획이 어떤 것 같소?"

내가 황당해서 장료를, 후성이를 쳐다보고 있는데 진궁의 목소리가 들려왔다.

'아, 지금 회의 중이었지 참.'

"괜찮은 것 같습니다. 합리적이기도 하고요."

진궁이나 주유 같은 사람들이 떠받들어 준다고 해도 내가 천 년에 한 번 나올 위대한 책사 같은 게 아니라는 점은 확실하다.

그것을 알고는 있지만 지금 진궁이 이야기한 것 이외에 서서가 무슨 계책을 들고나올 수 있을지는 상상조차 되질 않는다.

방법이 없다. 숫자가 많다고는 해도 장수진이며 병사 개개인의 능력이며 사기까지 모두 우리가 압도적이니까.

"이제 내가 전면에 나서지 않아도 충분히 자기들끼리 잘 돌아갈 만큼은 되겠지."

진궁에 주유에 다 모여 있는데 뭐가 무서워? 서서가 아무리 잘났다고 해도 진궁에 주유에 손권, 육손을 합친 만큼이 되지는 못할 거다.

회의가 끝나고도 한참의 시간이 지나 늦은 밤이 되었을 즈음, 나는 그렇게 생각하며 내 군막으로 돌아가 침상에 누워 잠을 청했다.

쏴아아아아―

보름달이 떠오른 밤이었다.

잠을 청하기가 무섭게 이제는 익숙하기만 한 바람 소리와 함께 안개로 가득한 군막의 모습이 시야에 들어왔다.

그 모습을 인지함과 동시에 나는 예전, 멍이 사라지고 상처가 사라지던 기억을 떠올렸다.

그때의 계획대로라면 이번엔 좀 더 상처를 깊게 냈어야 했다. 그래야 이 현상에 대해 확실하게 파악할 수 있을 테니까.

하지만 이번엔 상처를 내지 않았다. 어차피 이제는 내가 전장으로 나가서 싸워야 할 일이 없을 텐데 뭐 하러 그런 걸 확인해?

설령 다 죽어가던 상처까지 회복할 수 있다고 해도 관심 없다. 앞으로 안 싸울 거다. 절대로. 그냥 뒷짐 지고 앉아서 구경만 해야지.

나는 그렇게 생각하며 핸드폰을 쥐고 무릉도원으로 들어가 남군, 서서, 유표, 진궁, 주유를 두고 검색했다.

"흠……."

글들이 수도 없이 올라온다. 그런데 제목들이 전부…….

'니들 여포가 형주에서 왜 망했는지 알음?', '서서랑 마량이 유표한테는 진짜 은인이짘ㅋㅋㅋㅋㅋㅋ', '서서와_마량의_개쩌는_데뷔전.txt' 같은 것들이 잔뜩 이어져 있다.

"시벌. 우리가 진다고? 이걸?"

병력 규모만 좀 적다뿐이지, 그 외에선 다 압도적인데? 어이가 없네?

황당한 마음에 인상을 찌푸리며 '남군 전투에서 위속 개삽질 쩔지 않았음?ㅋㅋㅋㅋ'이란 글을 클릭했다.

〈걍 평소 하던 대로 지 혼자 계책 짜서 싸웠으면 이길 걸 주유랑 진궁이랑 키워주겠다고 계책 짜라고 했다가 개망함. ㅋㅋㅋㅋㅋㅋㅋㅋㅋㅋㅋㅋ 그거 아니었으면 초나라가 형주 다 먹은 건뎈ㅋㅋㅋㅋㅋㅋㅋㅋㅋㅋㅋ〉

└제갈갓공명: ;; 진짜 갓속이 이때 갓공명 굴리듯 일했으면 형주 걍 먹은 건데;;;; 나 어릴 때 삼국지 읽다가 이 장면에서 세 번 하차함. ——

└서류노예육적: 근데 이거 진짜 ㅎㅎㅎㅎ 지금 다시 보면 마량이 존나 대단한 거였음 누가 봐도 수세적으로 싸울 수밖에 없는 건데 마량 계책 받아서 서서가 공세로 전환한 거였잖습.

└서서계책만듬: 마량은 아이디어만 낸 거였음. ㅇㅇ 서서가 그거 받아서 다 한 거임. 깔 ㄴㄴ

└방통대삽질학과: 13로 각개 돌격이 진짜 발상이 참신하긴 했지…… 당연히 수세로 나올 줄 알고 병력 몇 조각으로 나눠서 화공이랑 매복이랑 다 준비하고 있었는데 뜬금포로 각개 격파당했으니…….

└속라이라이: 그래도 위속이 막판에 각성해서 여포랑 다 썰고 다녔으니 남군 못 먹은 것만으로 끝난 거지. ——a 그거 아니었으면 강하 먹은 거까지 다 토해냈어야 할 듯?

"이 상황에서 공세를 펼친다고? 유표가?"

사기도 바닥까지 떨어진 애들을 데리고 어떻게 공세를 취해? 장수도 없고 병사도 반절 이상이 농민 징집병인데? 이게 말이 돼?

"……말이 되는구만?"

"예?"

잠에서 깨어남과 동시에 나도 모르게 중얼거렸는데 그걸 후성이가 들은 모양이다.

녀석이 갑자기 왜 그러냐는 듯 날 쳐다보고 있었다.

"말이 된다고, 말이."

"아니, 그러니까 뭐가요?"

"그런 게 있어. 다들 지금 어디에 있어?"

"전투를 준비 중이십니다. 유표가 직접 병력을 몰아 우리 영채 쪽으로 진격해 오는 중이라 하였고 말입니다."

"그럼 우리 쪽 병력은? 벌써 전개한 건가? 매복하러 나가고 뭐 그랬어?"

"예. 주유는 지금쯤 예정된 장소에서 기다리고 있을 겁니다. 손책은 손책대로 화공을 준비하고 있을 거고요."

"시발…… 그쪽은 어쩔 수 없나. 일단은 병사들 보내서 아직 출발 안 한 사람들, 다 모이라고 해."

"예?"

"설명할 시간 없으니까 빨리!"

"예, 예!"

"……뭐라 하시었소이까? 유표가 병력을 열셋으로 나눌 것이라니?"

"유표의 입장에서 우릴 이길 방법이 뭐가 있을지 밤새 고민했습니다. 그 결과가 이거예요. 정예 병력은 각각 셋으로 나누고, 나머지 징집병은 만 명씩 열 조각으로 나누는 것. 그렇게 해서 잘게 쪼개져 전장의 상황을 알 수가 없는 병사들을 속여 전황이 압도적으로 유리한 것처럼 인식하게 하는 것."

"그게 정말이오?"

내 말 때문일까? 진궁의 안색이 창백하게 변해간다. 그 옆에 서 있는 손권이와 육손 역시 마찬가지. 심지어는 출전을 준비하고 있던 장료도, 허저와 마초도 얼굴이 딱딱하게 굳어지고 있다.

우리 쪽의 작전은 기본적으로 싸움이 시작하기도 전부터 사기가 바닥에 떨어져 있을 적들이 으레 겁을 집어먹고 도망치도록 유도하는 것에 주안점을 두고 있으니까.

"스, 스승님. 이미 공근 형님과 백부 형님이 병력을 이끌고 출발하셨는데 이러면……."

"걱정하지 마라. 다 방법이 있으니까."

당황해하는 손권이의 어깨를 가볍게 두드려 주며 나는 지금껏 말없이 앉아서 내가 이야기하는 것만을 지켜보고 있던 형님 쪽으로 시선을 옮겼다.

"십만지적이 나서야 할 때인 것 같습니다, 형님."

"이번엔 확실히 다를 겝니다."

문빙과 황충, 둘이 각각 병사를 이끌고 영채를 나서는 길. 서서가 그들을 배웅하며 말했다.

황충이 쓰게 웃고 있었다.

"달라야지요. 하나 다르지 않다고 한들, 우리가 군사를 원망하는 일은 없을 겝니다."

"군사께서 맡기신 바를 충실히 이뤄 보이겠소."

황충이, 문빙이 서서를 향해 포권해 보이고선 앞으로 나아갔다.

그들에게 맡겨진 것은 각각 일만 명씩으로 나눠진, 농민 징집병 두 집단이었다.

"쉽지 않은 싸움이겠군."

저 뒤에서부터 자신을 따라오는 병사들의 모습을 응시하며 문빙이 말했다.

십팔만 대군이라고는 하지만 실상 전력은 십만 정도나 될까 싶은 수준이다. 농사나 지으며 평화롭게 살다가 갑작스레 창만한 자루씩 손에 쥐고 전장으로 끌려 나온 징집병들은 두려워하면서도 잔뜩 긴장한 채 계속해서 주변을 두리번거리고 있었다.

"참으로 잔혹한 계책이지 않소? 지휘하고 있던 병력이 패주하게 될 경우, 가차 없이 버리고 후방으로 돌아와 여분의 부대를 지휘해 나가라니."

조금 전, 서서에게서 전해 들은 그 계책을 떠올리며 문빙은 황충 혼자만이 들을 수 있을 정도의 자그마한 목소리로 말했다.

황충이 고개를 끄덕였다.

"확실히 그렇기는 한 것 같습니다."

"십인장까진 그렇다 치더라도 각급의 부대를 지휘하는 백인장, 오백인장, 천인장까지 모두 버리라는 얘기인데. 그리하면 과연 군의 조직이 유지가 될지. 참…… 무운을 빌겠소, 황 장군."

갈림길에 접어들던 즈음, 마음에 들지 않는다는 듯 이야기하던 문빙이 황충을 향해 포권했다.

이제부터 그들은 서로 갈라져서 각자에게 지정된 위치를 향해 나아가야 했다.

"무운을 빕니다."

황충의 부대가 슬금슬금 속도를 올리며 나아간다.

그 모습을 지켜보며 문빙은 표정을 굳혔다. 이렇게 해서 과연 이길 수 있을지 의아스럽기는 하지만 그나마 가능성이라고 있는 건 이 방법 하나뿐이다.

지금 이 순간, 자신과 황충을 위해 준비된 예비대를 제외한 나머지 병력 전체가 적진을 향해 나아가고 있을 터.

곧 싸움이 시작될 거다. 그것도 아주 격렬한 싸움이.

문빙이 그렇게 생각하고 있을 때.

"와아아아아아아아! 놈들을 밀어붙여라!"

"한 놈도 남김없이 모조리 쓸어버려라! 살아서 돌아가지 못하도록 해야 할 것이다!"

저 멀리 어딘가에서 병사들이 내뱉는 그 커다란 함성과 함께 희미하기만 한 장수들의 목소리가 들려오기 시작했다.

딱딱하게 굳어진 얼굴로 그 소리가 들려오는 방향을 지켜보고 있던 문빙의 주변으로 긴장한 기색이 역력한 징집병들이 모여들고 있었다.

"자, 장군. 벌써 전투가 시작된 것입니까요?"

"아무래도 그런 것 같다. 우리 군의 주력이 적과 부딪친 모양이군."

"그, 그러면 이 목소리는……."

"아무래도 아군이 적들을 몰아붙이는 모양이다."

사전에 약속되어 있던 그 말을 하며 문빙은 주변을 돌아보았다.

곧 전령이 달려와 들으란 듯 외칠 거다. 강하 태수 황조가 이끌던 사만 명의 본대가 적 주력과 부딪쳐 그들을 대파하고 도망치는 자들을 추격 중이라고.

그러고 나면 전쟁에서 이기고 살아서 몸 성히 돌아갈 수 있단 생각에 사기가 잔뜩 오를 징집병들을 데리고 적들을 향해 돌격하는 거다.

다각, 다각, 다각-!

저 멀리에서 말발굽 소리가 들려오기 시작했다. 전령이 오는 거다.

그리고 그와 동시에.

"십만지적 여포가 예 왔노라!"

쩌렁쩌렁하기 그지없는 외침이 들려왔다.

문빙의 얼굴이 딱딱하게 굳어지고 있었다.

"여, 여포? 여포가 왔다고?"

"이봐, 양 씨. 지금 저거 여포라고 하는 거 맞지? 그 여포?"

병사들이 동요하고 있다.

다른 누구도 아닌, 여포다. 전장에서 만난다면 위속보다 몇 배는 더 두려울, 사실상 사신이나 마찬가지의 존재인 그 여포가 저 멀리 옆에 있는 부대를 공격하고 있는 것이었다.

'황충…… 설마 그대가?'

문빙이 이를 악물었다.

여포와 부딪친 건 황충일 가능성이 크다. 그렇다는 것은 결국 이곳에서 머뭇거리다간 오래 지나지 않아 자신 역시 여포와 부딪치게 될 것이라는 의미.

"어서……."

두두두두두두두-!

문빙이 채 말을 끝내기도 전에 저 멀리에서 정신없이 달려오는 말발굽 소리가 들려오기 시작했다.

문빙이 이를 악물었다. 흙먼지가 하늘 높이 치솟아 오르고 있었다.

"그, 급보입니다! 강하 태수가 이끄는 본대가 적 본대를 격파, 패잔병을 추격 중입니다!"

"다들 들었느냐? 어차피 전투는 우리가 이기고 있다! 모두 전투를 준비하라! 적 부대 한둘 정도만 격파하면 모두 살아서 몸 성히 집으로 돌아갈 수 있을 것이다!"

전령이 달려와 외침과 동시에 문빙이 병사들을 향해 소리쳤다. 그 목소리가 천인장과 오백인장, 그리고 백인장과 십인장의 것으로 바뀌어 병력 전체에 퍼져 나가고 있었다.

두두두두두두두두-!

'과연 이것으로 될 것인가?'

빠른 속도로 돌격해 오는 여포군 기병대의 모습을 응시하며 문빙은 창을 쥔 손에 힘을 더했다.

그런 문빙의 시야에 희미하게나마 깃발의 형체가, 그에 쓰인 글자의 모습이 들어오고 있었다. 장(張)이다.

그리고 그런 깃발을 휘날리며 달려오는 장수와의 거리가 서로 얼굴을 알아볼 수 있을 정도까지 좁혀졌을 때.

"나 장료가 왔다! 적장은 어디에 있느냐!"

그 외침이 들려왔다.

"장료? 그게 누구더냐?"

그런 이름은 아예 들어본 적조차 없다는 듯, 문빙이 소리쳤다. 멀찌감치에서도 알아볼 수 있을 정도로 장료의 얼굴이 험악하게 일그러지고 있었다.

"파양호에서 네놈들의 뒤통수를 맛깔나게 후려갈긴 것이 바로 이 몸이니라! 다시는 내 이름을 잊지 못하도록 해주마! 싹 쓸어버려라!"

장료가 창을 들어 올리며 자신을 따르는, 천 명 남짓한 기병들과 함께 기병 방진을 펼치고 있는 문빙 휘하의 징집병들을 향해 돌진하기 시작했다.

천 기에 달하는 기마다. 그런 기마가 무지막지한 속도로 자신을 향해 질주해 오는 것을 응시하던 징집병 양일의 얼굴이 창백하게 변해갔다.

말발굽에 대지가 진동한다. 그리고 그 진동이 두 발을 통해 온몸을 울린다.

심장이 미친 듯이 쿵쾅거린다. 그런 양일의 머릿속에서 생존

본능이 고개를 치켜들고 있었다.

"이, 이건 미친 짓이야!"

"이봐! 어딜 가는 거야! 양 씨!"

"어어어어어어! 오, 온다! 으아아아악!"

누가 먼저랄 것도 없이, 잔뜩 겁을 집어먹은 모습으로 창을 손에 쥔 채 버티고 있던 병사들이 몸을 돌려 도망치기 시작했다.

"이, 이이!"

뒤쪽에서 그 모습을 지켜보던 문빙의 얼굴이 시뻘겋게 달아올랐다.

질주해 오는 적 기병에 대해 방진을 펼치는 일에 실패하고 나면 남은 건 오직 하나일 뿐이었다.

"으아아아아아악!"

문빙에게 맡겨졌던 일만 명 징집병들이 내뱉는 구슬픈 비명이 사방에서 울려 퍼지기 시작했다.

"지금쯤이면 열심히 구르고 있겠군."

오천 명의 병사들과 함께 매복한 갈대밭에서 적들이 다가오기를 기다리던 주유가 나지막한 목소리로 중얼거렸다.

자신이 진궁과 함께 짠 계책대로라면 지금쯤 사방에서 불길이 치솟고, 위속이 강력한 동풍을 불어오는 등의 작업이 진행되고 있어야 할 거다.

하지만 그런 작업이 진행되는 기미는 보이질 않는다. 그저 여포를 비롯한 장수들이 잘게 쪼개져서 움직이는 적 병사들을 하나하나 따라다니며 격파하고 있을 뿐이니까.

"총군사님. 이거…… 뭔가 잘못되어 가는 거 아닙니까?"

병사들을 보내 상황을 파악하는 것에만 전념하고 있던 주유를 향해 여몽이 말했다.

주유가 그런 여몽의 모습을 힐끔 쳐다보더니 고개를 저었다.

"잘 되어가는 것이다. 애초에 용병이란 쉴 새 없이 살아 움직이는 것이니 급변하는 전장의 상황에 맞춰 총군사와 공대 선생이 새로운 계책을 입안한 것이겠지."

"아……."

"그래도 위속 총군사는 내가 놓은 덫을 피해가진 못할 것이다."

"더, 덫이요?"

"그래, 덫이다. 위속 총군사는 전장에 나서는 것을 별로 좋아하지 않는 것 같더군. 하나 그자가 일단 전장에 나서면 적들은 당장 두려움에 떨 수밖에 없다."

"그, 그렇죠."

여몽이 고개를 끄덕였다.

주유가 그랬던 것처럼 여몽 역시 위속을 적으로 두고 싸우는 경험은 질리도록 해봤으니까. 위속이 적진에 있다는 것만으로도 일단 마음이 불편해진다.

그가 직접 무기를 들고 전장으로 나선다고 하면 긴장감과 함께 불안함과 두려움이 샘솟게 된다. 천하제일의 책사라 불리는 적장이 직접 전장에 나와 병사들을 지휘하며 자유자재로 임기 응변을 펼치며 말도 안 되는 계책들을 쓴다는 건 전장에서 상상할 수 있는 최악의 경우나 마찬가지니까.

"그러면 총군사께선."

"그래. 아마 전투가 시작함과 동시에 백부가 주공께 진언을 올렸을 거다. 위속 총군사는 늦건 빠르건 주공과 함께 움직이며 그토록 싫어하는 전장을 전전하겠지."

무표정한 얼굴로 이야기하는 주유의 그 모습을 응시하며 여몽이 고개를 갸웃거렸다.

서주성에서 위속과 그 휘하 오만 병력에게 똥쟁이라는 모욕을 당한 이후, 웃음을 아예 잃어버린 주유다.

그런 주유에게 있어 남은 표정은 평상시의 무표정함과 인상을 찌푸리는 것 두 개가 전부였는데 지금, 그 얼굴에 정말 희미하게나마 즐거워하는 감정이 피어올라 있는 것 같았다. 전투의 승패를 떠나 좋은 일이고, 잘된 일이다.

여몽이 그렇게 생각하고 있을 때, 저 멀리에서 병사들의 함성과 함께 말발굽 소리가 들려오기 시작했다.

기다란 머리를 풀어 헤친 남자다. 그가 커다란 창을 쥔 채, 시뻘건 털로 뒤덮인 적토마를 타고 달려오고 있다. 그런 이의 뒤편으로 삼천 명 남짓한 병사들이 위풍당당한, 모습으로 질주해 오고 있었다.

"아, 이거……."

느낌이 싸하다.

주유가 자신도 모르게 인상을 찌푸리며 여포의 그 모습을 응시했다.

응당 보여야 할 얼굴이 보이질 않는다. 대신 보이는 건 여포의 바로 뒤에서 지친 기색이 역력한 얼굴로 함께 달려오는 손책이고, 칼이며 창 같은 것도 없이 그냥 갑옷 하나만 덩그러니 입은 채 살짝 넋이 나간 얼굴을 한 손권일 뿐이었다.

"오, 여기에 있었구만?"

"주공. 어떻게 된 것입니까?"

슬금슬금 속에서 끓어 오르는 화를 억지로 내리누르며 주유가 말했다.

여포가 눈을 가늘게 한 채, 그런 주유의 모습을 의심스럽다는 듯 쳐다보고 있었다. 마치 역모를 꾀한 신하를 노려보기라도 하는 것처럼.

"주, 주공?"

등골이 저릿하며 소름이 돋아오르는 것을 느끼며 주유가 반문했다.

여포가 휘릭, 적토마 위에서 뛰어내리더니 그런 주유를 향해 성큼성큼 다가오고 있다.

"주유 네가 그럴 줄은 몰랐다."

"예? 소장이 무엇을……"

"네가 혼자서 적들을 다 때려잡으려고 했다면서?"

"소, 소장이 말입니까?"

황당하다. 도대체 이게 무슨 소리란 말인가?

치밀어 오르던 분노조차 잊어버린 채 주유가 멍하니 여포의 모습을 응시했다.

근엄하기 그지없는 얼굴로 주유를 노려보던 여포가 씩 웃고 있었다.

"나 여포는 공정한 군주다. 네가 걱정하는 것처럼 군공을 두고 수하와 다투지 않지. 모두의 공에 따라 확실히 성과를 나눌 뿐이다."

"예, 예…… 주공께서 공정한 군주라는 것은 모두가 다 아는 것입니다."

황당하기 그지없는 와중에서 주유가 말했다.

여포의 입가에 피어오른 미소가 한층 더 진해지고 있었다.

"그러니 네게도 공을 세울 기회를 나눠주마. 말에 올라라. 나 이제 유표 쪽 본진으로 치고 들어갈 거거든? 거기에 같이 갈 기회를 네게도 나눠주마. 어때, 쩔지?"

자신은 정말로 수하들을 하나하나 모두 챙겨주는, 진정하고도 공정한 참군주라는 듯 여포가 해맑은 얼굴로 기분 좋게 웃으며 말했다.

그리고 그런 여포의 모습을 응시하는 주유는.

"하, 하하…… 주공의 은혜가 하해와 같습니다."

험악하게 일그러지려는 얼굴을 억지로 밝게 유지하며 포권할 뿐이었다.

지금까지의 경험상, 아군과 적군을 합쳐 총 병력의 숫자가 이십만을 넘어가게 되면 전투는 오랜 시간 이어지게 마련이다. 아무리 짧아도 몇 시간이고, 길면 온종일이 아니라 며칠 동안 밤낮으로 쉼 없이 싸우기도 했었고.

그런데 지금은 반나절 만에 싸움이 끝나 버렸다.

"이야, 확실히 형님은 전략 무기나 마찬가지구만."

유표군 병사들이 줄줄이 굴비 엮듯 밧줄에 묶여서 끌려간다. 유(劉)의 깃발도 끊임없이 수거돼서 한쪽에 차곡차곡 모이고 있고.

"대승이외다. 총군사가 전면에 나선 이후, 대승을 거두지 않은 경우가 없었지만, 이번은 개중에서도 정말 대승이라 칭하지 않을 수가 없을 정도요."

내가 그 광경을 지켜보고 있는데 진궁이 다가와 말했다.

"아군 사상자는 아무리 많아 봐야 천 명을 넘지 않는 수준이오. 그나마도 반절 이상은 비교적 부상의 수준이 덜하고. 이게 다 총군사의 계책 덕분이외다. 고맙소. 우리가 세운 계책으로 전투에 임했다면 지금쯤 우린 대패해서 장강의 줄기를 따라 도망치고 있을지도 모르오."

"하, 하하……."

한두 번 겪어보는 것도 아니지만 이럴 땐 진짜 뭐라고 말을 해야 할지 모르겠다. 그렇다고 고맙다며 달려드는 사람한테 내가 잘났으니 알아서 받들어 모시라고 할 수도 없는 노릇이고.

그냥 어색하게 웃으며 절영을 타고 유표군의 영채 쪽으로 들어서는데 문득 그런 생각이 들었다. 아무리 인재가 많이 모여 있다고 해도⋯⋯ 안심할 수가 없겠다는.

주유와 진궁, 육손과 손권까지. 우리 쪽 진영에 있는 이들 중, 군사적인 분야에서 머리깨나 쓴다 하는 사람들이 전부 모인 거다. 여기에서 빠진 건 연주를 지키고 있는 공명이와 집에서 동건이, 그리고 우연히 줍게 된 제갈탄을 기르고 있는 우리 와이프뿐이니까.

그럼에도 질 뻔했다.

인재가 아무리 모여도 안심할 수가 없다.

결국, 중요한 전투에서는 내가 직접 모든 것을 챙기며 일을 진행해야 한다는 의미나 마찬가지.

"쓰읍⋯⋯."

놀고먹고 싶지만 그럴 수가 없는 판이다.

놀고먹으려 했다면 지금처럼 유표가 대패해서 성으로 도망치지도 않았을 것이고, 무릉도원에서 봤던 것처럼 우리가 천하 통일을 이룰 희망도 사라졌겠지.

내가 그렇게 생각하며 한숨을 내쉬고 있는데 저 멀리에서 후성이가 다가오는 게 시야에 들어왔다.

그런 녀석이 이 시대의 책사들이 그렇듯, 장삼 차림에 모자를 하나 뒤집어쓴 사람을 하나 데리고 오고 있었다.

못 보던 얼굴이다. 아무래도 유표 쪽에 있다가 후성이한테 포로로 잡힌 사람인 것 같은데⋯⋯. 꽤 어려 보이는 얼굴인데도 눈썹이 하얗다. 뭐지?

"장군."

"어. 이쪽은 누구야?"

"여기 이분은……."

"소생이 직접 인사 올리는 것이 나을 것 같습니다. 소생 이름은 마량, 자는 계상이라 합니다. 오랜 세월 뵙기를 고대하였던 온후의 총군사를 뵙게 되어 영광스럽기 그지없습니다."

녀석, 마량이 말에서 내리며 정중하기 그지없는 움직임으로 날 향해 읍했다.

마량이면…… 서서한테 계책을 알려줬던 그 마량?

"이 인간은 여기에다가도 이런 장식을 해뒀구만?"

유표가 사용하던 군막. 그곳에 도착하니 형주 수군의 대장선에서 보았던 것과 같은 장식이 사방에 걸려 있었다.

"뭐, 일단은 조정이 인정한 황실의 최고 웃어른이잖소이까. 황족이기도 하고."

나와 함께 그 광경을 구경하던 진궁이 말했다.

"아, 그랬었죠."

이 시대는 황제라는 게 존재하는 시대였지, 참.

황제고 나발이고 신경 써본 적이 거의 없다시피 하다. 아예 잊고 지내온 거나 마찬가지.

"유경승은 온 천하를 가슴에 품을 정도로 커다란 야망을

품은 자입니다. 그가 그 야망을 실현할 능력을 갖췄는지는 논
외로 쳐야겠지만 말입니다."

내가 혼자 고개를 끄덕이며 청룡이 새겨진 깃발의 앞에서
그걸 구경하는데 마량의 목소리가 들려왔다. 녀석이 자신만만
하게 웃으며 나와 진궁을 쳐다보고 있었다.

"욕심은 많으나 우유부단하고 위험을 감수하길 주저하는
인물입니다. 형주와 같은 하나의 주를 차지할 수는 있어도 그
보다 더 큰 것을 손아귀에 쥘 수 있을 그릇은 아니지요."

"평이 상당히 신랄하군?"

"자신이 할 수 없는 것을 꿈꾸며 죄 없는 백성을 고통에 빠
뜨리는 꼴을 두고도 분노하지 않는다면 군자라 할 수 없고, 선
비라 할 수 없습니다. 소생은 그렇게 생각하고 있습니다."

그렇게 말하며 마량이 진궁을 향해 포권하고, 고개를 숙였다.

진궁이 살짝 의외라는 듯 녀석을 쳐다보고 있었다.

'이거…… 살짝 뽐뿌가 오는 것 같은데?'

"마량."

"예, 총군사님."

"너는 그럼 백성들이 고통받지 않기를 바라는 거냐?"

"소생은 진실로 그러기를 바랍니다. 어서 이 전란이 끝나고,
태평한 시대가 돌아와 백성들이 행복하고 안락하게 살아갈
수 있기를 꿈꾸고 있습니다. 그런 연유로 서 군사께 계책을 진
상한 것이기도 하고요."

"잠깐만. 그대가 계책을 진상했다고? 십만 명의 징집병을

열 갈래로 나눠 사기가 저하되는 문제를 해결한 그 계책을 말하는 것인가?"

"예."

"허어."

진궁이 탄식을 내뱉는다.

그도 그럴 것이 까딱 잘못했다간 마량이 낸 그 계책 때문에 역으로 우리가 서서에게 대패를 당할 뻔했으니까.

그래서일까? 진궁의 표정이 그다지 좋지만은 못하다.

마량이 그런 진궁의 얼굴을 살피더니 내 쪽으로 시선을 옮긴다. 주유의 그것만큼이나 하얗기만 한 자신의 눈썹을 만지작거리며 녀석이 뭔가 더 하고 싶은 말이 있다는 얼굴로 날 쳐다보고 있었다.

"위속 총군사님이라면 소생의 계책이 지닌 약점을 간파할 것이라 믿어 의심치 않았습니다."

"그러냐?"

"예. 총군사님의 위명을 믿고 행한 것인데 소생의 예측이 맞아떨어져서 참 다행입니다. 사실, 이렇게 하는 것이 백성들에게 가해지는 피해가 가장 적은 방법이니까요."

"확실히 그랬겠군. 아군이 대승을 거두고 있다는 소식을 듣는 것만으로도 병사들의 사기가 높아지기는 하겠지만 그런다고 해서 한평생 농사나 지으며 살던 사람들이 갑자기 정예병으로 변하는 건 아니지."

한번 충격이 가해지고 나면 징집병 특유의 낮은 조직력과 낮은 사기의 문제가 적나라하게 드러날 수밖에 없다. 그 문제점이 바로 형님을 비롯한 아군 맹장들이 각각 천 명 남짓한 병사들을 데리고 사방으로 돌격하며 적들을 각개 격파하는 결과로 이어진 것이니까.

"사실 총군사께서 소생의 계책을 간파하지 못하신다면 전력을 다해 서 군사를 도와 유경승의 아래에서 종군하고자 했습니다."

내가 혼자 감탄하며 고개를 끄덕이고 있는데 마량이 말을 잇는다. 이번엔 진궁이 인상을 찌푸리고 있었다.

이거 완전 익숙한데?

"당돌한 것인가, 아니면 겁이 없는 것인가."

"왜요? 자신 넘치고 보기 좋구만. 공명이 예전 모습 같잖아요?"

"공명? 흐음…… 듣고 보니 확실히 그래 보이기는 하는군."

"공명이면…… 연주에서 하북 측의 남진을 저지하고 있는 제갈 선생을 말씀하시는 것입니까?"

"오냐. 걔가 어릴 때 딱 너처럼 그랬어. 아니다, 너보다 더 심했네. 장난 아니었거든. 똘똘한 게 하는 짓도 공명이랑 비슷한 게 너 마음에 든다?"

"저, 정말이십니까?"

마량이가 눈을 빛낸다.

마음에 들지, 당연히. 얘처럼 백성 백성 떠드는 애들 치고 일 열심히 안 하는 녀석이 없다.

잘만 키우면, 아니지, 잘 키울 필요도 없다. 그냥 지금 이 상태 그대로 일거리를 잔뜩 맡겨도 알아서 잘 처리할 녀석이다.

내가 그렇게 생각하고 있는데 진궁이 날 쳐다본다. 좀 전에는 마량이 건방지다고 인상을 찌푸리더니, 이제는 씩 웃고 있다. 마치 좋은 아이템이라도 발견한 것처럼.

"내 총군사와 같은 걸 생각하는 것 같소."

"그래요?"

"그러하외다. 그러니 총군사, 내가 이야기해도 되겠소이까?"

"얼마든지요."

"고맙소이다. 흠흠."

진궁이 목소리를, 옷매무시를 가다듬더니 마량의 모습을 똑바로 응시하며 말을 이었다.

"마량."

"예, 예."

"우리 주공의 휘하로 출사하길 바라느냐?"

"예!"

"좋다. 나와 총군사의 생각이 같으니 내 주공께 네 녀석을 천거토록 하마."

"가, 감사합니다! 감사합니다, 선생! 감사합니다, 총군사님!"

마량의 얼굴이 더는 환해질 수가 없을 정도로 환하게 변해 간다. 환희로 가득하다.

그리고 그런 마량의 모습을 지켜보고 있는 나와 진궁은.

"으흐흐흐."

"흐흐흐흐."

기분 좋게 웃었다.

유능한 부하가 생긴다는 건 그만큼 나나 진궁이 맡아야 할 일이 줄어든다는 의미.

강남을 얻으며 일거리가 미친 듯이 늘어났던 만큼, 형주를 얻게 되면 한동안 죽간이 해일처럼 밀려들게 될 터. 고오급 노예가 제 발로 내 품에 안겨 온 거나 마찬가지다.

일단은 해줄 수 있는 건 전부 다 해줘야겠다. 형님하고 대화도 할 수 있게 해주고, 하루 이틀 정도 데리고 다니면서 나한테 물어보고 싶은 거 있으면 전부 다 물어보라고도 해주고.

나와 진궁이 앞으로 이 녀석에게 떠맡길 업무들의 양에 비하면 이 정도는 얼마든지 해줄 수 있다. 이게 훨씬 싸게 먹히는 거니까.

'으흐흐.'

"저어, 두 분께 드리고 싶은 말씀이 있습니다."

"응?"

"무얼 말이더냐?"

내가 반문함과 동시에 진궁이 더없이 다정한 어조로 말했다. 그러면서 역시나 다정하기 그지없는 모습으로 녀석의 어깨를 툭툭 두드린다. 부담 없이 이야기해 보라는 것처럼.

엥? 아니, 이 양반이…… 지금 마량이랑 친해 놔서 자기 업무를 더 많이 넘기려고 이러는 건가?

'질 수 없다.'

"나는 선입견 같은 거 없는 사람이니까 편하게 얘기해. 직급이 낮다고 무시하는 거 없다? 완전 오픈 마인드라니까, 오픈 마인드. 부담 가질 필요 없어. 뭘 얘기하려고? 진짜 잘 들리게

귀 좀 파고 올까?

"예? 하, 하하…… 그러실 필요까지는……."

"그래? 형이 귀 쫑긋 열고 들을게. 뭔데? 뭘 얘기하려고?"

마량이 어색하기 그지없는 얼굴로 날 쳐다보더니 이내 결심했다는 듯 표정을 가다듬으며 입을 열었다.

"허면…… 말씀 올리겠습니다. 화급합니다. 지금 즉시 양양과 번성의 일을 살펴보셔야 합니다."

"급할 게 뭐가 있어? 천천히 해, 천천히…… 응?"

양양과 번성이라니? 내가 지금 잘못 들은 건가?

"채씨 가문의 근거지잖아? 거긴. 거기가 왜?"

"소생이 아는 채모라면 필시 지금쯤 조조 측에 선을 대고 있을 것입니다."

"조조? 자네 지금 조조라 하였는가?"

"예, 선생."

마량이 심각하기 그지없는 얼굴로 고개를 끄덕인다. 진궁도 마찬가지.

뭔가 좋지 못한 일인 것 같기는 한데, 설마 채모가 조조한테 항복할 거라고 얘기하는 건가?

"확실히…… 제 안위를 끔찍이도 위하는 자라면 그럴 수밖에 없겠군. 형주 방위의 최전선에 있는 것보단 형주 공략의 최전선에 있는 것이 낫겠지."

"맞습니다. 게다가 온후의 아래에 있는 호족들은 여러모로 그 위세가 예전 같지 않다는 점도 크게 작용할 것입니다. 반면 조맹덕에게 투항한다면 양양에서의 영향력을 유지할 수 있을 뿐더러, 중임될 수도 있습니다. 조조의 휘하엔 수전에 능숙한 자가 없는 반면, 채모는 능숙하니까요."

그러니까 이거…… 이렇게 설명을 들으니 대충 이해가 된다.

간단하게 양양의 대호족인 채모의 입장에선 우리보다 조조에게 항복하는 게 더 이득이라는 의미다. 그쪽에서는 대체 불가능할 인력이 되어 희소성을 인정받을 수도 있다는 것이고.

"총군사. 어서 빨리 방도를 내야만 하오."

"맞습니다. 양양의 코앞이라 할 수 있는 남군에는 조조의 사촌 형제인 하후돈이 주둔하고 있습니다. 채모가 항복할 것임을 전해 듣기만 한다면 하후돈은 조조의 허락을 기다리는 대신 곧장 군을 이끌고 남하할 겁니다."

"그렇겠지. 돈이는 확실히 그럴 겁니다."

내가 이각과 곽사를 토벌하며 지켜본 바에 의하면 하후돈에 대한 조조의 신뢰는 거의 형님과 나 정도 수준이다.

내가 그런 것처럼 하후돈이 계책을 진언하거나 하지는 않지만, 최소한 녀석이 무슨 짓을 어떻게 하더라도 조조가 의심할 일은 없다. 다 어련히 이유가 있어서 그런 것이겠거니 생각하고 넘어갈 터.

"이러고 있을 시간이 없소. 내 지금 당장 주공근과 손중모, 육백언을 불러오리다. 그들과 함께 의논해야 하오."

내가 잠시 고민하고 있는데 진궁이 다급하기 그지없는 어조로 말했다.

"그러실 필요 없습니다."

"방법이 없잖소이까. 방도를 만들어야만 하오, 총군사."

"아뇨. 그럴 필요 없다고요. 방법이 있으니까."

다른 애들이면 나로서도 방법이 없다. 하지만 상대가 우리 도니라면 충분히 가능하지.

"걱정하실 필요 없습니다. 손쉽게 해결할 수 있으니까."

"내 살다 살다 이런 일도 다 겪어보는군."

양양과 번성. 형주 전체를 이어주는 물길의 시작점이라 할 수 있는 그곳을 향해 나아가며 하후돈이 말했다.

이만 명 병력의 선두에 선 하후돈의 입가에 흐뭇하기 그지 없는 미소가 피어올라 있다.

그것은 하후돈과 말 머리를 나란히 하며 나아가는 이전 역시 마찬가지였다.

"고금의 역사를 통틀어 더 나은 대우를 위해 주인을 바꾸고, 이곳저곳으로 옮겨 항복하는 경우가 적지는 않았습니다만…… 이렇게 직접 보게 되니 느낌이 참 묘합니다."

"가후 군사와 장수가 함께 항복해 오던 때와는 완전히 다른 경우니까. 그래도 기분은 좋군. 양번이라는, 그 전략적 요충지를 피 한 방울 흘리지 않고 날로 먹는 셈이 아닌가."

"이게 다 위속, 그자가 채모를 핍박해 준 덕분이지요."

"암. 그렇고말고. 위속 그 철저하고 기기묘묘한 자도 이렇게 실수하고, 오판하는 날이 있는 것을 보니 확실히 인간은 인간인 모양일세. 하하."

호탕하기 그지없는 목소리로 껄껄 웃으며 하후돈은 남쪽을 향해 잔잔히 흐르고 있는 강물을 응시했다.

산양으로 원소의 삼십만 대군이 쳐들어 왔던 시절, 위속은 산양성 주변의 평야 전체를 물로 뒤덮는 거대한 홍수를 예측해 대승을 거뒀었다.

이각과 곽사를 토벌하던 때, 결코 불어올 수 없을 것이라 여겼던 바람을 예측해 내 화공을 펼쳐 대승을 거두기도 했고.

하나 지금은 그와 같은 일이 벌어지지 않을 것이다. 하후돈은 그렇게 확신하며 주먹을 움켜쥐고 있었다.

"채모는 아직 양번에서 머무르고 있는 것인가?"

"아마 그럴 것입니다. 애초의 약속이 우리가 양번에 도착했을 때, 성문을 열고 밖으로 나와 투항한다는 것이었으니까요."

하후돈이 살짝 인상을 찌푸리며 고개를 끄덕였다.

성을 들어 바치겠다고 자신이 먼저 투항을 요청해 왔던 것치곤 그다지 공손하진 않은 태도였다.

"후후. 그래도 어쨌건 간에 위속 그자가 이 소식을 전해 들으면 뭐라고 할지 벌써 기대되는군. 소식이 전해질 때 그자가 어떤 얼굴을 하고 있을지 내 지켜보지 못하는 게 한스러울 정도야."

"소장 역시 같은 마음입니다."

"형주에서 제일가는 호족 가문인 채씨 집안을 집어삼키고 나면 그다음부터는…… 흠?"

기분 좋게 말을 이어 나가던 하후돈의 눈매가 가늘어졌다.

아무것도 없을, 울창하기 그지없는 갈대밭이다. 그런 곳의 위에서 깃발 하나가 휘날리고 있었다.

"저게…… 뭐지?"

의아하다. 뜬금없이 깃발이라니?

저 자체로는 아무것도 아닐 깃발일 뿐이지만 그것을 보았다는 것만으로 피가 차갑게 식어가는 느낌이었다.

"내가 직접 살펴봐야겠다. 이랴!"

"자, 장군? 소장이 가서…… 장군, 장군!"

이전의 만류를 무시하며 하후돈이 말을 몰아 갈대밭 쪽으로 나아갔다.

그렇게 갈대밭 쪽으로 가까워지면 가까워질수록 하후돈의 얼굴은 딱딱하게 굳어지기 시작했다.

갈대밭에서 휘날리는 깃발엔 위(魏)가, 이곳에 절대 있어서는 안 될 그 글자가 새겨져 있었다.

그리고 그와 동시에.

"돈아! 오랜만이다?"

익숙하기만 한 목소리가 갈대밭 안쪽에서 터져 나왔다.

"이, 이 목소리는?"

"장군! 장군!"

하후돈이 중얼거림과 동시에 이전이 화들짝 놀라선 소리치기 시작했다. 그런 이전의 안색이 창백하게 질려가고 있었다.

"위속입니다! 장군! 위속이라고요!"

"돈아! 형이랑 놀려고 여기까지 온 거냐?"

다급하기 그지없는 이전의 목소리와 함께 위속의 외침이 재차 들려왔다.

갈대가 스르르 흔들리며 모습을 드러낸 것은 조조가 선물로 넘겨줬던 절영에 타고 있는, 갑옷을 챙겨 입고 여유롭기 그지없는 얼굴로 씩 웃고 있는 위속이었다.

"혀, 형님?"

"오랜만이다, 돈아."

"어째서 형님이 예까지 와 있는 겁니까!"

"여기에서 선물을 하나 받기로 했거든. 조금 있으면 도착할 거라고 했는데 아직 안 보이네."

"서, 선물? 선물이라고요?"

하후돈의 눈이 눈동자가 튀어나오기라도 할 것처럼 커진다.

그런 하후돈의 머릿속이 새하얗게 변해가기 시작했다.

위속은 분명 선물이라고 했다.

저 멀리 남군에 있어야 할 위속이 이곳에 나타났다. 그것도 채모의 투항을 받으러, 이만 명 병력을 이끌고 기분 좋게 남하해 내려가던 자신들의 앞에.

그러한 상황이 의미하는 바는 명확했다.

"크윽, 크으으윽! 채모 이 작자가!"

하후돈이 이를 악물었다. 불끈 쥔 주먹이 부들부들 떨리고 있다.

하지만 그와 별개로 지금 당장 이곳을 벗어나지 않는다면 지금껏 위속을 적대하던 자들이 겪었던 것과 같은 처참한 최후가 기다리고 있을 것이란 생각이 하후돈의 머릿속을 가득 메우고 있었다.

"장군! 어서 퇴각해야 합니다, 어서요!"

뿌우우우우우-

두둥, 둥! 두둥, 두둥!

"와아아아아아아아아아-!"

뒤이어 따라온 이전이 소리침과 동시에 사방에서 뿔 나팔 소리와 북 두드리는 소리, 병사들의 함성이 울려 퍼지기 시작했다.

"퇴각, 퇴각하라! 퇴로를 뚫어야 한다!"

"퇴각하라! 매복이다! 퇴각하라!"

"죽을 힘을 다해 뛰어라!"

그와 동시에 하후돈이, 이전을 비롯한 부장들이 말 머리를 돌려 북쪽을 향해 필사적으로 질주하며 소리쳤다.

"흐흐."

그런 하후돈을, 정신없이 도망치는 조조군의 모습을 응시하며 위속은 혼자 갈대밭 앞에서 기분 좋게 웃고만 있을 뿐이었다.

"……뭐라고요?"

형주 수군을 완전하게 격파해 버린 여포의 수군 함대. 그 함대의 대장선에서 수군을 이끄는 주유, 그리고 자신의 동생과 함께 뱃머리에 서 있던 마량이 황당하다는 듯 반문했다.

"성공하셨다고. 스승님이."

"……아니, 총군사께서 이끌고 가신 병사는 고작 해봐야 천 명이 전부였잖습니까. 그 병력으로 하후돈이 이끌고 남하해 내려오던 이만 병력을 격퇴했단 말입니까?"

"어. 그렇다고 하던데?"

"그런 게 정말로 가능하다고요?"

믿을 수 없다는 듯 반문하던 마량의 얼굴에 손권이 고개를 갸웃거리고 있었다.

"응. 이게 놀라운 일인가? 다른 사람도 아니고 우리 스승님이 하신 일인데?"

"하후돈은 비록 총군사와 적이 되어 싸운 적은 없지. 그러나 총군사의 적이었던 원소와 이각, 곽사가 어떤 꼴을 당했는지는 누구보다도 잘 아는 자다."

"그, 그렇습니까?"

"그래. 그런 자인 만큼, 총군사가 눈앞에 나타났다는 사실만으로도 경계하게 되는 거다. 총군사쯤 되는 이가 고작 천 명밖에 안 되는 병사들을 이끌고 홀로 그런 곳에 나타날 리가 없다고 생각했겠지."

"하, 하지만 처음 한 번은 혼란에 빠져 도망친다 하더라도 추격이 없음을 깨닫는다면 다시 진격해 올 수도 있잖습니까."

"그렇게 생각하는가?"

주유가 생각하는 것만으로도 끔찍할, 옛 기억이 떠올랐다는 것처럼 싸늘하기 그지없는 얼굴로 눈가를 찌푸리며 말을 이었다.

"한번 두려워하고, 의심하기 시작하면 세상 모든 것들이 다 의심스럽게 마련이다. 하후돈은 필시 총군사와 함께 있는 병력이 천 명밖에 안 된다는 것을 확인했을 것이나 그 역시 계책이라 생각했겠지. 안 봐도 뻔하다."

"그게 무슨…… 아."

"큭."

논리의 비약이다.

그렇게 이야기하려던 마량이 주유의 하얗게 새어버린 머리카락을 보고선 이해했다는 듯 고개를 끄덕였다.

그 모습에 주유가 순간적으로 이를 악물고선 주먹을 움켜쥐었지만 마량은 그저 계속해서 혼자 고개를 끄덕거리고만 있을 뿐이었다.

그리고 그런 마량의 옆에 서 있던, 마량의 동생 마속은 뭔가 결심했다는 듯 비장하기 그지없는 얼굴이 되어 손권의 얼굴을 응시하고 있었다.

5장
어떻게 할래?

양번. 커다란 강 하나를 사이에 두고 세워져 있는 형주 북부의 거대한 요새 도시인 양양성과 번성의 성벽 위에서 유(劉)와 채(蔡), 문(文)의 깃발이 내려간다.

그 위에 새롭게 걸리는 깃발은 여(呂)이고, 장(張)이었다.

"양양 태수라."

그 모습을 지켜보며 어느덧 중년을 향해 나아가는 장수, 장료가 자신의 수염을 만지작거리며 중얼거렸다.

그런 장료의 입가에 만족스러운 미소가 피어올라 있었다.

"나쁘지 않지."

위치만 최전방일 뿐이지, 백성도 거의 없이 한산하기만 하던 제북 태수로서 일하던 것보단 여기가 훨씬 낫다.

드넓기만 한 성 내부엔 수도 없이 많은 민가가 줄지어 세워져 있고, 병영과 연병장도 큼지막하기만 하다.

단순한 규모로만 본다면 한때 여포군 세력이 수도로 삼았던 산양성보다 배는 더 거대할 정도. 앞으로 이곳에서 만족스럽게 생활할 수 있을 거다.

장료는 그렇게 생각하며 저 북쪽 어딘가를 향해 시선을 옮겼다.

북쪽 멀리에서 크고 작은 깃발을 휘날리는, 천 명 남짓한 규모의 병력이 슬금슬금 양번을 향해 다가오고 있었다.

📱

"유표가 투항을 청하는 건 어느 정도 정해져 있는 수순이긴 했지만…… 그저 놀랍기만 하구려. 형주라는, 이 풍요로운 곳을 이리도 쉽게 얻다니."

"그러게 말입니다. 파양호에서 형주의 수군이 나타나던 때까지만 해도 이쯤에서 물러나야 하는 게 아닌가 생각했었는데."

유표로부터 항복하겠다는 의사를 전달받은 직후, 남군성을 향해 나아가며 진궁이 말했다. 그 옆에서 말 머리를 나란히 한 채로 움직이던 후성이가 고개를 끄덕이고 있었다.

"인정하긴 싫지만 파양호에서의 계책도 절묘하기는 했습니다. 주공을 수전에 밀어 넣는다니. 상상조차 할 수 없던 일이나 효과만큼은 정말 확실했으니까."

"오, 그것도 그렇기는 하군. 공근 그대의 말이 참으로 옳소.

형주 수군을 상대로 백병전을 벌인다는 건 우리가 열세일 수밖에 없었으나 주공께서 나섬으로 대승을 거둘 수 있게 되었으니 참으로 절묘한 한 수였지. 아니 그렇습니까? 주공."

진궁의 반문에 적토마를 타고 성큼성큼 앞으로 나아가던 형님의 시선이 날 향한다. 무표정하기만 했던 형님의 얼굴에 점차 묘한 기색이 피어오르고 있었다.

"지금 막 생각이 난 건데 말이야. 우리가 지금껏 문숙과 함께 전장에 나가서 패한 적이 있던가?"

"단 한 번도 없었지요. 연주의 동민에서 조조의 매복을 간파하고, 그 군을 격파한 이후로 지금껏 총군사께선 누구나 질 수밖에 없을 것이라 여겼던 전투에서 승리를 거뒀잖습니까."

"그렇지?"

"예, 그렇죠."

"아니, 이 양반들이 갑자기 왜 멀쩡하게 잘 있는 사람 얼굴에 금칠을 하고 그래요? 그동안 고생했다고 푹 쉬게 해줄 것도 아니면서."

"쉬게 해줄 수도 있다."

"어라. 진짜요?"

형님이 고개를 끄덕인다. 그런 형님의 입가에 기분 좋은 미소가 피어오르고 있었다.

뭐지. 느낌이 싸하다. 저 양반, 또 뭘 생각하는 것 같은데…….

"우리가 강남에서 출병하기 전에 제갈근이 노숙과 함께 와서 그러더군. 형주를 성공적으로 점령하고 나면 삼 년이고

사 년이고 다시 군을 쉬게 하면서 기틀을 다져야 한다고."

"그 사람들이면 그렇게 얘기할 만하죠."

강남을 집어삼키긴 했지만 우린 아직도 그쪽을 완벽하게 통제하지 못하는 중이다. 반림과 손을 붙잡았다고는 해도 절강 이북까지만 영향력이 확대되었을 뿐, 그 아래쪽으론 해안가의 몇몇 거점을 제외한다면 아직도 요원하기 그지없는 수준이니까.

형주를 점령하고 나서도 아마 강남과 상황은 비슷할 거다. 강가를 따라 이어져 있는 장사, 형양, 무릉에 영릉 정도까지만 얼추 태수를 파견해서 장악하지 그 이외 지역은 여전히 이민족의 영역으로 남게 되겠지.

후방을 안정시키고 물자며 인력이며 하는 것들을 확보하려면 시간이 필요할 수밖에 없다.

"문숙 너도 동의하는 거냐?"

"당연하죠. 우리가 반쪽짜리 연주 하나만 가지고 활동하던 시절이면 또 몰라도 지금은 국가 기반을 다지면서 움직여야 하잖아요."

"역시 그런 거지?"

"그렇죠."

내가 고개를 끄덕이니 형님이 입맛을 다신다. 안타깝게 됐다는 것처럼.

그래도 다행이다. 스위치가 올라가거나 하지는 않은 모양.

형주 쪽 정벌도 이제 거의 끝났겠다, 한동안은 조용히 맛있는 거나 먹고 죽간으로 올라오는 서류 작업이나 하면서 여유롭게 지내면 되겠지. 으흐흐.

형님에게는 보이지 않도록 고개를 돌리며 내가 혼자 웃고 있는데 주유와 시선이 마주쳤다.

녀석이 날 뚫어지라 쳐다보고 있다. 그런데 그런 녀석의 입 꼬리가…… 한쪽으로 살짝 올라가 있었다.

뭐야. 쟤 웃음을 잃은 거 아니었어?

"주, 주유야?"

"주공. 옛 병법에 이르길, 평화를 준비하는 가장 효과적인 방법은 전쟁을 준비하는 것이라 하였습니다."

"엉?"

주유가 내 옆을 지나 형님에게 다가가 말했다. 형님이 갑자기 그게 무슨 소리냐는 듯 녀석을 쳐다보고 있었다.

애가 갑자기 왜 저러는 건지는 모르겠지만 한 가지만은 확실하다. 지금 쟤 입을 막지 않으면 엄청 난감한 상황이 벌어질 거다.

우리에게 항복한 이후, 벌써 몇 년 동안이나 웃음 한 번 보이지 않고 항상 무표정하거나 화난 얼굴만 하던 녀석이 웃는다?

데프콘 투다, 이건. 망할.

"주유야. 야, 잠깐만!"

"우리 모두 평화를 누리기 위해서라도, 형주를 비롯한 주공의 백성이 안심할 수 있도록 예방 전쟁을 펼치는 것이 좋지 않겠습니까?"

"예방 전쟁? 오, 그거 있어 보이는데?"

아, 진짜…….

형님이 관심을 보인다. 주유가 시어머니에게 일러바치는 시누이라도 되는 것처럼, 날 힐끔 쳐다보더니 득의양양한 얼굴이 되어 말을 이었다.

"조조가 되었건, 원소가 되었건 주공께 위험한 쪽을 골라 그 병력을 소진시키기 위한 전쟁을 벌여야 합니다. 좀 더 안전하고, 평화로울 내일을 위해 그 전쟁의 설계는 우리 군의 책사 중 가장 유능한 총군사께서 직접 맡으셔야겠지요."

"암암. 그렇고말고."

옆에서 진궁이 만족스러워하며 추임새를 넣는다.

'하.'

"선생, 이러깁니까?"

"힘내시오, 총군사. 내 온 마음을 다해 응원하리다."

웃음이 터져 나오려는 걸 억지로 참는 모양새다. 진궁의 얼굴에 웃는 것도 아니고, 우는 것도 아닌 기묘한 표정이 깃들고 있었다.

그런 와중에서.

"예방 전쟁의 과정에서 어쩌면 주공께선 그토록 원하시던 삼십만지적이 되실 수도 있을 것입니다. 나아가서 언젠가는…… 백만지적이 되실 수도 있지 않겠습니까?"

"백만지적…… 백만지적이라……."

주유가 형님의 마음속에 쐐기를 박는다.

아니, 진짜 내가 어이가 없네. 백만 명이라고? 백만지적? 쟤 진짜 미친 거 아니야?

내가 황당해서 눈을 껌뻑이는데 주유가 자신이 언제 웃었 냐는 듯, 근엄하면서도 진지하기 그지없는 얼굴로 날 쳐다보고 있다. 형님은 형님대로 백만지적이라는 표현에 꽂힌 듯, 계속 그걸 중얼거리는 중이고.

표정을 보니 스위치가 올라가도 제대로 올라간 느낌이다.

'망할, 망할.'

"문숙."

"예, 형님."

"너만 믿으마. 주유가 얘기한 예방 전쟁이라는 거 말이야."

"아니, 형님. 그게요. 너무 위험하거든요."

"위험하다고?"

"예, 잘못하면 그게……."

"좋군. 위험하면 위험할수록 좋지. 항우가 세운 업적들 역시 결국엔 그 위험하고도, 위태로운 상황을 견뎌내며 이룬 것 아니더냐?"

형님이 껄껄 웃으며 말을 이었다.

"위험해도 좋다, 문숙. 항우는 팽성에서 고작 삼만 명밖에 안 되는 병력으로 오십육만이나 되는 적들을 물리쳤잖느냐? 내겐 이미 문숙 네가 있고, 삼십만이 넘는 정예병이 있는데 뭐가 두렵겠느냐?"

"아니, 형님. 저는 그렇다 치더라도 그 삼십만은 전부 흩어져서 당장 움직일 수 있는 게 딱 오만 명이 전부잖습니까."

"그래도 항우보다 이만 명이나 더 많군."

잠깐만, 이거. 꽤 익숙한 루트인데…….

뭔가 해야 할 일이 있고, 내가 위험하다고 과장하면서 형님한테 떡밥을 던지고, 결국엔 형님이 그걸 물어서 진행하는…… 쓰발.

"방법을 만들어보거라. 내 항우를 뛰어넘어 보이마."

형님이 그렇게 말하며 내 등을 탕탕 두드리고선 적토마를 몰아 저 멀리 앞으로 나아가기 시작했다.

주유와 진궁을 비롯한 여러 장수들 역시 마찬가지.

나하고 눈이 마주치고 나면 자기들한테도 뭔가 일거리가 떨어질 것이라 생각한 모양이다. 다들 뒤도 돌아보지 않고 그냥 그대로 달려간다. 치사한 인간들.

그런 와중에서 내 옆에 남아 있는 건 후성이 하나일 뿐이었다.

"역시 너밖에 없다, 후성아."

"저야 늘 장군 편이죠. 아시잖습니까? 저, 그래서 말인데요."

"어?"

"저도…… 어떻게 안 되겠습니까? 주공께서 백만지적이 되실 때 저도 한 오만지적 정도만요. 예?"

녀석이 부탁 좀 하겠다는 듯, 빵끗 웃으며 날 쳐다본다.

하. 내 편이 없긴 진짜 없구나. 진짜 없어. 시부럴.

📱

"투항하리다. 모든 죄는 나 하나에게 있으니 죄 없는 병졸과 백성, 가신들에게 위해를 가하지는 말아주시오. 부탁드리오."

거대하고도 굳건한 성벽과 함께 우뚝 솟아 있는 남군성.

유표임이 분명한 노인 하나가 머리를 풀어 헤치고, 관복을 벗어 던진 채 온몸을 오랏줄로 포박하고서 무릎 꿇고 있다.

그런 노인의 목에는 형주 자사와 형주목의 관인이 걸려 있다. 그것은 노인의 뒤에서 마찬가지의 모습으로 꿇어앉아 있는 사람들 역시 마찬가지.

고개를 들어 보니 남군성의 성벽 위로는 깃발 하나 보이지 않는다. 성을 지키는 병사 역시 전혀 보이질 않는 게 혹 우리에게 거슬리지는 않을까 모두 다른 곳으로 보내 버린 모양.

"문숙."

형님의 짧고 굵은 목소리가 들려왔다.

"예, 갑니다. 가요."

엄숙해야 할 상황이지만 고운 말이 나오질 않는다.

툴툴거리듯 말하며 내가 유표에게 걸어갔다. 내 발소리에 유표가 이를 악문 채 푹 고개를 떨어뜨리고 있었다.

"온후 휘하의 총군사인 위속입니다. 당신의 안전은 우리 형님의 이름으로 확실하게 보장될 것이고, 당신 휘하의 관료와 장수 및 병사들 전체와 백성들 모두에게 적용될 것이니 걱정 안 해도 됩니다."

"그것이 정말이외까?"

"예, 거짓말하는 거 아니고 당신네한테 위해를 가해봐야 얻을 것도 없으니까 그냥 그런 줄 알고 얼른 일어납시다. 나 지금 당신들 하나하나 위로해 주면서 토닥여 줄 기분 아니니까, 알겠수?"

대충 유표를 부축해 일으켜 세우니 그 뒤에서 있던 사람들이 슬금슬금 눈치를 보며 일어나기 시작했다. 그 얼굴들에 정말이래도 되나? 하는 기색들이 가득하다.

'이 인간들이 진짜 속고만 살았나.'

"어서 일어들 나시오! 지금껏 우리 주공과 총군사께선 수많은 적들을 무찌르고 격파하셨지만 단 한 차례도 항복한 이들에게 위해를 가하신 적이 없소이다. 우리 주공을, 총군사를 해하고자 수차례나 대군을 일으켰던 주공근이 저리 서 있는 것이 보이지도 않소이까!"

짜증이 나서 내가 인상을 찌푸리고 있는데 후성이가 성큼성큼 걸어 나오더니 주유를 손가락으로 가리키며 소리쳤다.

형주의 고관들이 그제야 주유를, 나와 형님을 번갈아 쳐다보며 자리에서 일어나고 있었다.

"항복을 받아주는 날이니까 미리 밝혀두는 건데. 우리에겐 인재가 모자랍니다. 이 땅을 점령했다고 해도 각지로 이어지는 행정망을 우리 쪽의 사람으로 채우긴 힘들어요. 그러니까 강남에서 그랬던 것처럼 당신네들 중 협조적이고, 능력 있는 사람은 앞으로도 지금의 관직에서 머무르며 일할 수 있을 겁니다."

"그, 그게 정말입니까?"

"정말이오. 우리 주공과 총군사님만큼 공명정대한 분이 또 없으시외다."

후성이가 그렇게 말하니 무슨 도살장에라도 끌려가는 듯, 목숨을 제외한 자신이 가진 모든 것을 뺏길 것처럼 굴던 사람들의 표정이 약간은 밝게 변해간다.

'쯧. 이쯤이면 첫 단계는 패스했다고 봐도 되겠지.'

진궁은 어떻게 생각하는지 고개를 돌려보니 그가 만족해하는 얼굴로 고개를 끄덕이고 있다. 그런 진궁의 입꼬리가 한쪽으로 치켜져 올라가 있었다.

"피곤해진 모양이오? 총군사."

"믿었던 누구누구한테 배신을 당해 버려서요."

"허허, 배신이라니. 말씀만 하시오. 그 전쟁을 설계하는 일에 이 사람의 도움이 필요하다면 얼마든지 도우리다. 아까는 어디까지나 농담으로 한 소리인 걸 총군사도 잘 아시잖소이까?"

"아, 그래요? 그러면 지금 좀 부탁드려도 되겠습니까?"

"지, 지금 말이오?"

"선생께서 주유와 함께 말씀하셨던 그 싸움을 지금부터 준비해 볼까 합니다. 그러려면 저들을 저 대신 상대해 줄 사람이 필요하거든요."

내가 손을 뻗어 후성이와 함께 남군성의 형주 자사부를 향해 나아가는 유표와 그 휘하의 수하들을 가리켰다. 진궁의 눈이 동그랗게 커지고 있었다.

지금 저들은 남군성의 백성들에게 자신들이 항복했음을, 형주의 주인이 바뀌었다는 것을 보이기 위해 저렇게 죄인과 같은 꼴이 되어 움직이고 있다.

하지만 일단 형주 자사부에 들어가면 저들을 모두 숙청해 버릴 게 아닌 이상, 적당히 어르고 달래는 고되고도 고된 작업이 진행되어야 할 터.

"부탁드리겠습니다, 선생. 도와주겠다고 먼저 말씀하셨으니 이 정도는 당연히 해주시리라 믿어 의심치 않습니다. 제 마음 아시죠?"

"하, 하하……."

진궁이 어색하게 웃는다. 그러면서 주변을 돌아보는데 마침 저 뒤에서 병사들을 이끌고 성문 쪽으로 다가오던 손책이, 그 옆의 손권이가 진궁의 모습을 쳐다보고 있었다.

"끄응…… 알겠소. 내 기꺼이 총군사를 대신해 저들을 위로 하리다."

"감사합니다, 선생."

벌써부터 피곤해진다는 듯, 한숨을 푹푹 내쉬며 진궁이 유표를 향해 나아간다.

음모와 모략이 판치는 삼국지 시대다. 어설픈 자는 살아남을 수 없지.

으흐흐.

"밤하늘이 참 예쁘구만."

유표가 공들여 가꿨다는 내당 뒤편의 정원.

그곳을 거니는데 시끄럽게 외치는 사람들의 말소리, 웃음소리가 끊임없이 터져 나오고 있다.

아마 모르긴 몰라도 지금쯤 다들 술기운이 거나하게 올라 있을 거다. 진궁은 진궁대로 정신 줄을 붙잡고자 안간힘을 쓰며 머릿속으로 온갖 계산을 하고 있겠지. 술자리에서 유표의 수하 중 어떤 사람이 불만을 품었고, 어떤 사람이 우리에게 협력할지를 파악하고자 노력할 거다. 형주 쪽의 인사들은 또 그치들 나름대로 자신들의 처지에 대해 우리가 어떻게 처분할지를 파악하고자 안간힘을 쓸 거고.

겉으로는 기분 좋게 웃고 마시며 떠드는 자리지만 전장에서 책사와 책사가 서로의 지략을 겨루는 것 이상으로 온갖 귀계와 암투가 오가는 것이 저 술자리다.

'안 갈 수 있어서 다행이다. 정말.'

내가 그렇게 생각하며 정원을 거니는데 저 멀리에서 발소리가 들려왔다.

누군가 싶어 보니 술은 입에도 대지 않은 듯, 멀쩡하기 그지없는 얼굴의 후성이다. 녀석이 다가오고 있었다.

"장군."

"엉?"

"사신이 오고 있답니다."

"사신? 갑자기?"

"예, 조금 전에 양번의 장료 장군께서 보내오신 전령이 도착했는데 조조의 사신으로 사마의가, 원소의 사신으로 전풍이 양양성에 입성했답니다."

"흠, 전풍과 사마의라."

한쪽은 주유처럼 얻어맞기만 하던 불쌍한 양반이고, 한쪽은 자청해서 똥쟁이라고 불러달라던 골 때리는 녀석인데⋯⋯ 무슨 일이지?

"내일쯤이면 도착하겠군."

"예."

"일단 알았다. 자기들이 오면 그때 따로 불러서 만나보면 되겠지. 오늘 경계는 네가 서는 거냐?"

"소장과 중모가 함께하기로 하였습니다."

"그랬구만. 사주 경계 철저히 해라. 혹시 모르는 거니까."

"예, 장군."

후성이를 돌려보내고서 나는 고개를 들어 하늘을 응시했다. 아름답게 반짝이는 별들 사이로 휘황찬란한, 아름다운 빛을 뿜어내는 보름달이 떠올라 있었다.

그 자식들이 뭐 때문에 이렇게 비슷한 시기에 사자로 파견되어 오는 건지는 무릉도원에 들어가서 보면 알 거다.

걔들이 뭘 제안할지, 그 대가로 뭘 내놓을 수 있을지, 자기들의 내부 사정이 어떤지 등등 모든 것을 다 볼 수 있을 것이고.

상대의 손에 쥐어져 있는 게 풀하우스인지, 트리플인지, 아니면 노페어인지 다 알 수 있는 상태에서 게임을 하는 거나 마찬가지다. 흐흐.

"어디, 호구 한번 제대로 잡아볼까."

한 달에 한 번씩, 좋든 싫든 무조건 들어와야 할 수밖에 없는 꿈속이고 무릉도원이다. 뭐, 사실 무릉도원에 접속하는 게 싫었던 적은 한 번도 없었지만 어쨌든 간에.

무릉도원에 접속하고 나서 해야 할 일들은 간단하다. 가장 먼저, 우리 형님이나 나한테 앞으로 어떤 일이 생길 예정인지를 확인하는 것.

'서서가 진짜 형주에서 위속한테 영혼까지 털렸었짘ㅋㅋㅋ ㅋ', '뻥카는 ㄹㅇ위속이 갑 아님?', '여포 백만지적이 정사에 나온 얘기임???' 등등 수도 없이 많은 제목이 표시된다.

아니, 백만지적이 진짜 됐었어? 미래의 위속아. 도대체 무슨 미친 짓을 한 거니?

어이가 없지만 지금은 저걸 궁금해할 때가 아니다. 또 망한다느니, 뭘 못해서 난감한 상황이 됐다느니 하는 글이 있는지를 확인하는 게 먼저다.

난 그렇게 생각하며 글들을 키워드를 있는 대로 찾아가며 스캔했지만 유표의 투항을 받은 이 시점에서는 딱히 실책이 없던 모양이다.

망하니 낭패니 어쩌고 하는 글들이 몇 개 보이기는 하지만 지금으로부터 십 년은 더 지난 이후에서의 일들일 뿐이었다.

"좋아, 좋아."

문제가 있는데도 그걸 발견하지 못하고 없다고 떠드는 것이라면 무척이나 안 좋을 거다.

하지만 이렇게 미래의 역사를 통해 문제가 진짜로 없다는 걸 확인한 만큼, 이보다 더 마음이 편할 수가 없다.

그럼 이제는 전풍과 사마의가 무슨 용건으로 사신이 되어 왔는지를 살피는 건데.

'형주 화약 뭐 이렇게 통수가 심함??', '사마의가 위속한테 개빡친 게 형주에서 만난 거 때문 맞음??', '만약 형주 화약에서 위속이 원소를 돕기로 했다면?'과 같은 제목들이 시야에 들어왔다.

사마의가 나한테 빡치는 거야 뭐, 어차피 전쟁 한번 하면 무조건 열 받을 테니 이건 패스다.

일단은 첫 번째 글부터 봐야겠군.

〈형주 화약 때 원래 이렇게 통수가 심했음? 뭔 놈의 통수가 이중 삼중이 기본이여;;; 이 시대엔 서로 신용 같은 거 쌓을 생각도 안 했던 거임?〉

  ㄴ대군사가후: 그게 다 위속 때문임. ㅋㅋㅋㅋ 중국 역사 보면 원래도 사기 치고 통수치고 하는 거 없진 않았는데 위속이 하도 적들 복장을 터뜨려 놔섴ㅋㅋㅋㅋ

  ㄴ효기교위: 이 시대에서 위속이랑 한번 적으로 맞붙은 사람들은 아마 위속만 죽일 수 있으면 영혼도 팔았을 듯;;; 원한이 뼈에 사무치는 수준. ㅎㄷㄷㄷㄷ

  ㄴ조건달: 뭐 시대가 시대니까. ㅇㅇ 형주 화약 때 조조는 막 익주 집어삼켜서 안정시킬 시간이 필요했고 원소는 세력 회복해서 이제 좀 치고 나가려던 시기라 어쩔 수 없었음.

  ㄴ순욱순두부: 이 말이 맞긴 함. 통수 안 쳤으면 조조가 역으로 당했

을 상황이라. 가후가 낸 계책이 사실상의 삼국 정립을 만들었다고 봐도 무방할 수준이죠.

　└육손대장군(진): 저수는 저수대로 위속이랑 같이 기주 치고, 낙양 쪽 치다가 통수 후려갈겨서 병력 쌈 싸 먹었고, 가후는 가후대로 이민족 지원해서 형주 빈집 털이하고;; 위속은 또 위속대로 저수가 통수 치는 거 때려잡고 개 혼란한 시기임. ㅋㅋㅋ

"혼란하다, 혼란해."

그래도 대략 어떤 흐름인지는 알 것 같다.

형님이 원술을 잡았던 그 전쟁이 벌어지던 때, 가후를 파견한 조조는 원소와 함께 우릴 공격하는 대신 기주를 공격했고 업을 점령했다.

저수가 꾀했던 건 업을 수복하고, 낙양과 하내를 공격하는 척하면서 우리의 후방을 공격해 균형을 맞추는 것이었던 모양.

내가 무릉도원으로 들어와 미래를 확인하지 못한다고 해도 공명이며 진궁에 주유에 책사들이 잔뜩 있으니 얼추 뼈아픈 뒤통수를 얻어맞는 것까지는 방비에 성공한 것 같고.

문제라면 형주를 빈집 털이 당한다는 건데…….

"이건 좀 살펴보면 되겠지."

사마가가 어떤 놈인지, 뭣 때문에 가후와 관계를 유지하며 그 지원을 받게 된 것인지. 그걸 살피다 보니 원소와 조조가 지금 어떤 상황에 놓여 있는지, 앞으로 그들의 후방에서 어떤 일이 벌어지게 될지도 확인할 수 있었다.

이 정보들은…… 확실히 월척이다. 흐흐.

잠에서 깨어남과 동시에 씻고, 옷을 갈아입는데 밖에서 발소리가 들려왔다. 후성이가 살짝 긴장한 얼굴로 걸어 들어오고 있었다.

지금 시점에서 후성이가 저러고 있어야 할 이유라면 딱 하나다.

"도착한 거냐?"

"예, 장군."

"어디에 있는데? 외당이냐?"

녀석이 고개를 끄덕인다.

이제 보니 긴장한 것도 긴장한 거지만 피곤한 기색이 역력하다. 밤새 경계 근무에 나섰으니 그럴 만도 하지.

"이제부터는 내가 알아서 할 테니까 넌 가서 쉬어라. 피곤할 거 아냐?"

"감사합니다, 장군."

"오냐."

녀석을 보내고서 나는 곧장 형주 자사부의 외당으로 향하는데 목적지에 가까워지면 가까워질수록 싸늘한 뭔가가 느껴졌다.

"흠, 이래서였구만."

"오셨소이까? 총군사."

"왔느냐."

진궁을 향해, 형님을 향해 포권하는 것으로 인사를 대신하고서 나는 몹시 불편하다는 얼굴로 서로를 쳐다보고 있는 전풍과 사마의의 모습을 응시했다.

서로 같은 시기에 사자로 도착하게 될 것이라곤 생각지 못한 모양. 그래도 양양 쪽에서부터 같이 내려왔다고 들었는데. 아직 서로에 대한 양해가 이뤄지지 않은 모양.

"총군사님!"

내가 그렇게 생각하고 있는데 사마의가 반색하며 날 쳐다본다. 그런 사마의의 옆에서 전풍이 영업용임에 분명한 미소를 입가에 한가득 지어 보이며 포권하고 있다.

하지만 그런 전풍의 얼굴엔 그냥 봐도 내가 몹시 못마땅하다는 기색이 서려 있었다.

"오랜만에 뵙소이다, 총군사."

"어, 중달. 또 똥쟁이라고 불러주랴?"

"진짜요? 그냥도 해주시는 겁니까?"

"똥쟁이라고 불러주는 게 뭐 어렵다고. 그리고 전풍 선생, 아니, 선생이라긴 좀 그렇네. 너무 거리감이 느껴지잖아?"

"하하. 거리감이라 하셨소이까?"

환하게 웃는 전풍의 눈이 살짝 차가워진다.

쟤 빡쳤네, 빡쳤어. 근데 지가 남 통수 치러 온 애가 빡쳐봐야 뭐 어쩌려고? 여긴 어차피 우리 집인데.

"그냥 호형호제합시다. 풍 형. 내 이렇게 부를 테니 동생이라고 하든, 뭐라 하든 맘대로 하쇼."

"하, 하하…… 위속 총군사께서는 정말…… 자유분방하시구려. 좋소이다. 이 전풍, 비록 오랜 세월 총군사와 서로 칼을 겨누는 적의 입장이긴 하였으나 한편으론 총군사가 친우와도 같이 느껴졌다오."

"그래요?"

"승리를 위해 총군사가 하는 일들을 분석하고, 내가 총군사께 당했던 일들을 복기하는 것에 전념하다 보니 문득 이런 생각이 들더이다. 적이라고는 하나, 이렇게까지 서로에 대해 속속들이 아는 게 지음이며 친우가 아니라면 도대체 무엇이 지음이며 친우인가 하는."

뭔 소린지 모르겠다. 어쨌든 풍 형이라고 불러도 된다는 말이겠지.

내가 적당히 알겠다는 듯, 고개를 끄덕이고선 두 사람의 모습을 번갈아 응시했다. 아직 본론이 나오지 않은 만큼, 두 사람은 되도록 화기애애한 분위기를 유지하고자 하고 있었다.

일종의 아이스 브레이킹 같은 시간을 가지려는 모양인데.

"그런게 의미가 있나?"

"음? 뭐라 하시었소?"

나도 모르게 중얼거리니 가만히 지금의 상황을 구경하고만 있던 진궁이 반문했다.

"아뇨, 뭐 별다른 건 아니고. 중달이도 그렇고 우리 풍 형도 그렇고 여기 온 목적을 제가 빤히 아는데 좀 웃겨서."

"예? 총군사님. 저는 저희 주공의 명을 받들고 평화를 의논코자 왔을 뿐입니다. 평화가 우스운 건 아니잖습니까?"

사마의가 그게 무슨 소리냐는 듯, 눈을 동그랗게 뜨고선 날 쳐다본다. 평화를 논하는 거 이외에 자신한테는 아무런 목적도 없다는 것처럼.

"나는 동맹을 논하고자 왔소이다. 우리 주공께서는 지난날 조맹덕이 주공을 배신하고 간악한 흉계로 탈취해 간 업을 탈환하길 원하실 뿐이오. 총군사께서도 우리 하북의 뜻이 어떠한지, 상황을 잘 아시질 않소이까."

전풍 역시 마찬가지.

"아니, 간악하다뇨? 그런 식으로 따진다면 일개 발해군의 태수일 뿐이었던 원본초가 기주 자사 한복을 겁박하고, 공손찬과 함께 간계를 펼쳐 기주를 빼앗은 건 정당한 방책입니까?"

"동탁을 암살하고자 시도했다가 도망치던 자신을 거두어주고, 돼지까지 잡아 잔치를 벌여주려던 여백사와 그 일가를 몰살시킨 조맹덕의 수하가 지금 정당함을 논하는가?"

"허, 어이가 없군요. 힘을 합친다면 한복을 무너뜨리고, 기주를 반씩 나눠줄 것이라 공손찬에게 약조했던 건 원본초 아닙니까? 그래서 기주는 어떻게 되었습니까? 공손백규는 또 어찌 되었지요? 공손백규를 죽인 자가 어디에 계신 누구더이까?"

간악하다는 말 하나 때문에 싸움이 시작된 느낌이다.

전풍의 눈매가 꿈틀거린다. 사마의도 불쾌하다는 듯 그런 전풍을 노려보는 중이고.

"총군사님. 원소는 결코 상종할 수 없을, 신용 없는 자입니다. 원소와 손을 붙잡았던 자들이 모두 어찌 되었는지를 떠올리셔야 합니다."

"허, 말 잘했군. 우리가 비록 온후와 오랜 세월 원수지간이 되어 지내왔다고는 하나 저들처럼 간악한 흉계를 꾸민 적은 없소이다. 익주가 어찌 무너졌는지는 총군사께서도, 여기 공대 선생과 온후께서도 다 아실 게 아닙니까?"

"익주가? 어쩌다가 무너졌는데?"

아예 술까지 가져다가 놓고서 한 모금씩 홀짝이던 형님이 반문한다.

여기까지 말이 나오면 자기가 무조건 이길 것으로 생각한 듯, 전풍이 사마의를 힐끔 쳐다보더니 답했다.

"유장의 수하, 법정 장송을 매수하여 그 군주인 유장과 가솔 등을 겁박하는 한편 대군을 이끌고 여러 관문을 무혈로 통과했다 합니다."

"진짜? 조조가 그랬다고?"

"예, 온후. 어이가 없지요. 제 한 몸 부귀영화를 누리겠다고 주인을 팔아넘기는 자들도 그렇지만 그러한 자들을 충동질하여 이런 더러운 흉계를 꾸미는 자가 조맹덕이며 그 책사인 가후입니다. 아, 가후로 말씀드리자면 제 주인 장수를 조조에게 팔아 항복시키고 영달을 꿰찬 추악한 자가 이야기하는 평화가 가당키나 하겠습니까?"

"지금 말씀 다 하셨습니까? 참으로 누가 더 악독하고 흉악한지 이 자리에서 그에 대해 하나하나 시시비비를 가려 드리오리까?"

가만히 듣고만 있던 사마의의 얼굴이 싸늘하게 변해간다. 전풍은 사마의가 그러거나 말거나 이쯤 하면 자신이 이겼다는 듯, 여유로운 얼굴로 서 있을 뿐이었다.

이런 광경을 지켜보고 있는 내 심정은.

"하, 진짜. 어처구니가 없네."

딱 그러했다.

"중달, 아니, 마의야."

"예, 예? 총군사님. 소생은 성이 사마고 이름이 의로서……."

"응, 마의."

"예, 옙."

"내가 뭐 하나 알려줄까?"

"뭘 말씀이십니까?"

"풍 형이 가지고 온 제안의 진짜 목적."

"총군사. 우리 주공께는 다른 뜻이 없소이다. 그저 지난날 상실하였던 업을 되찾고, 나아가 온후와 낙양을 중심으로 한 사예주 전체를 반절로 나누길 바라실 뿐이오."

진짜로 그 외엔 아무것도 없다는 것처럼, 전풍이 말했다.

"들었지? 저 말의 뒤에 있는 내용이 궁금하지 않아?"

"원본초의 진의라면……."

자기는 잘 모르겠다는 듯 고개를 갸웃거리며 마의가 날 쳐다본다.

"가후가 지난번에 했던 거 있잖아. 우리가 원소랑 싸울 때 했던 거."

"지난번에…… 아! 설마, 그것입니까? 온후와 동맹하여 업을 탈환하고, 사예를 점령해 갈 때쯤 배신하여 후방에서 기습 공격을 퍼붓는 것요?"

"그 무슨 말도 안 되는 말씀이시오! 우리가 배신을 꿈꾸다니? 어불성설이외다, 어불성설!"

"그래서 우리랑 동맹하고 나면 같이 업이랑 낙양 치는 데 동원할 병력이 얼만데?"

"이십만의 최정예 병력을 준비해 두었소이다. 주공께서 친히 지휘하실 것이오."

"이십만이라. 그럼 지금 청주 쪽에 분산해서 배치해 둔 삼십만이랑 저수, 장합은 뭔데? 걔네는 무슨 별동대여?"

"그, 그게 무슨! 그들은 어디까지나 보조 병력으로서…… 이런."

전풍의 얼굴이 벌겋게 달아올랐다.

"풍 형. 지금 말실수한 거지?"

"아니, 이십만이 본대고 삼십만이 보조 병력이라고? 뭔가 계산이 잘못된 거 아니냐?"

내가 반문함과 동시에 형님의 목소리가 들려왔다.

형님이 의아하다는 듯 잠시 전풍을 쳐다보더니 곧 알 만하다는 얼굴이 되어선 혀를 쯔쯔 차고 있었다.

"계산이 잘 안 되는 모양이네. 위속아. 전풍 쟤 전에 내가 낸 계책에 속았던 책사 아니냐?"

그게…… 전풍이었었지 아마?

말로 대답하는 대신, 내가 고개를 끄덕였다.

전풍의 얼굴이 더욱더 빨갛게 변해가고 있었다.

"계산이 안 되는 것이 아니라!"

"착각해서 잘못 말한 거나, 계산이 안 되는 거나 그게 그거지 뭘."

"크으으윽, 아니란 말이외다, 아니라고!"

전풍이 이를 악무는데, 이게 나한테 당해서 화내는 거랑은 대미지에서 비교가 안 되는 느낌이다. 형님한테 멍청하다고 지적당한 거나 마찬가지니까. 크크크.

"와, 이런 극악무도한 금수 같은 자들을 봤나. 총군사님, 지금 껏 우리 주공과 온후께선 오랜 세월 평화롭게 공존하며 서로의 영역을 존중해 왔습니다. 이번에도 역시 마찬가지입니다. 게다가 온후께선 최근 형주를 새로이 손으로 넣으셨으니 땅을 안정시킬 시간이 필요하시잖습니까. 저희와 손을 잡으시지요."

내가 그렇게 생각하며 웃고 있을 때, 이번엔 자신의 승리를 직감한 사마의가 입가에 부드러운 미소를 피어 보이며 말했다.

지난번에 봤을 땐 마냥 귀여운 줄로만 알았는데 얘도 영…… 뱃속에 구렁이가 열 마리는 똬리를 틀고 앉아 있는 것 같다.

"풍 형. 내가 선물 하나 줘요?"

"선물이라니? 이 와중에서 무슨 선물을 주겠단 말인가!"

"나쁘지 않은 선물일 텐데? 가후의 진짜 속셈. 궁금하지 않아요?"

"지, 진짜 속셈이라뇨?"

사마의가 당황해서 반문하는데 녀석을 쳐다보는 전풍의 눈매가 가늘어진다.

그런 전풍이 나와 주유를, 그리고 이 자리에 함께 와서 우리가 대화하는 걸 물끄러미 지켜만 보고 있던 산월족의 왕 반림의 아들 반월을 한 차례씩 번갈아 쳐다보고 있었다.

"그런 것이었나."

전풍이 피식 웃더니 말을 잇는다.

"가후, 그 능구렁이 같은 작자가 겉으로는 평화를 이야기하며 무릉만이를 움직이고자 했다는 것인가."

"아닙니다! 총군사님! 저희 주공과 총군사께서는 결코……."

"야. 마의야. 속일 사람을 속여야지. 지금 내 앞에서 그런 소리를 한다고 그게 먹히겠냐?"

불과 일 분 전까지만 하더라도 득의양양하던 사마의의 얼굴이 시무룩하게 변해간다. 망했다는 걸 직감한 얼굴이다. 그것은 전풍 역시 마찬가지이고.

쯧. 믿을 놈들이 없구만. 죄다 통수만 쳐대려고 하니, 이거 원.

"형님. 어떻게 생각하십니까?"

"엉?"

"어차피 원소도 우리 뒤통수를 때릴 거고, 조조도 마찬가지인데. 이거 누구한테 맞아야 해요?"

형님의 입가에 씩 미소가 피어오른다.

"난 조조 쪽이 좀 더 마음에 드는데? 이민족하고 신나게 싸울 수 있잖아."

"공대 선생께서는요?"

"이민족보단 기주에서 원소를 잡는 것이 낫지 않겠소? 군을 움직이는 것이 여유지 않은 건 조맹덕 역시 마찬가지일 터. 저들의 속셈을 빤히 꿰뚫어 보고 있으니 역으로 우리가 그 계책을 이용하여 이번 기회에 하북을 집어삼키는 것도 나쁘지 않겠지. 아니 그렇소이까?"

씩 웃기는 진궁 역시 마찬가지다.

이제는 우리 통수를 쳐보겠다고 여기까지 온, 멘탈이 박살 나서 당황해하고 있는 이 인간들을 먹기 좋게 요리할 차례다.

"풍 형. 마의야. 어떻게 할래?"

내가 만들 수 있는, 가장 밝은 미소를 입가에 띠며 말했다.

녀석들의 얼굴이 더욱더 처참하게 썩어들어 가고 있었다.

"아니, 뭐 말들이 없어? 어느 쪽한테 뒤통수를 맞는 게 괜찮겠냐니까?"

마의도 그렇고 풍 형도 그렇고 입을 꾹 다문 채로 서 있을 뿐이다.

그런 두 사람이 서로를 응시하며 정말 필사적이라 해도 과언이 아닐 정도로 열심히 머리를 굴리고 있었다.

"둘이 동맹 맺어서 공격할 생각 하는 거면 뭐, 그렇게 해봐도 돼."

"그, 그런 걸 생각할 리가 없질 않습니까!"

"뭘 그렇게 정색해? 그냥 옵션 중 하나라는 거지."

당황해서 소리치는 마의에게 얘기해 주니 녀석의 얼굴이 더더욱 굳어진다. 옵션이 뭔지 물어볼 정신도 없는지 그냥 계속 고민하고만 있을 뿐이다. 그런 와중에서 녀석은 어떻게든 태연한 척 표정을 관리하고자 노력하고 있지만 애초에 그런 게 먹힐 상태가 아니었다.

"총군사는…… 원씨와 조씨가 힘을 합친다 한들 두렵지 않은 것이오?"

"뭐, 피해는 있겠지만 못 막을 것도 없다고 봐요. 형주 북쪽으론 철벽의 요새라고 해도 과언이 아닐 양번이 있고, 익주 쪽으로는 이릉의 요새가 있어요. 다른 곳의 방어가 어떤지는 아마 풍 형이 더 잘 아실 테고."

내 말에 전풍의 얼굴이 더욱더 딱딱하게 굳어진다.

내가 언급하지 않은 나머지 접경지대는 원술이 살아 있던 시절, 원소가 정말 수차례나 공격을 시도했던 곳들이다. 연주의 산양 방어선과 서주 방어선 정도가 원소 측에서 공격 루트로 설정할 수 있는 길의 전부니까.

조조 쪽에서 공격해 올 수 있을, 허창 근방의 예주 방어선이 살짝 불안하긴 하지만 뭐 그것도 충분히 막을 수 있는 상황이니 걱정할 건 안 되고.

"풍 형, 마의야."

"예?"

"말씀하시오, 총군사."

"하북이 원하는 건 업이고 우리 조조 형님이 원하는 건 익주가 안정될 때까지 시간을 버는 거잖아?"

"그렇죠."

"그러하오."

"그러니까 그냥 둘이 하나씩 양보하지?"

"……예에?"

"뭘 그렇게 놀라? 서로 가지고 있는 게 하나씩 있잖아. 원원하라고, 원원. 너네는 업을 넘기고서 평화를 얻고, 하북은 피흘리는 대신 평화를 얻고. 좋잖아? 물론 그러는 과정에서 나한테 수수료는 좀 넘겨줘야겠지만."

사마의가 입을 다문다. 그게 무슨 헛소리냐는 듯 날 노려보기까지 하고 있다.

그런 반면, 전풍은 그냥 무표정한 얼굴로 어디 들어나 보자는 얼굴이다. 일단은 군사를 움직이지 않고도 업을 넘겨받을 가능성이 약간은 생긴 상태니까.

"마의야. 마음에 안 드나?"

"당연한 거 아닙니까? 업은 지난날 가후 총군사님과 수만 장병이 피 흘려가며 얻은 땅입니다. 그러한 곳을 이리 쉽게 내준다는 것은!"

"그래서 안 내주면? 뭐 어쩌려고?"

"당연히 지켜야지요!"

"지키려고 한다고 지킬 순 있고?"

"예. 저희가 업을 점령한 이후, 지금껏 수차례에 걸쳐 성벽을 보수하고 증축해 왔습니다. 백성의 민심 역시 저희 주공께 향해 있으니 업을 지키지 못할 이유는 단 하나도 없습니다. 그 난공불락의 요새를 점령하려면 못 해도 십만 명 이상의 병사가 피를 뿌려야 할 겁니다."

"업은 지킨다고 치고, 익주는?"

"익주도 당연히 지킬…… 예? 익주요?"

익주가 갑자기 왜 나오냐는 듯 날 쳐다보는 녀석의 눈동자에 의아스러운 기색이 가득하다.

그리고 얼마 지나지 않아 그 의아함은 여유로운 그것으로 변해갔다.

"공격하기는 굉장히 어려우나 지키긴 매우 쉬운 곳이 익주 땅입니다. 설령 총군사께서 직접 나선다고 한들, 성과를 거두시지는 못할 것입니다."

"진심으로 그렇게 생각하는 거냐? 우리 마의 수준은 여기까지였구만. 조금 실망스러운데?"

"위속 총군사가 움직인다면 법정, 장송의 만행으로 분노하고 있던 지방 호족들의 동요가 더욱 커질 터. 익주 각지에서 반란이 들불처럼 커지겠지. 나쁘지 않군. 부디 총군사의 제안을 거절하길 바라오."

진짜로 자신들에겐 아무런 문제도 없을 것이라는 듯, 자신만만한 얼굴이던 사마의의 얼굴이 다시 또 썩어 문드러지기 시작했다.

전풍이 살짝 기대감 어린 눈으로 나를, 사마의를 번갈아 쳐다보고 있었다.

"이야, 역시 사람이 배우고 봐야 한다니까. 우리 풍 형이 이렇게 현명하시네. 마의야. 잘 생각을 해봐. 우리가 굳이 그 좁은 길로 들어가서 성 뺏겠다고 발악하지 않아도 돼. 그냥 강남 쪽에서 병사들 좀 더 데려다가 공격하는 척만 해도 효과는 충분할걸?"

"그리된다면 조공은 익주를 안정시키기 위해 병력을 옮길 수밖에 없을 터. 업의 방비는 물론, 낙양 인근의 방비가 소홀해질 것이니 우리 주공께 아뢰어 대군을 몰고 갈 수 있겠군."

내가 한 방 때리고, 옆에서 전풍이 또 한 방 더 때리고. 아아, 좋은 티키타카다.

"이게 무슨……."

"마의야. 형이 다 널 생각해서 얘기해 주는 건데, 풍 형이 말한 거 말고 너희한테 악재가 또 있거든?"

"또 뭐가 있단 말입니까!"

'얘 빡쳤네, 빡쳤어.'

자기도 모르게 욱해서는 소리쳐 놓고 아차 하며 내 눈치를 살피고 있다. 귀여운 녀석.

"이각이랑 곽사 말이야. 걔네 밑에 있던 잔당이 강족 영역으로 돌아갔거든? 할 줄 아는 거라곤 약탈하고, 사람 죽이는 것밖에 없던 놈들이 우리 조조 형님한테 원한을 잔뜩 품고 있어. 걔네 원래 그쪽에서 한가락 하던 애들인 거 알지?"

그런 애들이 다시 자기네 부족 사람들과 만나면 뭘 하려고 할까?

그 말까지 할까 싶었지만 참았다. 굳이 더 말해야 할 필요조차 없을 것 같아서.

우리한테 오기 전에 이미 이각, 곽사의 잔당에 대한 이야기를 전해 들었던 듯 사마의의 얼굴이 딱딱하게 굳어지고 있다.

익주의 불안 요소에 이어 저 북서쪽 양주의 일, 그리고 원소의 대군까지. 지금 사마의한테는 내가 하는 소리들이 사면초가처럼 들릴 거다.

"어떻게 할래. 계속 버텨볼터?"

"……주공께 아뢰겠습니다. 업기는 양도하는 것으로."

"잘 생각했다. 어차피 너희가 가지고 있으면 득보다 실이 더 큰 땅이야. 그거 지키는데 돈만 많이 들지. 기주 진출을 위한 교두보라는 거 외엔 득 볼 게 없잖냐."

진짜 제대로 풀이 죽은 얼굴로 고개를 숙인 사마의의 어깨를 가볍게 두드려 줬다. 녀석이 복잡하기 그지없는 표정을 지으며 날 쳐다보고 있었다.

"정녕…… 장의와 소진이 살아 돌아온 듯하오. 참으로 대단하시구려. 이 전풍, 비록 총군사의 적이었으나 감탄을 마지않을 수가 없소이다. 존경스럽소."

그런 녀석의 옆에서 전풍이 환하게 웃는다.

사마의의 얼굴이 더욱더 거무죽죽하게 죽어가고 있었다.

"그래서 말인데, 풍 형. 업을 받는 걸로 입 싹 닦을 생각은 아니죠?"

"물론이외다. 수수료라 하였소이까? 뭘 드리면 되겠소? 우리 하북에는 물자가 참으로 풍부하외다. 말씀만 해보시오."

"내가 얘기하면 다 줄 겁니까?"

"피 한 방울 흘리지 않고 업을 되찾게 되었는데 그 무엇이 아깝겠소이까? 비단? 모피? 명마? 뭐가 되었건 간에……."

"북연주."

"북연주도 좋지. 내 바로 주공께 아뢰어…… 북연주? 북연주면…… 북연주!"

아무래도 상관없다는 듯 떠들던 전풍의 얼굴이 굳어진다. 그런 전풍의 얼굴이 다시 또 벌겋게 달아오르고 있었다.

와. 사람 얼굴이 이렇게 다이나믹하게 변할 수도 있는 거였구나. 신기한데?

"말이 되는 소리를 하시오! 중재의 대가로 북연주 전역을 요구하다니! 그곳에 있는 성만 하더라도 제북, 태산, 동평을 포함해 스무 개가 넘소이다!"

"아니, 풍 형. 뭐 그렇게 화를 내요?"

"내가 지금 화를 안 내게 생겼소이까?"

전풍이 죽일 듯이 날 노려본다. 할 수만 있으면 내 멱살이라도 붙잡겠다는 투였다.

"전풍 선생."

그런 와중에서 사마의의 목소리가 들려왔다.

'뭐야. 쟤 흑화한 거야?'

표정이 되게 묘하다. 나랑 전풍 때문에 말 몇 마디로 업을 뺏기게 될 판이어서 열을 잔뜩 받은 얼굴이다. 그러면서도 녀석은 씩 웃으며 전풍을 노려보고 있었다.

"과연, 하북은 양심이 없는 것 같군요. 업을 넘겨받는 대가로 북연주를 할양하는 것이면 굉장히 저렴한 가격 아닙니까?"

"뭐, 뭐라?"

"업성과 그 일대의 크고 작은 마을에 거주하는 백성의 가호만 십만에 달하는데 북연주는…… 다 합쳐도 오만이 안 되잖습니까? 당연히 받아들이셔야죠. 안 그렇습니까? 총군사님."

"그러쵸."

내가 고개를 끄덕이는데 전풍이 주먹을 움켜쥔 채 이를 악문다.

"중달. 그대, 혹……"

"오는 게 있으면 가는 게 있어야 하는 법이지요. 솔직한 마음으로는 선생께서 총군사님의 제안을 거절하셨으면 좋겠습니다. 이유야 뭐…… 아시겠지요?"

"허, 허허……"

전풍이 나를, 사마의를 번갈아 쳐다본다.

"또 놀아났구나. 또 놀아났어. 또 당했어!"

"아니, 풍 형. 듣는 사람 섭섭하게 뭘 놀아나고 뭘 당해요? 자기가 좋다고 마의 물어뜯어서 그대로 당해놓고는."

"그 모든 것을 그대가 짜놓은 것이잖은가!"

"뭐 그렇게 생각하시든지."

"어서 결정이나 하시죠. 북연주를 내놓으실 겁니까, 다른 방도를 취해보시겠습니까?"

내가 어깨를 으쓱이는데 사마의가 서슬 퍼런 목소리로 말했다.

전풍이 정말 돌아버리겠다는 듯, 분노가 느껴지는 손길로 자신의 뒤통수를 벅벅 긁고 있었다.

"하겠소, 업을 넘겨받는 대가로 북연주를 할양하도록 주공께 아뢰리다!"

"콜. 무르기 없깁니다?"

"중재나 제대로 해주시오!"

"수수료 받는데 당연히 돈값은 해야죠. 걱정 마요, 풍 형. 제대로 해드릴 테니까. 마의 너도 걱정하지 말고."

내가 기분 좋게 말하는데 두 사람이 완전 죽을병이라도 걸린 사람 같은 얼굴로 고개를 끄덕인다.

자기네 땅으로 돌아가서 조조한테, 원소한테 이걸 어떻게 보고해야 할지 걱정하는 거겠지.

내가 저 입장이면 진짜 막막하긴 할 거다. 형님한테 저런 보고를 했다간 어떻게 될지, 좋은 쪽이든 나쁜 쪽이든 상상 자체가 안 되지만 조조나 원소라면 뭐…….

"마의야, 풍 형."

"예?"

"왜 그러시오?"

"힘내요. 포기 안 하고 열심히 노력하다가 보면 좋은 날도 오겠지."

진심을 담아 위로의 말을 건네는데 풍 형의 눈썹이 꿈틀거린다. 사마의도 어색하게 미소 지은 입가가 부르르 떨리고 있었다.

아, 이건 아닌 건가?

"손권아."

"예, 스승님!"

"안 되겠다. 풍 형도 그렇고, 우리 마의도 그렇고 오늘 심력 소모가 컸으니까 몸보신 한번 시켜 드려야겠어."

"지금 준비합니까? 원래 우리끼리 먹을 예정이었잖아요?"

"동업자 정신을 갖자, 손권아. 저 얼굴들을 보고도 그런 소리가 나오니?"

아깝다는 듯 말하던 손권이의 시선이 죽을상을 한 사마의를, 전풍을 향해 옮겨진다.

그 모습을 보길 삼 초나 지났을까? 녀석이 불쌍하다는 얼굴이 되어선 고개를 끄덕이고 있었다.

📱

"아니, 형님. 이거…… 제가 제대로 보고 있는 게 맞는 겁니까?"

위속과 전풍, 그리고 사마의의 모습을 번갈아 쳐다보며 외당 한쪽 구석에 서 있던 마속이 말했다. 그 목소리에 마량이 고개를 끄덕이고 있었다.

"이거 완전 미친 건데…… 이게 먹히다니."

마속이 그렇게 혼자 중얼거리고 있을 때, 그들 형제의 앞으로 시녀 하나가 다가오더니 생전 처음 보는 음식을 건넸다. 조각조각으로 나누어져 있는 고기에 기묘한 양념이 발라져 있었다.

킁킁.

"우오오?"

태어나서 지금껏 한 번도 맡아본 적 없는 냄새다. 마속의 눈이 동그랗게 커졌다.

그런 마속을 향해 여포군의 갑옷을 입은 장수, 육손이 성큼성큼 다가오고 있었다.

"양념치킨이라는 것이다. 처음 먹어보는 것이냐?"

"야, 양념치킨이요?"

"그래. 스승님께서 직접 만드신 음식이니라. 닭을 기름에 튀긴 게지. 손으로 직접 뜯어 먹으면 된다."

손으로 직접 음식을 집어 먹는다? 마속의 입장에서는 말도 안 되는, 야만스러운 일이다.

마속이 그렇게 생각하고 있을 때.

"혀, 형님?"

바로 옆에 있던 마량이 당연하다는 듯 닭 다리를 들어 으적으적 씹어 먹고 있었다. 청류를 숭상하는 선비로서, 사대부로서 보여서는 안 될 모습이다.

하지만 마량도, 진궁도, 심지어는 일국의 왕이나 마찬가지인 여포마저 당연하다는 듯 닭 다리를 들어 그 살점을 베어 물고 있었다.

"하, 하하……."

당황스럽다. 길지 않은 세월 동안 쌓아온 가치관이 송두리째 무너지는 느낌이다.

마속이 당황해하며 눈을 껌뻑이고 있을 때.

"네가 안 먹는다면 내가 먹으마."

마량의 목소리가 들려왔다.

어느덧 닭 다리를 전부 먹어버린 마량이 마속의 그릇에 담긴 닭 다리를 향해 손을 뻗고 있었다.

"어허! 왜 이러시오, 형님! 내가 먹을 겁니다, 내가!"

체면 때문에 머뭇거리던 마속이 자신도 모르고 손을 뻗어 닭 다리를 쥐었다.

바삭한 뭔가의 촉감과 함께 기름지고 달콤하며 향긋하기까지 한 냄새가 코끝을 자극했다. 머릿속이 하얗게 비워지는 느낌이다.

마속이 닭 다리의 살점을 앙 베어 문 바로 그 순간.

"우오오……."

지금껏 상상도 해본 적 없는, 부드러우면서도 달콤한 양념이 잔뜩 밴 맛이 입안을 가득 메우는 것이 느껴졌다.

지금까지 자신이 먹어온, 산해진미 따위는 비교할 수조차 없을 정도로 형편없는 것으로 느껴질 정도였다.

"맛있느냐?"

"마, 마이씁니다!"

입안에 치킨 살점을 잔뜩 밀어 넣은 채 오물오물 그것을 씹으며 답하는 마속의 모습에 육손이 피식 웃으며 고개를 끄덕였다.

그 맛에 감격한 것인지, 마속은 자신이 감격의 눈물을 흘리고 있는 것조차 인지하지 못한 모습이었다.

"맛있겠지. 너도 이제 치킨이 아니면 안 되는 몸이 될 거다."

마속에겐 들리지 않을 자그마한 목소리로 중얼거리며 육손은 위속의 곁에서 양손에 닭 다리를 하나씩 든 채 정신없이 그 살점을 물어뜯고 있는 전풍과 사마의의 모습을 응시했다.

조금 전까지만 하더라도 다 죽어가던 두 사람의 얼굴이 지금 이 순간만큼은 행복감으로 가득하다.

그 모습을 보고 있노라니 얼마 전, 위속이 했던 이야기가 머릿속에서 떠오르고 있었다.

'치느님께선 언제나 옳으시다.'

6장
믿습니다!

　문득 이런 생각이 들었다. 시간이 참 빠르게 흘러가는 것 같다고.

　형주를 점령하고, 사마의와 전풍을 상대로 외교전을 벌여 북연주를 얻은 지도 벌써 사 년이 지났다.

　그렇게 길면 길고, 짧으면 짧을 시간이 지난 지금 나는 형님을 비롯한 우리 장수들과 십만 대군을 이끌고 낙양성 근교의 평야 지대에 서 있는 중이었다.

　쏴아아아아아아아-

　바람이 참 싸늘하기만 하다. 나도 모르게 옷깃을 여미고, 갑옷을 조이게 될 정도로 차갑고 매섭다.

　그 바람이 우리 병사들이 든 깃발들을 펄럭이게 만들고 있었다.

여(呂), 위(魏), 허(許), 학(郝), 고(高), 진(陳), 마(馬), 성(成)까지. 당장 전선에 투입할 수 있는 장수며 책사는 누구 할 것 없이 전부 투입된 상태다.

연주와 예주, 반쯤은 우리의 것이나 마찬가지가 되어버린 서주와 강남 및 형주까지. 새로이 얻은 땅들을 안정시키고, 그 땅에서 병사를 뽑아 훈련하며 새로이 대군을 만들었다.

그렇게 해서 만들어진 병사 중 일부라 할 수 있을, 십만의 정예 병력이 우리의 뒤에서 버티고 있었다.

그러나 우리의 앞에서 버티고 있는, 조조군 병사들의 숫자는 무려 이십만이 넘는다. 그것도 관중에서 서량에서 데려다 모은 정예 중의 정예로 이십만이다.

저쪽의 진중에서는 조(曹)와 사마(司馬)의 깃발이 특히 커다랗게 흔들리고 있었다.

"많이도 모였군. 아니 그렇소이까?"

내가 그 모습을 지켜보고 있는데 진궁의 목소리가 들려왔다.

벌써 환갑을 훌쩍 넘겨 버린, 수염도 머리카락도 파뿌리처럼 변해 버린 진궁이 질린다는 얼굴로 조인과 그 휘하의 대군을 응시하고 있었다.

"낙양이 먹히면 남양이 고립되고, 형주로의 영향력까지 완전히 잃게 되는 거잖습니까. 죽을힘을 다해서 막으려고 하겠죠. 자기들 의지야 어쨌든, 결국 막지는 못하겠지만요."

수도 없이 많은 군기가 휘날리고 있는 조조군 진영 너머를 응시하며 내가 말했다.

이십만의 정예병이 버티고 서 있는 저 뒤편으로는 낙양성이 있다. 동탁에 의해 폐허가 됐다가 다시 복구된 지 얼마 지나지 않은, 백성도 별로 없고 얻어봐야 손해만 클 뿐 지키기도 어려운 곳이지만 낙양을 얻으면 하북과 관중, 서량으로 향할 수 있는 길을 얻게 된다.

낙양을 공격한다는 것은 곧 셋으로 나뉘어 있는 천하를, 원소와 조조를 동시에 적으로 돌려서라도 통일하겠다는 의지를 보이는 일이나 마찬가지.

"지난 세월 내정에 힘쓰며 얻은 힘을 오늘 모조리 쏟는 것 같습니다."

한낱 천인장이던 시절과는 비교도 되지 않을, 만인장을 넘어 이제는 한 명의 당당한 숙련된 장수이자 전장 전체를 아우를 지휘관이 된 위월의 목소리가 들려왔다.

녀석의 옆으로 옛날, 조조를 돕기 위해 하동으로 가서 처음으로 보았던 그때 그랬던 것처럼 갑옷 하나 없이 맨몸으로 말 위에 오른 마초와 온몸의 근육이 우락부락하게 발달한 인간 병기 허저가 서 있었다.

"애초에 힘이라는 건 사용하기 위해 모으는 거니까. 때가 되었으니 사용하는 것일 뿐 아니겠어?"

힘이 쌓이기는 원소나 조조 역시 마찬가지다.

그런 상황에서 우리가 선택할 수 있는 건 공격이나 방어, 둘 중 하나였을 뿐이다.

난 그중에서 그나마 유리한 공격을 선택한 것이었다.

"주공께서 오십니다!"

내가 그렇게 생각하며 계속해서 적들의 모습을 응시하고 있는데 저 뒤에서 허저의 목소리가 들려왔다.

인간 병기 그 자체인, 우락부락한 근육에 어울리지 않는 순박한 얼굴의 녀석이 형님과 함께 병사들의 사이를 지나 내게 다가오고 있었다.

"준비는 다 된 것이냐?"

"형님만 나오시면 되는 거였습니다. 이제 오셨으니 끝났다고 봐야겠죠. 저 뒤쪽에서 움직이는 녀석들은 자기가 알아서 적절한 순간에 움직일 거고요."

형님이 만족스러운 얼굴로 고개를 끄덕인다.

내 나이가 어느덧 장년에 접어든 것처럼, 형님 역시 장년인이 되어 있다. 얼굴에도 주름이 생기고, 드세고 날카로우며 감히 대적하기 어려울 위압감을 뿜어내던 얼굴도 약간은 부드러워진 느낌이었다.

굳이 비유하자면…… 소싯적에 좀 놀았을 것 같은 무서운 아저씨 정도랄까? 그런 형님이 적토마를 몰아 우리의 앞쪽으로 나아간다.

형님이 십만에 달하는, 전투 의욕에 불타오르는 병사들의 모습을 응시하고 있었다.

"나도 알고 있다. 오늘의 전투에서 너희 중 상당수가 목숨을 잃게 될 거다. 또 그만큼이 다치겠지."

병사들 하나하나의 모습을 눈에 담기라도 하겠다는 듯, 우리 병사들을 찬찬히 돌아보던 형님이 쩌렁쩌렁하게 울리는 목소리로 말을 이었다.

"그러나 오늘 전투에서 내가 앞장설 것이고, 우리 장수들이 앞장설 것이다. 나 여포가 너희들과 함께 전장에서 적들에 맞서 싸울 것이다. 믿느냐?"

"믿습니다!"

"나 여포가 너희와 함께 피 흘리고, 땀 흘리며 적들을 벨 것이다. 내가 직접 적진을 돌파하고, 너희와 어깨를 나란히 할 것이다. 그러니 나 여포가 약속하마. 오늘 전투에서 이기는 건 우리다. 믿느냐?"

"믿습니다!"

"믿느냐!"

"믿습니다아아아아아아아악!"

이번엔 우리 병사들의 목소리가 쩌렁쩌렁하게 울린다.

형님이 그 모습을 흐뭇하게 웃으며 쳐다보더니 방천화극을 번쩍 들어 올렸다.

사방에서 함성이 터져 나온다.

확실히 우리 형님이 여포는 여포인 모양. 벌써 나이가 오십이 넘었는데도 형님의 목소리 하나하나에 병사들이 열광한다.

그런 광경에 조조군 병사들이 움찔거리고, 그 사기가 깎여 나가는 것이 확연히 보일 정도다.

형님의 시선이, 방천화극의 창끝이 겨누는 곳이 이번엔 적들을 향해 옮겨지고 있었다.

"지금부터 적들을 격멸할 것이다. 알겠느냐!"

"예!"

"전군- 대기!"

"돌…… 어?"

명령이 이상한데? 대기라니?

내가 황당해서 형님을 쳐다보는데 히히히힝-! 소리와 함께 적토마가 있는 힘을 다해 저 멀리 앞으로 달려 나가고 있다.

그런 와중에서 들려오는 건.

"으하하하하! 이십만지적이다!"

잔뜩 즐거워하는 형님의 목소리였다.

"이, 이게 도대체……."

옆에서 위월이가 지금의 상황이 이해가 되질 않는다는 듯 그런 형님의 모습을 멍하니 쳐다보고 있다. 주변의 다른 장수들, 심지어는 병사들 역시 마찬가지의 상황이었다.

"하……."

어이가 없어서 말도 안 나온다.

아무리 이십만지적이 되고 싶어도 그렇지. 이십만 대군, 그것도 조조의 휘하에 있는 최정예 병력이 버티고 있는 곳을 혼자서 뛰어간다고?

"초, 총군사!"

열이 확 올라서 형님의 뒷모습을 쳐다보고 있는데 뒤늦게 정신을 차린 진궁의 당혹스럽기 그지없는 목소리가 들려왔다.

"장군! 주공을 구해야 합니다!"

"총군사님!"

"으하하하, 주공! 같이 가요!"

진궁에 이어 위월이, 마초가 얼굴이 사색이 돼서는 소리치는데 허저가 형님처럼 껄껄 웃으며 저 멀리 앞을 향해 뛰쳐나간다.

어느덧 벌써 형님은 우리와 조조군 병사들의 딱 1/3쯤 되는 거리까지 도달한 상태였다.

"총군사!"

"진짜 이거 때려치우든지 해야지. 돌격! 형님을 구해라!"

"돌격하라! 주공을 구해야 한다!"

"돌격! 돌격하라! 돌격!"

뿌우우우우우우우우우우우우-!

두둥, 둥! 두두둥, 둥! 두두둥, 둥!

내가 소리치며 절영의 배를 걷어참과 동시에 사방에서 장수들의 외침이 터져 나오기 시작했다.

저 뒤에서 북소리가, 뿔 나팔 소리가 울려 퍼지고 있었다.

📱

"이번엔 우리가 이길 수 있을 것이다."

낙양을 향해 진격해 온 여포의 대군을 응시하며 조인이 말했다. 그런 조인의 옆에서 장수 조진이 걱정스러운 얼굴을 하고 있었다.

"방심해서는 안 되지 않겠습니까? 숙부님, 그래도 여포와 위속이 함께 나섰잖습니까?"

"이놈아. 여포랑 위속이 직접 나섰다고 해도 달라질 건 없느니라. 작금의 천하가 과거처럼 장수 한둘의 능력만으로 전장의 승패가 좌우되는 시대인 줄 아느냐?"

"장군의 말씀이 옳소. 훈련은 물론, 무장조차 변변찮던 과거와 달리 작금의 군졸은 훈련도 훈련이거니와 무장의 상태가 과거와는 비교도 할 수 없을 정도로 좋아졌소. 제아무리 여포라 한들 홀로 전장에서 날뛸 수는 없소이다."

조인과 함께 말 머리를 나란히 하고 서 있던 이전까지 나서자 조진은 입을 다물었다. 자신은 생각이 다르지만, 군의 원로라 할 수 있는 조인과 이전이 그렇다는데 거기에다가 대고 더 뭐라고 할 말이 없는 탓이었다.

대신 조진은 저 뒤편에서 심각한 얼굴로 있는 사마의 쪽으로 다가갔다.

"군사, 전황이 어떨 것 같습니까?"

"쉽지 않을 겁니다. 상대는 그 위속이니……."

형주에서 위속과 만난 이후, 지금껏 설욕할 그 순간만을 기대하며 능력을 닦아온 사마의가 나지막한 목소리로 말했다.

그런 사마의의 시선이 저 멀리 앞에서 방천화극을 들고 병사들을 향해 격려의 말을 하는 여포를 향해 있었다.

"여포와 위속이 함께 출전한 전장에서 패배한 적은 지금껏 단 한 번도 없었습니다. 게다가 지금 저들과 함께하는 병력은 사실상 여포 휘하의 최정예라 해도 과언이 아닐 정도이니 조심하고, 또 조심해야 합니…… 어?"

"전군- 대기!"

사마의가 채 말을 끝내기도 전에 여포의 목소리가 들려왔다.

동시에 여포가 홀로 적토마를 몰아 전력으로 달려오는 모습이 사마의의 시야에 들어왔다.

사마의가 이해가 되질 않는다는 듯, 멍하니 그 모습을 지켜보고 있었다. 그것은 사마의와 함께 서 있던 조진 그리고 그 앞의 조인이나 이전을 비롯한 나머지 장수들 역시 마찬가지.

"여포가 홀로 달려오고 있다? 이십만이나 되는, 우리 대군을 향해?"

이해할 수가 없는 일이다.

아무리 여포라 할지라도 한 명의 사람일 뿐이다. 고작 한 사람이 이십만이나 되는 대군의 사이로 뛰어든다면 결론은 하나일 뿐이다. 죽음.

하지만 지금 저기에서 달려오는 건 다름 아닌 여포다. 연주와 예주, 서주와 강남, 거기에 형주까지. 사실상 천하의 삼분지 일을 지배하고 있는 자가 홀로 돌진해 오고 있다. 그 모습을 위속은 그저 지켜만 보고 있고.

그렇다는 것은…….

"매복이다!"

사마의가 눈동자를 번뜩이며 주변을 돌아보기 시작했다.

"구, 군사? 매복이라니요?"

"여포가 홀로 달려오고 있습니다! 이곳까지 데리고 온 십만 대군은 멀쩡하니 구경만 하고 있어요! 그게 의미하는 바가 무엇이겠습니까!"

"아니, 지금껏 정찰은 부족하다 못해 차고도 넘칠 정도로 하질 않았는가! 매복은 없어! 적어도 이 근처 오십여 리 안에는 없단 말일세!"

말도 안 된다는 듯, 강한 불신의 기색이 담긴 목소리로 조인이 소리쳤다. 그런 조인의 시선이 주변의 병사들을 번갈아 쳐다보고 있었다.

"매복이라니."

"설마. 또……."

"상대가 위속인데 매복은 당연히……."

병사들이, 천인장 이하의 부장들이 불안해하고 있다. 그리고 자기들끼리 중얼거리는 그 목소리가 군 전체를 향해 퍼져 나가고 있었다.

"매복은 없다! 나 조인이 너희들에게 확실히 이야기할 수 있느니라!"

"하지만 장군!"

"시끄럽다, 중달! 계속해서 헛소리를 지껄인다면 군심을 흐린 죄로 그 목을 벨 것이다!"

딱딱하게 굳어진 얼굴로 조인이 검을 뽑아 든 채 사마의를 향해 겨누며 소리쳤다.

그러던 찰나.

뿌우우우우우우우우우우-!

뿔 나팔 소리와 함께 북소리가, 여포를 구하라며 소리치고 질주하는 장수들과 병사들의 목소리가 울려 퍼지기 시작했다.

여포의 뒤에서 가만히 서 있던 위속을 비롯한 수많은 장수와 병사들이 일제히 그들을 향해, 조인과 이전을 비롯한 조조군 장수와 병사들을 향해 돌진해 오고 있었다.

"보았는가! 이건 그저 여포가 미친 짓을 했을 뿐이야. 늘 그렇듯 여포가 여포 짓을 하는 거란 말일세! 전군, 방진을 펼쳐라! 이번에야말로 여포와 위속의 목을 베고야 말 것이다!"

"방진을 펼쳐라!"

"여포와 위속의 목을 베어야 한다! 화살을 쏴라!"

조인의 그 외침에 조조군 병사들이 방진을 펼치고, 화살을 쏘아냈다.

"으하하하, 달려라! 달려!"

그와 동시에 기다렸다는 듯 적토마가 지금까지보다 더욱더 빠르게 속도를 올린다.

애초부터 화살을 쏘는 것으론 여포를 잡을 기대조차 않았던 만큼, 조인은 이전을 향해 고갯짓했다. 여포를 잡기 위해 지금껏 훈련해 온 부대를 움직이려는 것이었다.

"꼭 잡아야 하네."

"맡겨만 주십시오, 장군."

이전이 조인을 향해 포권하며 그 부대와 함께 움직이려고 하던 때.

둥- 둥- 둥- 둥-

저 멀리 뒤편의 산중에서 북소리가 들려오기 시작했다.

조인이 화들짝 놀라선 산 쪽으로 시선을 옮겼다.

"저, 저게 무슨!"

조금 전까지만 하더라도 푸름으로 가득하던 산이다. 다른 산들과 마찬가지로 나무가, 푸르른 잎으로 가득한 나뭇가지로 가득하던 그 산중에서 깃발이 샘솟고 있다. 검은빛으로 칠해 진 여포군의 깃발이다.

그런 게 산 한쪽 줄기 전체를 가득 메운 채, 나뭇가지 사이에서 꿀렁이며 산 아래쪽을 향해 무서운 속도로 밀려 내려오고 있었다.

"총군사의 말씀대로 적들이 매복에 빠졌다! 모조리 쓸어버 려라!"

누군지 짐작조차 가질 않는, 여포의 그것에 비견될 정도로 쩌렁쩌렁한 목소리가 울려 퍼진다.

"매, 매복! 매복이다!"

"위속이 또 매복을 숨겼어! 으아아아아악!"

조금 전, 사마의의 외침에 불안해하던 병사들이 정말로 나 타난 매복군의 그 목소리에 비명을 내지른다.

조인이 입술을 질끈 깨물었다. 그 입술이 터져 피가 주르륵 새어 나오고 있었다.

"자, 장군!"

"으하하하, 이십만지적 여포가 여기에 있느니라! 나와 겨루 어볼 자 누구인가!"

두두두두두두두-!

앞에서는 미친 속도로 질주해 오는 여포가, 그 뒤를 따르는 위속과 여포군의 여러 맹장을 포함한 십만 대군이 있다.

뒤에서는 그 숫자가 얼마인지도 알 수 없을 매복군이 갑자기 산중에서 나타나 밀려 내려오는 중이고.

조인은 정말로 이 이상은 일그러질 수가 없을 정도로 험악하게 일그러졌다.

얼굴 전체가 부들부들 떨리는 상태에서 그는 하늘을 올려다봤다. 가슴속 깊숙한 곳에서 뜨거운 뭔가가 용솟음치는 게 느껴진다.

그런 조인의 분노에 가득 찬 외침을 토해내던 때.

"위속! 위소오오오오오옥! 네 이노오오오…… 커헉!"

"자, 장군! 장군!"

눈앞에서 시뻘건 뭔가가 뿜어져 나오는 게 시야에 들어왔다.

그것이 혼절하기 직전, 조인이 본 마지막 광경이었다.

"버텨라! 무너져서는 안 된다!"

"물러나는 자는 목을 벨 것이다! 죽어도 적들과 함께 죽어라!"

적들을 향해 돌진해 올라가는데 낯선 얼굴의 장수가 전선으로 달려 나오며 소리친다.

그 옆으로 수염이 길게 자라난, 잔뜩 굳어진 얼굴의 사마의가 함께 서서 날카로운 눈동자로 주변을 응시하고 있다.

그 시선이 향하는 것은…….

"으하하하, 더 오너라! 모조리 베어주마!"

"주공한테만 가지 말고 나한테도 좀 오라고! 씨이!"

끝도 없이 밀려드는 조조군 병사들을 쉴 새 없이 베어내는 형님, 그리고 그 옆에서 형님에게 향하는 병력을 조금이라도 줄이고자 노력하는 허저 쪽이었다.

"마초. 형님을 도와서 전과를 확대해. 무슨 얘긴 줄 알지?"

"맡겨만 주십시오. 가자!"

마초가 자기 가슴을 탕탕 두드리더니 자기 휘하의 기병 일만 명을 이끌고 질주해 나아가기 시작했다.

마음 같아서는 나도 마초처럼 나가서 형님을 돕고 싶다. 하지만 사마의와 신예 장수가 형님을 노리는 이상, 여기에서 전황을 직접 살피며 군을 지휘해야 할 터였다.

"총군사. 우린 어찌해야 하겠습니까?"

내가 그 모습을 지켜보고 있는데 성렴이 다가와 말했다.

"일단은 대기. 저쪽이 무슨 수를 쓰는지 한번 보자고."

사기가 바닥으로 떨어져 가는 부대와의 수 싸움이라. 나쁘지 않지.

📱

"장군! 여포를 막을 수가 없습니다! 적 기병이 함께 증원

되어 오고 있단 말입니다!"

혼란스럽기 그지없는 전투의 와중, 되도록 전선에 가까운 곳으로 말을 몰고 나와 군을 지휘하고 있던 조진과 사마의를 향해 전령이 소리쳤다.

"전선이 돌파당하기 직전입니다! 지원이 필요합니다!"

뒤이어 등판에 화살을 석 대나 꽂은 채 달려온 병사가 소리쳤다. 병사의 입에서는 주르륵 피가 새어 나오고 있었고, 그는 당장에라도 말에서 떨어질 것처럼 몸의 균형을 잃은 채 비틀거리는 상태였다.

조진이 말을 몰아 병사에게 다가가더니 딱딱하게 굳어진 얼굴로 병사를 부축하며 말했다.

"자네는 뒤로 물러나 상처를 치료하도록."

"자, 장군?"

"부상이 심하다. 자칫 잘못했다간 본대로 돌아가기도 전에 죽을 거야. 이 상태로는 싸워봐야 도움될 게 없으니 내 말 듣게."

병사가 감동했다는 듯 조진을 향해 포권하고선 주변의 부축을 받으며 후방으로 움직이기 시작했다.

그 뒷모습을 잠시 응시하던 조진이 사마의 쪽으로 고개를 돌리며 말했다.

"조윤의 부대를 보내는 게 어떻겠습니까?"

"만인대 하나만으론 부족합니다. 넷은 더 보내야 합니다. 보이십니까?"

사마의가 손을 들어 저 뒤쪽을 가리켰다. 그들의 등 뒤, 후방에서 숭산 자락을 타고 여포군 별동대가 달려 내려오는 중이다. 이전 휘하의 부대가 그들을 막아내고 있었다.

"저들은 어디까지나 별동대인 만큼, 그 숫자는 많지 않을 것입니다. 애초에 산속에 그리 많은 병사를 숨겨두고도 아군의 눈을 피한다는 게 말이 안 되지요."

"하지만 군사. 저들은 얼핏 보는 것만으로도 오만에 이르는 규모였잖습니까?"

"소생이 단언할 수 있습니다. 허장성세입니다. 공격 시점에서 아군의 혼란을 유도하기 위해 훨씬 많은 깃발을 소지한 채로 움직였겠지요. 저들의 숫자는 아무리 많아 봐야 삼만 이내입니다."

"확실히 삼만이 전부라면……."

앞뒤로 적을 맞이해야 하는, 주장인 조인이 피를 토하며 쓰러지기까지 한 절망적인 상황에 침울하게 가라앉아 있던 조진의 눈동자다. 그런 눈동자가 맹렬한 빛을 뿜어내고 있었다.

사마의가 고개를 끄덕였다.

"한 줌일 뿐입니다. 우리가 여포의 돌격을 막아낼 동안 이전 장군께서 별동대를 섬멸한다면 이기지는 못하더라도 지지는 않을 겁니다."

"지지는 않는다……. 쓸쓸하군요. 그러나 몹시 희망적인 말씀입니다."

"현실적으로 할 수 있는 것들을 해야 합니다, 장군."

"과욕을 부려서는 안 되겠지요. 이 사람은 군사만 믿겠습니다."

조진이 결연한 얼굴이 되어 사마의를 향해 포권해 보였다. 이글이글 불타오르는 그 눈빛이 어떻게 해서든 자신이 목표한 바를 이루겠다는 의지를 드러내고 있었다.

"다들 들었느냐? 지금부터 우리는 여포의 돌격을 막아낼 것이다! 이번에야말로 여포를, 위속을 패배시키는 거다. 조윤과 왕평, 성진과 하성의 부대를 보내라!"

📱

"더 강한 놈들은 없느냐? 잡졸 말고 장수! 센 놈을 데리고 오란 말이다!"

정말 쉴 새 없이 방천화극을 휘두르며 형님이 소리친다. 그 옆에서 허저가 함께 몽둥이를 휘두르고, 마초와 일만 명의 기병대가 끊임없이 돌격하고 물러나길 반복하며 조조군의 피해를 확대하는 중이다.

'저 양반은 지치지도 않나?'

전투가 시작된 지 벌써 세 시간이 되어가는 중인데도 지친 기색이 전혀 없다. 그냥 쉴 새 없이 싸우고, 싸우고, 또 싸울 뿐이다.

그런 형님의 모습이 두려운 듯, 조조군 병사들은 머뭇거리면서도 뒤쪽에서 등을 떠미는 장수들 때문에 계속해서 전선으로 밀려오는 중이었다.

"어찌 되어가는 것 같소? 총군사."

내가 그 모습을 지켜보고 있는데 진궁의 목소리가 들려왔다.

저 뒤쪽에서부터 위월과 함께 본대를 이끌고 슬금슬금 전장에 가까운 곳으로 밀고 올라오던 진궁이다. 그런 진궁이 이제는 뒤편에서 자신들이 투입될 순간을 기다리며 대기 중인 나머지 반절의 병사들과 함께 내 곁에 서 있었다.

"쉽지 않은 것 같죠? 조진이라고 조인 조카뻘 되는 녀석이랑 사마의가 전면에서 버티는 것 같은데 지휘력이 참."

다른 사람도 아니고 여포다. 인중여포 마중적토, 인중룡의 그 여포.

형님이 직접 허저, 마초와 함께 끊임없이 적진을 휘젓고 다니는 중임에도 조진은 방진에 생겨나는 균열을 메우며 버티는 중이다. 가히 철벽의 조진이라고 해도 과언이 아닐 정도.

"저걸 어떻게 뚫어야 할지."

"지금 같은 방법으로는 쉽지 않을 겝니다. 주공께서 버티고 계신 한, 적진을 돌파할 동력을 잃지는 않겠지만 주공도 사람인 이상 체력이 무한하지는 않을 터이니."

"그러게요."

형님의 체력이 떨어지기 전에, 후방에서 산월족 병사들과 함께 고군분투하고 있을 감녕이 무너지기 전에 승부를 내야 한다.

'하지만 어떻게?'

속이 답답해진다.

내가 인상을 쓰며 투구를 벗고 뒤통수를 긁적이고 있는데 빤히 날 쳐다보는 진궁의 그 시야가 느껴졌다.

진궁이 뭔가 아이디어가 있다는 것 같은 얼굴로 날 응시하고 있었다.

"총군사."

"예?"

"이 사람이 큰 그림에는 약하오만, 그래도 이런 전장에서의 전투를 지휘하는 것은 좀 할 수 있을 것 같소이다."

"방법이 있다고요?"

내 반문에 진궁이 씩 웃으며 고개를 끄덕인다.

"한번 보시겠소이까?"

"방법이 있다면 당연히 봐야죠. 제가 어떻게 해야겠습니까?"

내 목소리에 진궁의 미소가 진해진다. 그 얼굴에, 눈가에 짓궂은 뭔가가 피어오르고 있었다.

'뭐지?'

"총군사께서 직접 병사를 이끌고 주공을 도우러 가시오. 나머지는 이 사람이 알아서 하리다. 후방에서 전장을 관조하고만 있던 위속이 전면에 나섰다는 것만으로도 적들은 두려워할 거요."

확신에 가득 찬 목소리다.

몇 번, 진궁이나 주유 같은 우리 쪽 책사들이 낸 계책이 무릉도원에서 실패한 것으로 판별 나는 경우가 있긴 했지만 그래도 이 사람들의 능력은 진짜다. 신뢰하지 못할 이유가 없다.

특히 지금과 같은, 딱히 뾰족한 수가 떠오르지 않는 경우에는 더더욱.

"선생만 믿고 있겠습니다."

진궁을 향해 그렇게 말하고서 나는 말을 몰아 형님과 허저가 무쌍난무를 펼치는 그곳으로 질주해 나아갔다.

십만이 넘어가는 장정들이 내뱉는 함성에 귀가 먹먹해진다. 그런 와중에서 형님과 허저의 무기가 햇빛을 반사하며 번쩍거리고, 조조군 병사들의 비명이 끊임없이 터져 나오고 있었다.

"오, 문숙! 너도 같이하려고?"

"총군사님? 아니, 이젠 총군사님까지 여길 와요? 이러면 내 몫은 또 줄어드는데……."

형님이 날 반갑게 맞이하기가 무섭게 허저의 얼굴이 시무룩하게 변해가고 있었다.

하여간 이 사람들은…… 내 상식 범위 밖에 있는 양반들이다.

"같이하려는 게 아니라 공대 선생이 보내셨습니다. 제가 이리로 나오면 전황을 타개할 방법이 생긴다고 하셔서."

"위속이다! 위속이 나타났다!"

내가 형님을 향해 그렇게 말하기가 무섭게 조조군 병사들의 사이에서 외침이 터져 나왔다.

놈들이 내 이름을 연호한다. 마치 내가 무슨 형님과 같은 절대적인 무장이라도 되는 것처럼 내 이름을 외치는 놈들의 얼굴에 공포스러운 기색이 깃들고 있었다.

"위속이 왔다!"

"으, 으으으!"

"우린 죽었어…… 죽을 거라고!"

"퇴각해야 합니다, 장군. 위속이 왔다고요! 여포랑 위속이 같이 있단 말입니다!"

장난기가 돌아서 그냥 한 번 소리친 것일 뿐인데 적들이 공포에 떨고 있다. 아예 자기네 장군, 천인장이나 오천인장쯤 되는 놈들을 붙들고서 퇴각하자며 바들바들 떠는 놈들까지 나올 정도였다.

"역시. 십만지적 아우야."

"하, 하하……."

형님이 장하다는 듯 날 쳐다보면서 고개를 끄덕이는데 얼굴이 화끈거린다. 애들 노는 곳에서 같이 유치하게 놀다가 옆집 아저씨 같은 사람한테 걸리기라도 한 것 같은 느낌이랄까?

'흐, 내가 왜 그랬지.'

뿌우우우우-!

"어라?"

이거 나도 아는 소린데…… 이게 지금 갑자기 왜?

내가 황당해서 마초 쪽을 돌아보는데 녀석이 직접 뿔 나팔을 불며 후방으로 물러나고 있다. 녀석과 함께 조조군 진형을 휩쓸고 돌아다니던 기병들 역시 마찬가지. 너 나 할 것 없이 전부 사라지는 중이었다.

'시발?'

"흐흐, 재미있게 됐어. 막 옛날 생각나고 그러지 않아?"

"아, 그러네요. 산양에서 주공과 저, 장군 셋이 성벽을 지켰던 것 같은데. 옛날 생각나네요, 진짜."

형님이 허저와 함께 껄껄 웃는다.

'이거, 당한 건가?'

주변을 돌아보니 진짜 우리 편은 아무도 없다. 여기에 있는 건 나와 형님, 허저 셋이 전부다.

그리고 그런 우리를 둘러싸고 있는 것은…….

"절호의 기회다! 절대 놓쳐서는 아니 될 것이다!"

"위속을 죽여라! 여포를 죽여야 한다!"

"허저는 아무래도 좋다! 도망쳐도 좋고, 죽여도 좋으니 적당히 상대하면 될 터! 위속과 여포만 죽이면 된다!"

조조군이었다. 그것도 분노로, 공명심으로 점철된 뭔가가 번뜩이는 눈의 조조군 병사들.

조금 전까지만 하더라도 철저하게 대형을 유지하며 어떻게든 버티고, 또 버티던 놈들이 이제는 대형이며 대열이며 할 것 없이 그저 우리를 포위한 채로 버티고 서 있었다.

"뭐지?"

위속과 여포, 허저 삼인방이 버티고 있는 곳에서 약간의 거리를 두고 떨어진 곳. 그곳에서 전황을 지켜보며 전투를 지휘하던 조진의 눈매가 가늘어졌다.

그런 조진의 시야에 들어오는 것은 위속과 여포, 허저를 포위하고자 무질서하게 질주해 나아가는 자신의 휘하 병사들과 천인장을 비롯한 여러 부장의 그것이었다.

"허, 죽고 싶어서 환장한 건가?"

어이가 없다.

아무리 여포이고, 허저이며 위속이라 할지라도 결국엔 한 사람의 인간일 뿐이다. 스스로 십만지적, 이십만지적이라 떠들어댄들 정말로 혼자 십만, 이십만을 어쩔 수는 없는 노릇. 자살행위나 다름이 없다.

툭하면 온갖 말도 안 되는 미친 짓을 벌여온 위속이 이번엔 정말 무리수를 둔 거다.

조진은 그렇게 생각하며 주먹을 움켜쥐고 있었다.

"좋다! 지금이 기회다! 여포를 죽이고, 위속을 죽여라! 모든 병력을 밀어 넣어라!"

검을 뽑아 든 채, 여포를 포함한 세 명이 버틴 곳을 향해 겨누며 조진이 소리쳤다. 하늘이 내렸다고 생각할 수밖에 없을 기회다. 조진도, 그 휘하의 장수와 부장들 역시 모두 그렇게 생각하고 있었다.

하지만.

"자, 장군! 절대로 안 됩니다. 이럴 때일수록 방비를 튼튼히 해야 한단 말입니다!"

안색이 새하얗게 변한 사마의가 다급히 소리치기 시작했다.

"이는 계략입니다! 위속이 자신과 여포를 미끼로 내세워

버리는 고육지책이란 말입니다!"

"군사는 정말로 그렇게 생각하십니까?"

"감히 항우를 뛰어넘어 보겠다고 공공연히 이야기하는 여포입니다! 그런 여포 휘하의 맹장 허저와 위속이 함께이고요! 저들을 잡기 전에 적 본대의 공격에 아군 후열이 먼저 깨져 나갈 것이란 말입니다!"

애끓는 사마의의 목소리에 조진이 피식 웃으며 고개를 저었다.

"허저를 제외하면 이미 나이 오십이 넘은 노장들입니다. 인간인 이상, 지금쯤 체력이 다해 지칠 수밖에 없지요. 이 자리에서 저들을 쓰러뜨린다면 연주와 예주, 형주와 강남을 주공의 품에 안겨 드릴 수 있지 않겠습니까?"

"그, 그게 무슨!"

"하하하, 군사께서는 걱정하지 마시고 이곳에서 저들을 베고, 목을 얻는 것이나 지켜보십시오. 곧 전투를 끝내고 돌아오지요."

조진이 호탕하게 웃으며 말을 몰아 세 맹수를 포위하고 있는 그곳을 향해 움직이기 시작했다.

사마의는 말도 안 된다는 듯, 그런 조진의 뒷모습을 노려보며 주먹을 움켜쥐더니 자신의 수족들을 불러 모으고 있었다.

📱

"크아아아악! 우리 십인장님의 복수다!"

"죽어랏! 너희만 죽으면 나도 제후가…… 카학!"

부웅-! 쉭, 쉬쉬쉭!

살의로 가득 찬 목소리가 들려온다. 사방에서 검이며 창이며 할 것 없이 온갖 무기들이 우릴 향해 쇄도해 오고 있다.

'시발.'

내 얼굴 바로 앞을 스치듯 지나가는 창을 간신히 피해내고, 창을 휘둘렀다.

절영의 가슴팍을 노리며 찔러져 오는 적병의 검을 쳐냄과 동시에 나는 창끝으로 그놈의 목을 주욱 그었다. 불쾌한 감각이 창대를 통해 전해지는 와중에 있는 힘껏 창을 빙 휘둘렀다.

고통에 가득 찬 비명과 함께 불쾌한 촉감이 느껴지고, 몇 명인가의 조조군 병사가 피를 흘리며 땅에 쓰러지고 있었다.

"헉, 헉."

어떤 놈이 어떤 공격을 해오는지는 다 볼 수 있다. 그것들을 어떻게 피해야 할지도 머릿속에 다 그려지는데 몸이 제대로 움직여지질 않는다.

반응이 느리다. 속도도 느리다.

'시발. 나도 나이를 먹긴 먹은 건가?'

"좋아! 지금처럼만 오너라! 으하하하, 계속해서 오너라!"

내가 거친 숨을 몰아쉬고 있는데 저 옆에서 형님의 쩌렁쩌렁한 목소리가 들려왔다.

형님은 지치지도 않는다는 듯, 지금까지와는 비교조차 되지 않을 정도로 맹렬하게 방천화극을 휘두르고 있다. 한 번에

세 놈, 네 놈씩 죽어 나가던 것이 이제는 여섯 놈, 일곱 놈씩 한 번에 죽어 나가고 있었다.

와, 저게 진짜 사람이 보여줄 수 있는 모습이 맞기는 한 건가?

말도 안 되는 그 광경에 내가 황당해하고 있는데 저 멀리에서 익숙한 얼굴이 시야에 들어왔다.

사마의다. 녀석이 조진과 함께 날 쳐다보고 있다. 내가 죽는 걸 지켜보겠다는 것이겠지.

하지만 형님이 폭주 모드에 들어갔기 때문일까? 내 쪽으로 무기를 들이미는 놈들의 숫자가 확 줄었다. 형님과 허저가 물 만난 고기처럼 날뛰며 조조군 병사들을 쓸어버리고 있었으니까.

"죄인 위속은 순순히 투항하라! 지금 투항한다면 목숨만은 살려줄 것이다!"

와, 쟤가 지금 나한테 저러는 건가? 항복하라고?

조진이다. 놈이 날 향해 창끝을 겨누며 소리친다. 그런 놈의 얼굴에 날, 형님을 잡을 수 있을 거란 희망이 가득했다.

어이가 없네. 새파랗게 어린놈이 지금 누구한테 항복을 하라는 거야?

"야, 조진! 상황 파악이 안 되냐? 너네 졌어!"

"크악!"

형님과 허저가 헤집고 지나간 틈을 뚫고 내게 다가오던 놈의 가슴팍을 꿰뚫으며 나는 조진을 향해 씩 웃어 보였다.

녀석의 얼굴이 딱딱하게 굳어지고 있었다.

"병사 몇 명 밀어 넣는다고 우리 형님이 쓰러질 것 같으냐?"

뿌우우우우우우우-

내가 그렇게 소리침과 동시에 저 멀리에서 진격을 알리는 뿔 나팔 소리가 들려왔다. 위월의 본대 쪽 방향이다.

지금쯤이면 나와 형님, 허저가 미끼가 되어버린 통에 진궁이 의도했던 것처럼 조조군의 대열이 엉망이 되어버렸을 터. 전력을 다해 진격해 올라와 엉망이 되어버린 조조군의 방어진을 탈탈 털어버리기에 딱 좋은 타이밍이다.

둥, 두둥-! 두둥, 두두둥-!

그러는 사이, 이제는 북소리까지 들려오기 시작했다.

조진의 낯빛이 창백하게 변해가고 있었다.

"돌격하라!"

두두두두두-!

마초의 그 목소리와 함께 만 마리도 넘는 군마의 말발굽 소리가 온 천지에 울려 퍼진다.

나를, 형님을, 허저를 잡겠다며 눈에 불을 켜고 달려들던 조조군 병사들의 시선이 우리 쪽 본대를 향한다.

"으, 으아아아아악!"

"적 기병이다! 적들이 밀려온다!"

그 모습을 목격함과 동시에 조조군 병사들이 전의를 잃고 도망치기 시작했다. 그리고 그때.

"급보요! 낙양성이 점령됐습니다!"

더없이 반가운, 목이 빠지라 기다리던 그 소식이 들려오고 있었다.

7장
대계

낙양이다. 불과 몇십 년 전까지만 하더라도 천하의 중심이 었던, 황제와 조정이 똬리를 틀고 모든 일을 관장하던 바로 그 곳. 익주와 서량, 장안을 그 이외의 지역과 이어주는 가장 넓 고 편안한 황하의 물길이 지나는 물류의 중심지.

그런 곳의 성벽 위에 여(呂)가 새겨진 깃발이 휘날리고 있다. 그 아래의 성문이 활짝 열려 있고, 그 너머 낙양성 안쪽의 대 로에 후성과 녀석이 이끄는 부대의 병사들이 도열해 있었다.

"장군!"

녀석이 살짝 상기된 얼굴로 날 쳐다본다. 그 얼굴에 뿌듯해 하는 기색이 가득했다.

"장군의 말씀대로 했더니 성이 간단하게 떨어졌습니다! 진 짜 간단했어요. 일단 성문이 열리니 다들 의지를 잃고 도망가더라니까요?"

"패잔병으로 위장해서 병력을 잠입시키는 거. 그대로 했지?"

"예! 그대로 했죠. 진짜 놀랐습니다. 장군께선 진짜, 와."

말로는 더 표현할 길이 없다는 듯, 녀석이 감탄해 마지않는다는 얼굴을 하고 있었다.

"야, 후성아. 내 말대로 했다가 일이 안 좋게 끝났던 적 있어?"

"없었죠."

"그렇지? 근데 뭐 이렇게 호들갑이야. 병사들 잘 숨겨서 후방으로 올라온 것만으로 이미 게임 끝난 거였는데."

"그래도 장군. 제가 혼자 나와서 이런 전공을 세운 건 이번이 처음이잖습니까. 그것도 크, 그냥 작은 성도 아니고 낙양! 그 낙양성을 이 후성이가 무혈로 점령한 거나 마찬가지잖습니까."

후성이가 자기 가슴을 탕탕 두드리며 정말 뿌듯해하는 얼굴로 말한다.

뭐 틀린 말은 아닌데……. 여기에선 우쭈쭈해 주는 게 맞겠지?

"잘했다. 아이고, 우리 새끼. 낙양성 점령해서 기분 좋았어요? 잘했다, 내 새끼. 장하다, 내 새끼."

옛날, 우리 아들내미가 아주 어리던 시절에 해주던 것처럼 말하며 어깨를 두드려 주는데 환하게 웃던 후성이의 얼굴이 기묘하게 변해간다.

녀석이 의심스럽다는 얼굴로 날 쳐다보고 있었다.

"장군, 이거…… 칭찬하는 거 맞으시죠? 욕하는 거 아니죠?"

"내가? 에이, 내가 우리 후성이 욕을 왜 해? 장하다고 칭찬

해 주는 건데."

"하…… 아닌데. 이거 기분이 이상한데."

후성이가 고개를 갸웃거리며 우릴 성안으로 안내하기 시작했다.

확실히 제대로 된 전투 한번 없이 점령한 탓인지 전투의 참상 같은 건 보이질 않는다.

불안에 떠는 백성들, 포로가 되어 굴비처럼 줄줄이 묶인 조조군 병사들과 대로를 따라 위풍당당한 모습으로 걸어 나가는 우리 병사들의 모습만이 있을 뿐이었다.

"태수는 어떻게 됐어?"

"동문이 열리고 나서 상황을 파악하고는 저항을 포기하고 바로 도망간 것 같습니다. 낙양성에 남아 있던 나머지 병력도 반절 이상이 탈출해서 도망갔고요."

"서쪽으로?"

"그런 것 같습니다."

낙양성에 새로이 만들어져 있던 태수부에 도착했을 때, 그렇게 말하는 후성이의 목소리에 난 고개를 끄덕였다.

낙양 태수가 결사 항전을 했다면 아마 후성이 부대의 피해가 컸을 거다.

낙양에 머물고 있던 건 못해도 이만 명에 달하는 병력이다. 후성이 부대가 아무리 우리 군 내에서의 최정예 병력만 모인 곳이라 하더라도 시가전에서 두 배나 많은 병력을 때려잡는 건 쉽지 않았을 터.

"이번에도 승리를 거두게 되었구려, 총군사."

내가 그렇게 생각하고 있는데 저 뒤에서 익숙한 목소리가 들려왔다.

아, 갑자기 열이 확 오르네.

"아니, 공대 선생. 아까는 진짜 너무하셨던 거 아닙니까?"

"너무하다니? 뭐가 말이오?"

"저랑 형님, 허저를 미끼로 만드셨잖아요!"

그 생각을 하면 아직도 화가 난다. 믿으라고 해서 전방으로 나갔는데 내가 도착하자마자 마초가 병력을 퇴각시키더니 사방이 조조군으로 둘러싸여 버렸다.

형님은 좋았겠지만 나한테 그건 완전…….

"악몽 같았다고요. 이십 년 전 정도만 했어도 무리 없이 버텼을 건데 벌써 저도 나이를 먹었잖습니까."

"그래도 버티셨잖소이까?"

"버텼죠. 진짜 이 악물고 죽어라."

어떻게든 살아남아서 복수하겠다는 일념 하나로 체력을 영혼까지 끌어모아 버텼다. 그게 아니었으면 난 벌써 황천길을 걷고 있었을 거다.

"그렇게 몸 성히 잘 버텨서 전투를 승리로 이끌었잖소이까?"

"겉으로 봐서야 체력이 빵빵했지, 막상 제가 같이 싸우면서 보니까 많이 지치셨던데요. 만약 조금만 더 시간이 걸렸으면, 조진이랑 사마의 쪽에 우리가 모르던 맹장이라도 있었으면 그대로 망했을 겁니다. 아시잖아요?"

"그러나 그런 일은 없었지. 주공도, 허저도, 총군사도 잘 버 텨냈고."

진궁이 자기 관자놀이를 손가락으로 톡톡 건드리며 말했 다. 자신이 예상한 그대로 우리가 버텨냈고, 그 결과로 이겼는 데 뭐가 문제냐는 얼굴이다.

아무리 그래도…… 가 아니구나.

쓰읍. 지금까지 내가 이렇게 아슬아슬한 계책을 내서 싸워 왔고, 승리를 거뒀으니 뭐라 할 말이 없다.

진궁은 내가 이렇게 반응할 줄 알았다는 듯 씩 웃으며 내 팔 뚝을 가볍게 두드리고 있었다.

"그나저나…… 앞으로도 계속해서 진행하는 것이오?"

"그래야죠."

"총군사께서 세운 대계가 어떤지는 이 사람 역시 알고 있으 나, 막상 이곳을 와서 보니 좀 불안하구려. 조조가 이런 곳을 쉽게 포기하겠소?"

"포기하지 않겠죠. 절대로 포기하지 않을 겁니다. 그만큼 중 요한 곳이니까. 무조건 지켜야 합니다. 당장의 천하에서 가장 중요한 곳이 바로 낙양이잖아요?"

"그렇긴 하지……."

진궁이 고개를 끄덕이며 다시 한번 주변을 돌아본다.

동탁이 살아 있던 시절, 한 차례 폐허가 되어 버려졌던 곳이 지만 지금의 낙양은 그때만큼은 아니더라도 그럭저럭 괜찮은 도시로 재건되어 가는 상태다.

성벽은 높고, 두꺼우며 하북이건 서량이건 연주건 할 것 없이 사통팔달의 요지다. 낙양을 손에 쥐고 있으면 천하의 어디건 가지 못할 곳이 없다.

이런 곳을 손에 쥐고 있으면, 확실히 지키고만 있으면 원소가 되었건 조조 쪽이 되었건 우리가 원하는 대로 공격할 수 있다. 물론 방어하는 것도 힘들기는 하겠지만.

"지키기만 하면 됩니다, 지키기만."

"성안에 틀어박혀서 지키는 것만이라면…… 그래, 어렵지만은 않겠지."

진궁이 고개를 끄덕인다.

그러던 찰나, 저 뒤쪽에서 다급한 말발굽 소리가 들려왔다. 고개를 돌려보니 전령 하나가 황급하게 우리가 있는 곳을 향해 달려오고 있었다.

"급보입니다! 급보요!"

"무슨 일인데?"

"서주가 위험합니다! 육손 장군께서 유 사군을 도와 서주를 방어하는 중이나 한계치에 이르렀음을 전하라 하셨습니다!"

나와 진궁을 발견하고는 그대로 멈춰선 전령이 말했다. 죽을힘을 다해서 달려온 것인지 전령도, 말도 입가에 거품을 물다시피 하고 있었다.

"원소가 동원한 병력은?"

"총 오십만입니다! 낭야성을 비롯한 스무 개의 성이 모두 포위당해 위급한 상태이고 원소군의 대장 원담이 장합, 방통, 저수를 이끌고 서주성으로 남하해 내려가는 중입니다!"

예상했던 것과 같은 규모이긴 하지만…… 진짜 더럽게 많네. 십 년 가까운 세월 동안 힘을 쌓고, 쌓고 또 쌓은 결과라는 건가?

"육손과 유 사군은? 그들은 어디에서 무엇을 하고 있는가?"

진궁의 반문에 전령이 잠시 숨을 고르더니 말을 이었다.

"육손 장군께선 유 사군과 연합, 총 십삼만의 병력으로 서주성 북쪽 삼십 리에 진을 치고서 적들의 남하를 막아내겠다고 말씀하셨습니다!"

"아직은 계획대로 진행 중인 것인가. 알았으니 자네는 쉬도록 하게."

전령을 보내고서 진궁이 내 쪽으로 시선을 옮겼다.

"총군사의 말대로 주사위는 이미 던져진 것 같군. 이제 어쩌시겠소이까? 주공께선 이미 적토마와 함께 제갈공명과 주공근이 있는 그곳을 향해 나아가신 상태요. 총군사와 함께 서주로 향할 수 있는 건 마초 장군과 허저 장군 그리고 후성 장군과 삼만 병력이 전부이질 않소이까."

"그 정도면 충분해요. 그렇지? 후성아."

"예? 아니…… 장군. 유 사군 쪽에 있는 십삼만에 우리가 데리고 가는 몇만 명을 합쳐봐야 십육만이 전부인데 그걸로 오십만을 어떻게 상대해요?"

"전에는 뭐 안 그랬어?"

"전에도 뭐…… 그렇기는 하네요. 이번에 가면 다들 불만이 많을 겁니다. 솔직히 전력 격차가 너무 크잖습니까. 십육만에 오십만이라니……."

후성이가 한숨을 푹 내쉰다.

녀석까지는 그렇다 치더라도 그 밑의 부장들이며 병사들이며 하는 수준까지 내려가면 확실히 그렇기는 할 거다. 승리가 확실한 싸움을, 그것도 자신이 살아남는 것이 확정적일 싸움만 하고 싶은 게 사람 심리니까.

"후성아."

"예?"

"네가 그럴 줄 알고 내가 준비한 게 있어."

"주, 준비요?"

"응, 이번에 가서 이기면 너 승진이다. 네 아래 녀석들도 마찬가지고."

"스, 승진? 진짭니까?"

녀석의 눈이 동그랗게 커진다. 그 눈동자가 초롱초롱하기 그지없는 빛을 뿜어내고 있었다.

"그럼 내가 너 데리고 거짓말이나 하고 있겠어? 지금 너 만인장이잖아. 거기에서 더 승진하면 뭐가 될 것 같냐?"

"만인장 다음 단계면…… 저도?"

"그래, 인마. 어엿한 일군을 이끄는 장군이 되는 거지."

녀석이 반색하며 날 쳐다본다.

내가 피식 웃으며 고개를 끄덕이니 그 얼굴에 환한 미소가 피어오르고 있었다.

"승진이면 되지? 너도 그렇고, 네 밑에 애들도 그렇고."

"흐흐, 그거보다 더 좋은 게 어디 있겠습니까? 맡겨만 주십쇼, 장군. 제가 다 휘어잡겠습니다."

"약속한 거다?"

"어허, 장군. 제가 누굽니까? 이 낙양성도 무혈로 점령한 후성이 아닙니까, 후성이."

입이 귀에 걸린 녀석이 주먹으로 탕탕 제 가슴을 두드린다. 승진 하나에 눈이 돌아가 버린 느낌이다.

'흐흐. 귀여운 자식.'

내가 그렇게 생각하며 기분 좋게 웃고 있는데 저 옆에서 날 쳐다보는 진궁의 시선이 느껴졌다. 진궁이 날, 후성이를 번갈아 쳐다보며 못 말리겠다는 듯 고개를 절레절레 젓고 있었다.

📱

"결전의 순간이 다가왔소."

서주, 동해군.

서주성 북쪽으로 오십 리 떨어진 지점의 원소군 영채에서 원담이 비장하기 그지없는 얼굴로 좌중을 돌아보며 말했다.

그런 원담의 시야에 들어오는 것은 장합과 여위황, 곽원을 비롯한 장수들과 방통이었다.

"우리에게서 십여 리 떨어진 곳에 유비와 육손이 이끄는 십삼만 병력이 있소. 지금껏 우리는 몸을 굽히고 힘을 쌓아왔소이다. 그리고 이제, 그 힘이 노도와 같이 휘몰아쳐 적들을 박살 낼 것이오."

지도에 표시되어 있는 유비와 육손의 영채를 지휘봉으로 가리키며 원담은 주먹을 움켜쥐었다.

세월이 흘러 하얀 머리와 주름이 조금씩 생겨난 원담의 그 얼굴이 승리에 대한 확신으로 가득 차 있었다.

"도독의 말씀대로요. 설령 낙양에서 조인과 혈투를 벌이고 있을 위속 그놈이 이곳에서 나타난다 한들, 십만을 간신히 넘는 저 병력으로는 우리를 어쩌지 못할 터. 승리는 기정사실이외다."

그런 원담에 이어 허리춤에 술이 담긴 호리병을 매달은 방통이 한 걸음 걸어 나오며 말했다.

그 목소리에 장수들이 고개를 끄덕이고 있었다.

"군사와 도독의 말씀이 참으로 옳습니다. 위속 놈이 이곳에 온들, 뭘 어떻게 하겠습니까? 두 배도 아니고, 자그마치 병력이 세 배나 차이가 납니다. 세 배. 그자가 아무리 병법에 조예가 깊다 한들, 우리는 이미 십 년에 걸쳐 그자를 연구해 왔습니다. 이제 와서 질 리가 없지요. 안 그렇습니까?"

장합의 시선이 방통을 향했다.

방통이 생각만 해도 치가 떨린다는 듯, 인상을 찌푸렸다.

"그간 위속이 펼쳐온 계책과 전술을 연구하며 본 죽간은 수레 천여 대가 있어도 옮기지 못할 것이오. 그토록 연구하고 연구했으니 위속 그자는 이제 이 사람의 손바닥 안에 들어 있는 것이나 마찬가지외다."

"이럴 줄 알았으면 그냥 위속 그놈이 서주에 오기를 기다렸다가 싸움을 시작할 걸 그랬군. 그랬더라면 설욕이라도 했을 것인데. 아니 그런가?"

"참으로 아쉽기만 할 따름입니다. 통탄스럽기까지 할 정도예요. 이번에야말로 위속 그놈을 이 손으로, 이 머리로 쓰러뜨린다면 그보다 통쾌한 일이 없을 것을. 허어, 통재로다."

"방 군사께선 너무 심려치 마시오. 이번 전쟁에서 우리가 승리를 거두고, 내 아버님께 후사를 이어받게 된다면 군사께서 원하는 그 전장을 얼마든지 만들어 드리리다."

"소생, 그날만을 손꼽으며 기다리겠습니다."

참으로 패기가 넘치는 모습이다. 정말로 위속에 대해, 그 계책과 군략에 대해 속속들이 꿰고 있으니 이런 이야기를 하는 것이겠지. 이제는 위속을 이길 수 있을 것이다.

장합은 그렇게 생각하며 허리춤에 맨 검의 손잡이를 쥔 손에 힘을 더했다.

호승심이 치민다. 방통의 계책을 받아 직접 전장으로 나가 위속과, 그 휘하의 장수들과 싸워보고 싶다는 욕구가 맹렬하게 치솟고 있었다.

"도독. 소장을 선봉으로 세워주십시오. 소장이 직접……."

장합이 채 말을 끝내기도 전에 막사의 휘장이 걷히더니 장수 하나가 낯빛이 새하얗게 질린 채 헐레벌떡 달려 들어와 소리쳤다.

"급보입니다! 도독! 급보입니다!"

"도대체 무슨 일인데 그리도 호들갑이란 말이냐!"

장합은 인상을 찌푸리며 그 장수를 향해 시선을 옮겼다.

"자, 장합 장군! 크, 크, 크, 큰일 났습니다!"

"무슨 일인데 그리 말까지 더듬어? 똑바로 말하지 못하겠느냐!"

장합의 호통에 장수가 말도 안 되는 일이 벌어졌다는 것처럼, 귀신이라도 본 것 같은 얼굴로 원담에게 소리쳤다.

"위속, 위속이 나타났습니다! 위속이 육손과 유비의 영채를 향해 이동 중이라는 정탐의 보고가 있었습니다, 도독!"

"위속? 위속이라고?"

"위속이 나타났다니? 이곳에? 조인은 어쩌고 그자가 이곳에 나타났단 말인가?"

"도, 도독!"

다른 장수들이 화들짝 놀라서는 소리치기 시작했다. 그 모습에 장합이 눈살을 찌푸리고 있었다.

"다들 시끄럽소이다. 한낱 장수 하나일 뿐이오. 위속 그자가 나타났다 한들, 대국을 뒤집을 수 없다는 것을 모두가 잘 알고 있을 터인데 어찌 그리도 두려워한단 말이오? 체통을 지키시오, 체통을!"

"허, 헛흠."

"크흠…… 하나 아무리 그래도 위속이 나타났다는 것인데……."

"쯧쯧쯧, 모자란 작자들 같으니라고. 방통 군사…… 군사?"

혀를 차며 장수들을 나무라던 장합이 방통 쪽으로 시선을 옮겼다.

그리고 그 순간, 장합은 보았다. 방통의 얼굴이 붉게 달아오르는 것을. 그가 좀 전에 소식을 전하며 달려온 장수가 그랬듯, 귀신이라도 나타났다는 것 같은 얼굴에 파르르 떨리는 손으로 허리춤의 호리병을 꺼내 술을 벌컥벌컥 들이마시는 것을.

싸하다. 싸늘함이 밀려온다.

그 느낌을 애써 무시하며 장합이 방통을 향해 한 걸음 걸어 나갔다.

"방 군사?"

하지만 방통은 푹 고개를 숙이며 그런 장합의 시선을 피할 뿐이었다.

황당하기 그지없는 그 모습에 장합이 어이가 없다는 듯 원담 쪽으로 시선을 옮겼다. 그러나 고개를 숙이며 시선을 피하는 건 원담 역시 마찬가지였다.

"하, 하하…… 이런 것이었나."

장합이 허탈하다는 듯 중얼거렸다. 그 목소리를 마지막으로 막사엔 진한 침묵이 내려앉을 뿐이었다.

"……정녕 이런 겁니까? 위속이 나타났다는 사실 하나만으로 이렇게 되는 것이?"

장합의 목소리에 고개를 숙였던 방통이 주먹을 움켜쥐었다. 그런 방통이 입안에 술을 잔뜩 털어 넣고선 호리병을 뒤쪽으로 휙 집어 던지며 원담 쪽으로 시선을 옮기고 있었다.

"위속은 참으로 두려운 자입니다. 하지만 그렇기에 사용할 수 있는 방법이 있지요."

"방법이 있는 것이오?"

당혹스러운 기색이 가득하던 얼굴로 원담이 반문했다.

방통이 고개를 끄덕이고 있었다.

"최상의 수라고는 할 수 없지만, 절대 패하지 않을 방책이 있습니다."

📱

"중책을 선택할 것이라고요?"

"상책도 아니고, 하필이면 중책이라니? 방통이라면 비록 총군사께 비할 바는 아니나 하북이 자랑하는 책사 중 하나가 아닙니까?"

유비군의 막사, 그곳에서 육손이에 이어 유비가 의아하다는 듯 말했다.

'저 양반도 나이를 꽤 먹은 모습이네.'

형님과는 비교도 되지 않을 정도로 흰머리가 많아졌다. 주름도 그렇고.

그래서일까? 예전엔 뭔가 대화를 해야 마음이 편해지던 유비지만 지금은 그냥 쳐다보는 것만으로도 그런 효과가 느껴진다.

저 양반이 무슨 여자도 아니고 인자한 얼굴로 날 응시하는 그 모습을 마주하는 것만으로도 힐링되는 것 같은…….

그래서 더 이상하다. 쓰읍.

"총군사, 어찌 그러시오?"

내가 억지로 인상을 쓰며 입술을 깨무는데 유비가 그 크고 맑은 눈동자로 날 응시하며 말했다.

하, 또 마음이 편해진다. 치트 키잖아, 완전.

"그러니까 방통이 왜 중책을 선택했느냐 하면…… 그게 계책을 사용하지 않는 방법이기 때문일 겁니다. 상책이라면 자기가 계책을 세워서 절 압도하려 하겠지만 지금까지의 전적으로 미루어 그건 어렵다고 판단했을 것이니까요."

〈방통이 진짜 ㅋㅋㅋㅋ 전장에서 위속을 만나면 사용하겠다고 몇 년을 준비한 게 물량전이었음. 계책은 써봐야 매번 털리니까 결국엔 자기네 강점을 극대화하는 거. ㅇㅇ〉

무릉도원에서 봤던 댓글 내용을 떠올리며 내가 말하니 이번엔 유비 옆에서 장팔사모를 들고 서 있던 장비의 걸걸하기 그지없는 목소리가 들려왔다.

"그럼 문숙 형님, 방통의 하책은 뭡니까?"

"하책은 지금까지 그랬던 것처럼 이런저런 엉성한 계책들을 쓰다가 나한테 얻어맞는 거겠지."

"아."

녀석이 고개를 끄덕인다.

방통이 계책을 쓰는 게 정말로 엉성하지는 않을 거다. 뭔가 지금의 나로서는 상상하기조차 어려울 기책이 튀어나오겠지만 그게 아무리 기발하다 한들 무릉도원에 접속하고 나면 전부 알 수 있는 것들일 뿐이니까.

"기기묘묘하다 평가받는 계책일수록 일단 간파당하고 나면 역으로 기기묘묘하게 대패하기에 딱 좋지요. 스승님의 말씀과 같이 방통은 아마 그러한 전례들을 고려하였을 것입니다."

가만히 내 이야기를 듣던 육손이가 한 걸음 나오면서 말하자 좌중의 장수들이 고개를 끄덕였다.

그 와중에서 녀석이 날 응시하고 있었다.

"스승님, 그러면…… 이번 전투에서는 어찌해야 하겠습니까? 스승님께서도 아시다시피 저들은 무려 오십만 대군입니다. 반면 우리 측은 십삼만, 스승님께서 데리고 오신 병력을 합친다면 십육만에 불과할 뿐입니다."

"육손아."

"예, 스승님."

"원소군의 가장 큰 강점이 뭐라고 생각해?"

"강점이라 함은…… 하북의 그 풍부한 물산으로부터 뽑어져 나오는 말도 안 되는 인구수이며 그 자체로 만들어질 대군이라 할 수 있겠지요."

"그렇지?"

"예."

이번엔 녀석이 고개를 끄덕인다.

"그럼 육손아. 하북의 약점으론 뭐가 있겠어?"

"약점이라면……."

육손이가 주변을 돌아본다. 그 시선이 닿는 곳에 관우와 장비, 허저와 마초가 서 있었다.

"사람이 많은 만큼, 인재도 많지만 아쉽게도 우리 군의 장수
들과 맞붙을 맹장은 없다는 점이겠지요."

"그렇지? 난 그래서 그 맹장들을 활용할 생각이다. 유 사군
께서 허락을 해줘야겠지만 말이야."

"그러한 부분에서라면…… 제자 역시 스승님께 말씀 올리
고 싶은 방책이 하나 있습니다. 물론 최종적으로는 유 사군께
서 동의해 줘야겠지만 말입니다."

대화를 주고받으며 녀석과 내가 유비를 향해 시선을 옮겼다.

"어디 한번 들어볼 수 있겠습니까?"

유비가 입가에 부드러운 미소를 지어 보이고 있었다.

"……."

대지를 가득 메우고 있는 여포군, 그런 병사들의 사이에서
휘날리는 깃발들의 모습을 응시하며 원담은 심호흡을 했다.

위속이 이곳에 도착하기 전까지만 하더라도 원담은 저 깃발
들을 자신의 미래를 위한 제물이라 여기고 있었다.

하지만 위속이 도착한 지금, 원담에게 있어 저 깃발은 하나
하나가 두렵기만 할 뿐이었다. 하북에는 없는 수많은 맹장이
이곳에서 위속의 지휘 아래 모여 있다는 의미니까.

"도독, 명령을……."

그 모습을 지켜보고 있던 원담에게 장합이 다가와 말했다.

장합이 주변을 돌아보았다. 장합과 여위황을 비롯한 장수들이 자신을 응시하며 명령을 기다리고 있었다.

일단 지시하기만 하면 공격이 시작될 것이다. 방통이 세운 계획에 따라 위속이 계책을 활용할 여지는 전혀 주지 않는, 순전히 힘과 힘으로 부딪치는 그 싸움이 시작될 터.

원담이 작게 숨을 내쉬고, 들이마시길 반복하더니 허리춤에서 검을 뽑아 들었다. 그 검 끝이 여포군을 향해, 그중에서도 선두에서 위풍당당한 모습으로 말에 올라 위(魏)의 깃발 아래에 있는 위속을 향해 겨눠지고 있었다.

"공격 명령을…… 흠?"

원담이 공격을 지시하려던 찰나, 그의 시야에 위속 측에서 하얀색 깃발을 휘두르는 것이 시야에 들어왔다. 부장 정도로 보이는 이가 그 깃발을 들고 원담을 향해 다가서고 있었다.

"총군사께서 원 도독께 대화를 청하셨습니다! 중대한 제안을 하시겠다고 하셨습니다!"

뒤이어 들려오는 그 목소리에 원담의 눈매가 가늘어졌다.

"갑자기 제안이라니?"

"도독, 무시하십시오. 상대는 위속입니다. 어떤 기책을 사용할지 알 수 없으니 상대하지 않으시는 편이 좋습니다."

"맞습니다, 도독. 그대로 공격하십시오. 방 군사의 방책대로 저들을 힘으로 밀어붙여 그대로 서주성까지 몰아가야 합니다."

"도독, 명령을!"

"도독!"

계속해서 목소리들이 들려오는 가운데, 원담은 고개를 돌려 위속의 모습을 응시했다. 지금껏 전장에서 몇 번이고 마주했었던, 그 위속이 씩 웃으며 손을 흔들고 있었다.

　어쩌면 뭔가 얻을 수 있을지도 모른다.

　원담이 말을 몰아 슬금슬금 앞으로 나가며 주변을 향해 말했다.

　"이야기를 나눠볼 것이다. 경거망동하지 말고 자리를 지키도록."

　"도, 도둑!"

　"본 도둑의 명을 무시할 작정인가?"

　싸늘하기 그지없는 목소리로 원담이 쏘아붙이니 장합이 입을 다물었다.

　원담은 굳어진 얼굴로 자신의 장수들을, 위속의 주변에 있는 여러 장수를 번갈아 쳐다보며 서서히 앞으로 나아갈 뿐이었다.

　"와, 오란다고 진짜 오네요?"

　원담이 앞으로 나온다. 나와 함께 서서 그 모습을 지켜보고 있던 후성이가 감탄하며 중얼거리고 있었다.

　"절박한 게 있는 사람이니까. 설령 가능성이 희박하다고 해도 일단은 마음이 쏠릴 수밖에 없지."

원담에게는 악마에게 영혼을 팔고 싶을 정도로 간절한 게 있으니까. 굶주린 물고기가 떡밥을 지나칠 수 없듯, 원담 역시 마찬가지일 터.

"가시죠, 사군."

후성이의 어깨를 가볍게 두드려 주고서 나는 유비 쪽으로 시선을 옮겼다.

유비는 고개를 끄덕이며 나와 함께 말을 몰아 앞으로 나아가니 뒤쪽에서 서른 명쯤 되는 병사들이 우르르 달려 나와 천막이며 의자며 하는 것들을 세팅하기 시작했다.

원담이 황당하다는 듯 날 쳐다보고 있었다.

"이것들은 다 무엇이오?"

"우리가 진지하게 얘기를 좀 해야 할 것 같거든. 말 등 위에서 떠드는 것보단 편하게 앉아서 떠드는 게 낫잖아? 피차 나이도 있는데."

나도 그렇고, 원담도 그렇고 어느덧 중년의 끄트머리에 닿은 상태다. 유비는 아예 노인이나 마찬가지고. 내가

말에서 뛰어내려 천막 아래에 가 앉으니 원담이 영 마뜩잖다는 얼굴을 하고 있었다.

"너희 아버지 때문에 고민이 많을 것 같아서 잠깐 얘기나 할까 했더니만. 싫으면 말고. 천하에 다시없을 명약도 본인이 싫다고 하면 말짱 꽝이니 관둬야지. 가시죠, 사군."

내가 자리에서 일어나 돌아서는데 말에서 번쩍 뛰어내리는 소리가 들려왔다. 원담이 말에서 내려 성큼성큼 천막 아래쪽

으로 다가오고 있었다.

유비와 나, 둘이 함께 나왔는데 원담은 호위 하나 없이 혼자다. 자길 죽이면 후계 구도가 정리되는 만큼, 원소에게만 이득이니 안전하다고 생각한 거겠지.

어쨌든 물고기가 떡밥 사이에 숨겨져 있는 낚싯바늘을 물어버린 꼴이다. 낚싯대를 통해 손맛이 느껴진다. 이제는 힘 싸움을 하며 물 위로 끌어 올릴 차례일 터.

"언제는 싫다더니. 왜 와?"

"말해보시오. 무엇을 논하려는 것인지."

그러면서 원담이 털썩 의자에 앉는데 그 얼굴에 피로감이 가득하다. 녀석이 이야기하지는 않았지만 그게 무엇으로 인한 피로감일지 빤히 보인다.

"흠."

망설이는 척, 하늘을 올려보니 대략 열 시쯤 된 것 같다.

태양이 조금씩 높아진다. 마침 구름 한 점 없이 맑은 날씨다. 우리 쪽 병사들은 태양을 등지고 서 있고, 원담의 휘하 병사들은 그 따가운 빛을 정면으로 마주하고 있었다.

"총군사. 비록 적이라곤 하나, 우리가 먼저 대화를 청한 만큼 이야기는 전하는 것이 예의인 듯싶습니다. 함께 말씀 나누시지요."

내가 망설이는 척, 주변을 살피고 있으니 유비가 마치 날 달래기라도 하는 것처럼 말했다.

이 양반, 센스가 좋구만.

"쯧, 좋습니다. 사군께서도 이렇게 말씀하시니 이야기는 해 주마. 네 아버지, 아직도 팔팔하다며? 능력도 좋아. 나이가 벌써 칠십 대 중반은 됐을 텐데."

대답이 돌아오지 않는다. 원담은 그저 말없이 날 노려볼 뿐이었다.

"뭐, 그래. 네 입으로 얘기하긴 좀 그렇겠지. 그냥 듣고만 있어도 돼. 내가 말하는 것들을 머릿속에 쏙쏙 박아 넣기만 하면 되니까."

"내게 도움이라도 주겠다는 것이오?"

"응."

원담의 눈매가 가늘어진다. 녀석이 무슨 의도인지 모르겠다는 듯, 날 노려보고 있었다.

"그대와 대화를 나누는 것 자체가 내게 손해라는 것을 이해하지 못하는 것인가?"

"난 이해하지. 너도 이해하고. 근데 넌 이렇게 나와서 대화하고 있잖아?"

어이가 없다는 듯, 원담이 날 노려본다. 당장에라도 돌아갈 것처럼.

어차피 내 말을 들을 수밖에 없으면서 허세를 부리는 거다.

'귀여운 자식.'

이쯤에서 자기가 물고 있는 떡밥이 어떤 건지, 확실하게 보여줘야겠군.

"솔직하게 얘기할까? 난 원상이 후계자가 되는 것보단 네가 후계자가 돼서 하북을 물려받는 게 더 좋거든. 좀 더 만만하지. 원상 걔, 엄청 똑똑하다며."

"아, 나도 그 이야기는 들었습니다. 원본초가 원상 공자라고 하면 껌뻑 죽는다는군요. 조맹덕이 조식 공자를 아끼듯 말입니다."

"그쪽 첫째 아들이 조비였죠? 아마 걔도 똥줄 좀 탈 겁니다. 장자가 아니라 둘째, 셋째가 가업을 계승하고 나면 아무래도 정통성에서 밀릴 수밖에 없으니까."

"그다음으론 숙청이 될 수밖에 없겠지요."

유비의 말에 내가 고개를 끄덕이며 권력의 잔혹함, 그리고 비장함에 대해 주거니 받거니 이야기를 나누고 있는데 딱딱하게 굳어지던 원담의 얼굴이 갑자기 밝아졌다. 뭔가 싶어서 보니 이 자식, 유비를 보고 있다.

그러다가 그 시선이 다시 내 쪽으로 향하는데 얼굴이 또 딱딱하게 굳어지고 있었다. 그러고선 미간을 찌푸리는데 그 시선이 다시 유비를 향하니 또 얼굴이 밝아지고 있었다.

"크크. 너도 나랑 비슷하구만."

"시끄럽소."

"그래그래. 안 놀릴게. 어쨌든 너, 지금 상태면 숙청당할 거다. 원상은 널 살려두려고 해도 그놈을 따르는 녀석들이 가만히 있질 않을 거야."

"내게는 힘이 있소."

"뭐, 네 뒤에 있는 병력? 저걸 믿는 거야? 진심이니?"

돌아오는 대답이 없다. 원담은 그저 날 쳐다보고만 있을 뿐이었다.

"허세 부리는 거로 생각하마. 장합은 네 아버지의 사람이지, 네 사람이 아니야. 그 휘하의 장수들 역시 마찬가지고. 여차하면 숙청당할 수도 있는 녀석한테 대군을 맡기면서 원소가 그 정도 대비도 안 해놨을까."

"그래서 도대체 나보고 뭘 어쩌라는 것이오? 이렇게 이죽거리며 시간이나 버리고자 불러낸 것이오?"

"워워. 화내지 말고 들어. 제안을 하려는 거니까. 네 아버지가 너한테 바라는 건 군공이다. 난세를 종식하고 천하를 안정시킬 수 있을 것이라 판단이 설 군재. 그게 안 되면 너 스스로가 네 가치는 쥐똥만 한 수준이라는 거지."

예전이라면 또 모를까, 최근의 원소는 자신의 나이 때문에 천하를 통일하겠다는 생각을 접은 상태다.

그런 상태에서 굳이 능력이 검증되지 않은 원담에게 군대를 들려 보내는 건 되면 좋고, 아님 말고 정도의 의중이 배어 있는 것이었다.

어차피 내가 현역에서 뛰는 이상 자신들은 우릴 이길 수 없다는 판단이 첫째요, 군의 규모가 크게 차이 나는 만큼 대패를 한다고 해도 군의 손실이 그렇게 막대하지는 않다는 게 둘째 이유인 것.

그러니 지금 하북은 후계자 경쟁에서 각각 내정과 전쟁에 특화되어 일해온 원상과 원담의 능력을 검증하는 한편, 조조가 무너지지 않도록 우릴 견제하는 것 정도에만 전념하는 것일 뿐이었다.

"흐음."

잠시 스트레칭을 하는 척, 자리에서 일어나 몸을 움직이며 하늘을 살폈다.

태양의 위치를, 그림자의 길이를 보니 얼추 목표했던 시간에서 반절은 지난 것 같다.

'조금만 더 시간을 벌면 되겠군.'

내가 그렇게 생각하며 어느덧 꽤 길어진 수염을 만지작거리는데 저 뒤에서 방통이 어쩔 줄을 몰라 하는 게 시야에 들어왔다. 그 주변의 장수들 역시 마찬가지.

흐흐. 미안하지만 지금 너희 도독은 나한테 완전 홀려 있어서 말이야.

"말을 하시오, 말을. 시간만 끌지 말고."

"오냐. 그래서 제안하는 거다. 여기에서는 그만 싸우고, 낙양으로 가라. 네게 낙양을 점령하는 군공을 안겨주마."

"……낙양? 낙양을 내게 넘긴다는 것이오?"

"응, 네가 여기에서 적당히 싸우는 척하다 물러난다면. 어차피 낙양은 우리가 오랫동안 지키기 어려운 땅이거든. 서쪽에선 조조가 오고, 북쪽에선 너희가 올 테니. 차라리 너한테 넘겨서 조조가 연주 쪽으로 쉽사리 넘어오지 못하게 하는 게 낫지."

"겸사겸사 남양도 얻고?"

"뭐, 그런 거지."

내가 고개를 끄덕이며 약간은 과장되게 여유로운 표정을 지어 보이니 원담의 눈매가 가늘어진다.

그 상태에서 녀석이 한참이나 날 노려보더니 뭔가 알아차렸다는 듯 피식 웃고 있었다.

"천하의 위속이라 하여 뭔가 기기묘묘한 계략이라도 준비한 줄 알았는데. 고작 이런 것인가?"

"이런 것이라니?"

"당장의 패배를 모면하고자 그 간교한 세 치 혀로 날 속이려 드는 것이겠지. 나 원담이 그러한 얕은수조차 알아차리지 못할 정도로 만만하게 보였더냐?"

"내가? 너한테?"

의자의 등받이에 몸을 기대며 다리를 꼬고 앉으니 원담의 눈매가 가늘어진다.

순간적으로 식겁했는데 엉뚱하게 생각하고 있는 모양.

"원담아. 급한 건 내가 아니라 너야. 패배를 모면해야 하는 것도 내가 아니라 너고."

"뭐라?"

"오늘 나한테 깨지더라도 제안은 유효하니까 잘 생각해 보고. 아까 말했다시피 원상이 원소의 뒤를 잇는 것보다는 네가 잇는 게 나한테는 낫거든."

녀석에게 다가가 그 어깨를 툭툭 두드려 주는데 녀석이 몸을 움찔거린다.

녀석은 '이게 아닌데?' 하는 혼란스러운 얼굴로 날 쳐다보고 있었다.

"지금쯤이면 슬슬 신호가 올 건데 말이지. 흠, 아직인가?"

그렇게 말하며 녀석의 뒤편으로 있는, 원소의 장수와 방통 쪽으로 시선을 옮기는데 저 멀리에서 희미하게 북소리가 들려온다.

방통, 장합을 비롯한 장수들의 표정이 일그러져 가고 있었다.

"도, 도독! 돌아오십시오!"

그때 방통의 당황한 기색이 역력한 목소리가 들려왔다.

"적장 마초가 기마를 이끌고 아군의 후방을 급습 중입니다!"

"뭐, 뭐라!"

휙 고개를 돌려 방통을 응시하던 원담의 얼굴이 시뻘겋게 변해간다.

녀석이 부들부들 떨리는 얼굴로 당장에라도 검을 뽑아 들 것처럼 날 죽일 듯이 노려보고 있었다.

"네놈…… 위속 네놈이 또 나를!"

"봤지? 이래서 네가 후계자가 되는 게 편하다니까? 죽지 말고 살아남아라. 도움 필요하면 형한테 연락하고. 알지?"

"크아아악! 네놈을 결코 용서치 않을 것이다! 내 모든 것을 걸고서라도 기필코 위속 네놈의 목을 꼭 베고야 말 것이다!"

"오냐. 내 목 간수는 잘하고 있을 테니까 능력이 되면 와서 가지고 가라. 그전에 네 목 간수도 잘하고."

둥- 둥- 둥- 둥-!

유비와 함께 말에 오르며 그렇게 말하고 나니 우리 쪽에서 울려 퍼지는 북소리가 들려왔다. 돌격 신호다.

후성이가, 위월이가 관우, 장비와 함께 군을 몰아 달려 나오고 있었다.

"돌격하라! 공격!"

두두두두두-!

쉴 새 없이 울려 퍼지는 장수들의 그것과 함께 병사들이 내지르는 함성이 사방으로 터져 나간다.

조금 전까지만 하더라도 내 뒤쪽에서 대기 중이던, 우리 연합군의 병사들이 장수들의 지휘에 맞춰 원소군을 향해 쇄도해 나가고 있었다.

"막아라! 그간의 훈련을 떠올려 보아라! 너희라면 충분히 막을 수 있느니라!"

그런 와중에서 원소군 장수들의 목소리가 울려 퍼진다.

척, 척, 척-!

그냥 보기에도 두텁기 그지없는 갑옷을 갖춰 입은 병사들이 커다란 방패를 들고 앞으로 나오고, 땅에 끝을 대며 고정한 방패 위에 창을 올린다.

가슴께까지 쌓아 올린 참호 뒤에서 창만 내어놓은 형상이다. 원소군 전열 전체에서 그러한 광경이 연출되고 있었다.

"워……."

원소군 병사들은 계속해서 정신없이 움직이고 있었다. 방패 위에 장창을 가져다가 올리고, 마치 고슴도치라도 되는 것처럼 접근 자체를 차단하고 있다.

'저걸 뚫으려면 고생깨나 하겠는데?'

내가 그렇게 생각하고 있을 때.

"고작 이것밖에 안 되는 것이었단 말이더냐!"

쩌렁쩌렁한 그 목소리와 함께 관우가 청룡언월도를 들어 번쩍 휘두르는 모습이 시야에 들어왔다.

육중하기 그지없는 무게감을 지닌 그 청룡언월도가 원소군 병사들의 방패와 부딪침과 동시에.

크과과과광-!

"끄아아아악!"

네다섯 명이나 되는 병사가 그 충격을 감당해 내지 못하고 뒤로 밀려 넘어진다.

전마를 몰아 질주하던 관우가 그 틈새를 뚫고 앞으로 나아가고 있었다.

"아버님께서 적진을 돌파하고 계시다! 모두 나를 따르라! 돌격!"

"형제들! 아버님과 큰형님께서 앞장서시는 모습을 지켜만 보고 있을 것인가? 가자!"

저게 관우의 아들들인가?

적진 사이로 뛰어들어 우리 형님처럼 한 번에 세 명, 네 명씩 원소군 병사를 쓰러뜨리는 관우를 향해 청년 장수 둘이 병사를 이끌고 질주한다.

그 활약에 굳건하기 그지없는, 통곡의 벽과 같이 견고하고 절대 무너지지 않을 것처럼 보이던 원소군 전열의 방벽이 힘없이 부서져 가고 있었다.

"와……."

내가 위속이 되면서 유비가 서주에 틀어박히는 통에 관우가 뭔가 임팩트 있는 일을 하지는 못했지만…… 그래도 관우는 관우라는 건가?

"스승님."

계속해서 방어선이 무너지는 걸 지켜보고 있는데 육손이의 목소리가 들려왔다. 녀석이 살짝 굳어진 얼굴로 날 쳐다보고 있었다.

"이번 전투, 쉽지 않을 것입니다."

"당연히 쉽지 않겠지."

내가 무릉도원에서 보고 나온 건 낙양 공방전까지일 뿐이다. 그다음부터는 방통이 어떤 계책을 사용할 것이며, 그 파훼법 정도가 전부일 뿐이다.

적이 어떻게 움직일지, 어떤 계책을 어떻게 사용할지 다 알고서 전투를 치렀던 지금까지와는 다를 수밖에 없다. 병력의 규모에서도 우리가 한참이나 밀리니 더더욱 쉽지는 않을 터.

하지만 그러한 사정을 알 리가 없는 육손이는 그저 기대된다는 얼굴로 날 응시하고 있었다.

"스승님의 계략 덕분에 천시가 유리해졌습니다. 적들은 아군과 싸우려면 필연적으로 햇빛을 응시해야 하고, 눈이 부시니 싸움에 제약이 생기겠지요."

"그러겠지."

화살이 날아오는 것도 보기가 힘들 거다. 아군 병사들과 싸우려면 기본적으로 햇빛 때문에 눈을 찌푸려야 할 것이고. 소소하지만 싸움이 벌어지는 동안에는 계속해서 우리가 얻을 수 있는, 나쁘지 않은 이득이다.

하지만 아직 확실한 한 방이랄 것은 만들어지질 않았다. 내가 지금껏 전투에서 승리하며 쌓아온, 위속이라는 이름값에 다들 용기를 내며 관우와 장비 등을 비롯한 맹장들과 함께 적들을 밀어붙이는 게 전부일 뿐이다.

열심히 준비해 온 계책들을 가지고 전투를 승리로 이끌기 위해선 타이밍을 잡아야 한다. 하지만 문제는 그 타이밍을 내가 확실하게 캐치할 수 있느냐는 건데…….

내 옆에서 기대감 가득한 얼굴로 날 쳐다보고 있는 육손이라면, 평생을 전장에서 살아온 경험 많은 유비라면. 충분히 가능하고도 남을 거다.

이제 내가 할 일은 병사들의 사기가 계속해서 높은 상태로 유지되도록 얼굴마담이나 하며 전투가 진행되는 걸 지켜보는 일뿐이지. 으흐흐.

"와아아아아아아아아아ー!"

함성이 끊이질 않고 들려온다.

전투가 시작된 지 벌써 두 시간 가까이 지난 상태.

관우와 장비, 허저가 꼭짓점의 선두에서 병사들을 지휘하며 밀고 올라가는 통에 원담의 부대는 이미 상당 부분이 돌파

된 상태다. 이제는 마초와 그 휘하 기병대가 질주하며 적 후방을 공격하는 소리가 희미하게나마 들려올 정도니까.

'계획대로 진행되는 것 같다.'

내가 그렇게 생각하며 만족스럽게 상황을 지켜보고 있을 때, 저 멀리에서 기마 하나가 다급하기 그지없는 모습으로 달려오는 것이 시야에 들어왔다.

어라, 쟤는…… 낯이 익은데?

"총군사님! 급보입니다! 급보요!"

"무슨 일인데 그러는 것이냐?"

"육손 장군님! 후성 장군께서 도움을 요청하고 계십니다! 맹호대가 중군 돌파진의 측면을 공격하고 있습니다!"

"맹호대? 맹호대면…… 형님을 잡겠다고 원소 쪽 애들이 만들었던 그 부대?"

"예! 그 부대입니다! 도와주십시오, 총군사님! 매우 위급합니다!"

"쓰읍…… 놀고먹으려고 했는데 어쩔 수 없겠군."

지금 우리는 좌군, 중군, 우군으로 병력을 나눈 상태다. 아직은 각각 적당한 거리를 두고 떨어져 있으니 서로 도움을 주고받으며 돌파의 시너지 효과를 낼 수 있지만 어느 중앙이 붕괴하고 나면 다음은 없는 거나 마찬가지다. 좌군과 우군은 각각 고립되어 수적으로 압도적인 우세를 점하고 있는 원소군에게 포위당한 채 섬멸당할 가능성이 크니까.

무조건 도와야 한다.

내가 이를 악물며 검을 뽑아 드는데 옆에서 육손이가 부관에게서 자신의 창을 건네받고 있었다.

"스승님. 제가 함께 가겠습니다."

"너는 여기에서 전황을 봐야지."

"그 점이라면 이 사람에게 맡기셔도 좋습니다, 총군사. 비록 지금까지는 능력이 부족해 대업을 이루진 못하였으나 이 전장의 상황을 파악하는 것 정돈 충분히 할 수 있을 겝니다."

유비가 인자하게 웃으며 말하는데 그 얼굴을 마주하니 마음이 한결 편해진다.

이런 사람이 같이 있는데 뭘 못하겠어.

"그럼 부탁드리겠습니다, 사군. 가자!"

"스승님을 따라라! 후성 장군을 도우러 간다!"

📱

오십만도 넘는 인간들이 한 지역에 모여 격전을 치르는 중이다.

육손이 지휘하는 일만 명의 병력과 함께 빼곡하게 들어찬 적들을 있는 힘껏 밀어내며 후성이와 위월이를 향해 나아가는데 이건 진짜…….

"역대급이구만."

흙먼지가 자욱한 와중에서 양측 병사들이 내지르는 함성으로 귀가 다 얼얼할 지경이다.

고개를 돌릴 때마다 수백, 수천 명이나 되는 병사들의 두려워하고 흥분하며 승리를 기대하는 그 얼굴들이 휙휙 눈에 들어오고 그 뒤론 장수들의 수백 개의 깃발이 펄럭인다.

그 깃발 하나하나의 아래에 전투를 지휘하는 장수들이 버티고 서서 고래고래 소리를 질러대고 있었다.

그런 길을 억지로 뚫어가며 나아가길 또 한참.

"보입니다."

나와 함께 말 머리를 나란히 하고서 있던 육손이가 손을 들어 올린다.

저 멀리 앞에서 위(魏)와 후(侯)가 새겨진 깃발이 펄럭이는 것이 보인다. 후성이, 그리고 위월이의 깃발이다. 그 녀석들의 부대에서 가까운 곳에 도착한 모양.

"형제들이여, 몰아붙여라! 너희 발밑에 있는 것들이 너흴 영예롭게 만들어줄 것이다!"

"막아라! 창을 높이 들고, 적들의 말을 찔러라! 접근 자체를 차단해야만 한다!"

그것을 증명하기라도 하듯, 지금까지 이곳으로 오면서 보았던 것과는 비교가 되지 않을 정도로 치열한 전투가 벌어지는 중이다.

장수쯤 되어 보이는 이들이 말에서 내려 병사들과 함께 두 다리로 땅을 딛고 후성과 위월의 병사들을 몰아붙이고 있다.

"마, 막아라! 막아야 한다!"

쾅- 쾅- 쾅-!

관우의 그것과 비슷한 언월도를 든 자와 허저의 것과 같은 커다란 쇠몽둥이를 든 자가 우리 병사들의 방패를 난타하고 있다. 그럴 때마다 병사들이 뒤로 밀려나며 방어선에 균열이 생기고, 그 사이를 원소군 병사들이 파고 들어가고 있었다.

'일단은 저것들을 때려잡아야겠군.'

내가 그렇게 생각하며 육손이와 함께 병사들을 몰아 앞으로 나아가고 있을 때.

"위속이다! 위속이 나타났다!"

"총군사님이시다! 총군사님께서 오셨다!"

"형제들! 여포 놈의 동생이 왔소!"

'어?'

사방에서 터져 나오는 목소리에 좌중의 시선이 내 쪽으로 집중되기 시작했다.

맹호대의 그것을 의미하는 맹(猛)의 깃발 아래에 있던 무지막지한 덩치의 낯선 장수의 그것 역시 마찬가지. 쉴 새 없이 무기를 휘두르며 방어선에 균열을 만들던 이들조차 슬금슬금 뒤로 물러서며 나 하나만을 노려보고 있었다.

'이거 느낌이 싸한데……'

뽀오- 뽀오오-

내가 인상을 찌푸리고 있는데 낯선 신호가 울려 퍼지더니 중군의 측면을 공격하던 놈들 중 상당수가 우리 쪽으로 창끝을 돌리고 있다.

그런 와중에서 미친 덩치를 가진 낯선 장수가 말을 몰아 앞으로 나오고 있었다.

"위숙! 네놈을 이곳에서 보니 참으로 반갑기가 그지없구나! 나, 관구검 님께서 네놈과 만나길 목이 빠지도록 고대하고 있었느니라!"

놈, 관구검이 쩌렁쩌렁하게 외치더니 창끝을 들어 날 가리켰다.

와, 저게 무슨…… 사람이야 고릴라야? 허저보다 더 허리가 굵다. 진짜 무슨 고릴라 같다는 생각이 절로 드는 몸이다.

두꺼운 갑옷 너머로도 말도 안 되게 커다란 팔뚝이며 근육이며 하는 것들이 그대로 보인다. 그런 놈이 무슨 맛 좋은 먹잇감이라도 발견했다는 것처럼 날 쳐다보고 있었다.

"어떠냐! 굳이 병사들이 대신 싸우도록 할 필요 없이 나와 직접 자웅을 겨루지 않겠느냐?"

저게 무슨 개소리야? 내가 저런 놈이랑 어떻게 싸워?

내가 황당해서 쳐다보는데 놈이 말을 이었다.

"으흐흐. 장수된 자, 그것도 총군사씩이나 되는 자가 비겁하게 싸움을 마다하고 병사들의 뒤에 숨겠다는 건 아니겠지?"

"닥치거라! 어디에서 듣도 보도 못한 잡놈이 감히 내 스승님께 이빨을 들이미는 것이냐!"

잘한다, 우리 육손이!

이걸 어떻게 해야 하나 내가 고민하던 찰나, 육손이가 소리치며 앞으로 나간다.

관구검이 피식 웃고 있었다.

"미련한 놈이 그래도 제 스승이라고 감싸는군. 네놈이 스승 놈을 대신해서 싸우기라도 하겠다는 것이냐?"

"얼마든지 대신 싸우마."

"어, 육손아? 괜찮겠어? 쟤 많이 세 보이는데?"

"괜찮습니다, 스승님. 제자를 믿어주십시오."

그러면서 육손이가 앞으로 말을 몰아 나간다.

여읙시, 우리 육손이밖에 없네.

"제자 키운 보람이 있구만."

이런 맛에 제자를 키우는 거지.

흐뭇한 마음에 내가 혼자 고개를 끄덕이는데 이번엔 관구검의 뒤에서 대기하고 있던 장수 하나가 말을 몰아 나온다.

아니, 쟤들은 무슨 고릴라만 데려다가 장군 시켜주나? 덩치가 뭐 저래?

관구검에 비할 바는 아니지만 쟤도 허저랑 비슷한 급이다. 심지어는 무기도 허저의 것과 같은 쇠 방망이였다.

"위속의 제자 따위를 우리 장군께서 상대하시도록 할 수는 없지. 나 양익이 네놈을 곤죽으로 만들어주마!"

"와라!"

호기롭게 외치며 육손이가 말 위에서 자세를 잡는다.

아니, 저거 저래도 되는 거야? 아무리 형님한테 직접 단련됐다고 해도 그렇지, 쟤 잘못되면 안 되는데?

"육손아! 조심해!"

"걱정하지 마십시오, 스승님! 이랴!"

녀석이 말의 배를 걷어차며 뛰쳐나간다.

두 장수의 거리가 무척이나 빠른 속도로 좁혀지고 있었다.

"죽어라!"

양익이 그렇게 외치며 육손이의 가슴팍으로 몽둥이를 후려 갈기고 있을 때.

탁, 탁.

창으로 뭔가를 쳐내는 것 같은 소리와 함께 육손이와 양익 이 서로를 스치며 지나간다. 육손이를 지나 내 쪽으로 달려오 는 양익의 얼굴이 일그러지고 있었다.

"제법 하는 놈이구나! 하지만 이 양익 님께서…… 커헉!"

그런 놈이 말 머리를 돌리려던 찰나, 갑자기 피를 한 움큼이 나 토하더니 그대로 말에서 떨어져 내린다. 그놈의 등짝에 조 금 전까지만 해도 육손이의 손에 들려 있던 창이 깊숙이 꽂혀 있었다.

뭐야. 그 짧은 순간에 저놈을 잡아버렸다고?

"우와아아아아아아아아아아!"

내가 황당해서 육손이를 쳐다보는데 우리 쪽 병사들에게서 우레와 같은 함성이 터져 나오기 시작했다.

우리 쪽을 향해 돌아오는 육손이의 얼굴은 평소와 별반 다르 지 않았다. 장수를 한 합에 잡아버렸는데도 딱히 흥분하거나 기 뻐하는 기색이 없다. 도대체 형님한테 얼마나 얻어맞았길래……

매일같이 형님한테 가서 대련을 청하고, 얻어맞고 돌아오던 육손이의 모습이 파노라마처럼 머릿속에서 펼쳐진다.

갑자기 가슴이 찡해져 온다.

"육손아."

"제자로서 응당 해야 할 일을 했을 뿐입니다. 보았느냐? 관구검!"

그렇게 답하며 육손이가 관구검을 향해 소리친다.

관구검의 얼굴이 딱딱하게 굳어져 있었다.

"한낱 제자일 뿐인 나조차도 이만큼이거늘, 어찌 감히 스승님을 괄시하려 든단 말인가!"

"맞습니다!"

사방에서 병사들의 함성이 터져 나온다.

"우리 총군사님께선 관구검 너 따위, 열 명이 와도 두렵지 않으실 거다!"

"혼자서 십만 명도 때려잡으시는 분을 네놈이 어떻게 상대하겠다고? 안 그렇소? 형제들!"

"으하하, 맞지! 관구검 네놈이 우리 총군사님을 이기려면 최소한 십만 명은 더 데리고 와야 할 거다!"

몇몇 십인장이 잔뜩 신이 난 얼굴로 소리치고 있다.

다들 잔뜩 기세가 오른 모양이다. 그래서 그냥 아무 말이나 막 하는 거겠지만, 이거…… 기분은 좋네. 흐흐.

내가 웃고 있는데 관구검의 얼굴이 점점 붉게 달아오른다. 놈이 고개를 숙인 채 분노로 몸을 부들부들 떨고 있다. 그런 놈의 주먹이 얼마나 세게 쥔 것인지 핏기 하나 없을 정도로 창백하게 변해가고 있었다.

쟤 진짜 빡쳤네. 저거 잘 건드리면 고혈압으로 피 토하다가 갈 수도 있겠는데?

'어떻게 한번 잘해봐?'

그렇게 생각하며 내가 멘트를 고민하던 찰나, 놈이 고개를 들어 올렸다. 노려보는 것만으로도 사람을 죽일 수 있다면 저런 눈이겠구나 싶을, 그런 모습으로 놈이 날 응시하고 있었다.

"좋다! 네놈들의 말대로 해주마!"

갑자기 저건 또 무슨 소리야?

"네놈들의 총군사와 직접 승부를 겨룰 것이다! 위속! 네놈이 남자라면 정정당당하게 나와 자웅을 겨루자!"

"야. 내가 미쳤냐? 너랑 일대일로 싸워주게?"

"십만지적을 자처하는 자가 고작 나 하나를 두려워하는 것인가?"

놈의 입꼬리가 한쪽으로 치솟아 올라간다. 마치 내가 절대로 자신과의 싸움을 피하지 못할 것이라 확신하는 것처럼.

"야. 내가 무슨…… 크흐흐흠."

어이가 없어서 또 한마디를 해줄 겸, 좌중을 돌아보는데 병사들이 하나같이 초롱초롱한 눈이 되어서 날 쳐다보는 게 시야에 들어왔다. 일반 병사나 십인장쯤 되는 녀석들은 물론이고, 백인장과 천인장쯤 되는 녀석들까지 다 잔뜩 기대감에 부풀어 오른 눈들이었다.

"총군사님!"

"십만지적의 위용을 보여주십시오!"

"총군사님!"

"십만지적이시여!"

내가 당황해서 그 모습들을 응시하는데 깊은 신뢰와 무조건적인 믿음까지 담긴 그 목소리들이 들려왔다.

우리 병사들이 나라면 당연히 저 고릴라를 간단히 때려잡을 수 있을 것이라 확신하는 얼굴들로 날 쳐다보고 있었다.

'시, 시바?'

여기에서 물러나면 십만지적에 대한 실망감으로 병사들의 사기가 땅에 떨어질 거다.

하지만 그걸 막겠다고 내가 직접 저 고릴라를 때려잡으러 나갔다간…… 으, 생각만 해도 끔찍하다.

내가 억지로 아무렇지도 않은 척, 표정을 관리하며 고민하고 있는데 육손이가 다가왔다.

"스승님. 할 수 있습니다. 스스로를 믿어보십시오."

"뭐?"

"주공과 함께 십 년 가까이 무기를 맞대며 성장해 온 저입니다. 제 눈에는 확실하게 보입니다. 스승님이라면 저런 자 정도, 충분히 해치우실 수 있을 것입니다."

병사들의 그것과는 또 다르게 확신에 가득 찬 목소리로 육손이가 말했다. 녀석의 눈빛도 진지하기 그지없었다.

"진짜로 되겠어?"

"제자는 이미 관구검에 대해 알고 있습니다. 스승님에 대해서도 알고 있지요. 믿으십시오."

"에이, 시바……."

어차피 외통수다. 죽기 아니면 까무러치기지.

"관구검! 시바, 진짜. 내가 오늘 너 확실하게 잡는다!"

"흐흐흐, 바라던 바다."

"그리고 니들!"

말을 몰아 앞으로 나가며 뒤쪽으로 고개를 돌렸다. 우리 병사들이 여전히 초롱초롱한 눈빛을 쏴대며 날 쳐다보고 있었다.

쓰읍. 진짜 한마디 안 할 수가 없다.

"고오맙다, 이 자식들아!"

8장
주공께서 오시고 계십니다!

"각오는 되었느냐?"

"각오는 무슨 얼어 죽을. 됐으니까 덤벼."

"오냐. 죽여주마!"

험상궂은 고릴라, 관구검이 말을 달리며 질주해 온다.

삐이-

놈을 향해 내가 함께 질주해 나아가는데 귓가에서 요상한
소리가 들려옴과 동시에 주변의 움직임이 느려진다.

'뭐지?'

관구검의 창이 내 가슴팍을 향해 곧장 찔러져 들어온다. 그
움직임이 훤히 보이고 있었다.

캉-!

있는 힘을 다해 그것을 쳐내는데 손에서 저릿함이 느껴진다.

내 창에 밀려나며 옆으로 휙 날아가는 그 창끝이, 먹잇감을 노리는 맹수의 그것처럼 날 노려보던 관구검의 표정이 묘하게 달라지는 것이 실시간으로 눈에 들어오고 있었다.

두두두두-!

그런 놈과 내가 서로를 스치듯 지나자 시간의 흐름이 본래대로 돌아오기 시작했다.

원소군 병사들 쪽에 가까운 곳에서 말 머리를 돌리니 관구검이 고개를 갸웃거리고 있었다.

어떻게 된 건지는 모르겠지만 어쨌든 기회다.

"네놈?"

"왜. 아차…… 싫냐?"

"개소리하지 마라! 오늘 이곳을 네놈의 무덤으로 만들어줄 것이다!"

관구검이 그렇게 소리치며 다시 말을 달려오는데 놈과의 거리가 좁혀지니 또다시 삐이- 소리가 귓가에서 들려왔다.

이번엔 놈이 창을 옆으로 길게 휘두르며 내 가슴팍을 노려오고 있었다.

스아아-!

몸을 뒤로 눕혀 말 등에 붙이니 창대가 내 얼굴 바로 위를 스치듯 지나는 것이 시야에 들어왔다. 파공성마저도 느리게 귓가로 들어오는데 머릿속에서 온갖 생각들이 떠올랐다가 사라졌다.

설마 육손이가 이런 것까지 계산해 낸 건가? 그럴 리가 없는데?

"제법이구나!"

또다시 놈과의 거리가 멀어지니 시간의 흐름이 정상적으로 돌아온다.

관구검이 창을 고쳐 잡으며 날 향해 소리치고 있었다.

"내가 제법인 게 아니라 네가 엉망인 거겠지. 안 그러냐?"

"맞습니다!"

"십만지적을 상대로 싸움을 거는 게 멍청한 거 아니겠습니까!"

우리 병사들의 외침이 들려온다.

"장군! 힘내십시오! 형제들의 원수를 갚아주셔야 합니다!"

"저희 맹호대는 장군만 믿고 있습니다! 여포에게 복수해 주십시오!"

"복-수! 복-수! 복-수! 복-수!"

그에 이어지는 원소군 병사들의 분노에 가득 찬 외침까지.

"야! 쳐들어오긴 니들이 먼저 쳐들어 왔으면서 무슨 복수 타령이야?"

"여포와 여포의 개들에게 죽음을!"

"죽-음! 죽-음! 죽-음! 죽-음!"

이 자식들이 내가 우리 병사들이랑 하던 걸 따라 하네?

"이번엔 피할 수 없을 것이다! 이랴!"

계속해서 원소군 병사들이 죽음을 연호하는 그 와중에서 관구검이 달려온다.

이번에도 여지없이 삐이- 소리가 들려오는 게 아무래도 나한테 뭔가 능력이라도 생긴 것 같다. 무슨 슬로우 모션이라도 되는 것처럼 놈의 움직임이 훤히 눈에 보인다.

휘휘휘휘휙-!

평소의 나라면 진땀을 뺐을 수밖에 없는, 날렵하기 그지없
는 몸놀림으로 창을 휘두르며 날 향해 찌르고 들어오는데 지
금으로선 하나같이 느리게만 느껴질 뿐이었다.

"이이익! 위속! 어찌 이것들을 다 피한단 말인가!"

"너, 엄청 느리다는 얘기 못 들어봤냐?"

"크아악!"

열 번도 넘게 날 향해 찔러 넣는 창이 전부 허공을 꿰뚫고
나니 약이 잔뜩 오른 모양이다.

관구검이 괴성을 내지르는데 녀석이 만만하게 느껴진다. 이
런 현상이 계속된다고 하면…… 내가 굳이 창으로 싸워줄 필
요가 없잖아?

툭.

창을 던져 땅바닥에 꽂고, 검을 뽑아 들었다.

약이 올라서 어쩔 줄을 몰라 하던 놈의 표정이 변한다. 조
금 전까지만 해도 자신의 승리를 확신하고 있던 그 얼굴에 두
려운 기색이 피어나고 있었다.

"내가 우리 형님을 보면서 진짜 궁금했던 게 있거든?"

"가, 갑자기 무슨 개소리를 지껄이는 게냐!"

"그 양반은 너 같은 장수 백 명을 상대해도 전혀 두려워하
질 않는단 말이지. 오히려 당연하다는 듯이 가서 간단하게 때
려 부수면서 오고. 그렇게 하는 기분이 궁금했는데 이런 것이
었네."

삐- 소리가 나면서 적의 움직임이 느리게 느껴지는 덕택이긴 하지만 지금 같아서는 전부 다 할 수 있을 것 같다. 못할 게 없을 것 같은 느낌이랄까.

혹시, 형님도 나처럼 이렇게 적의 움직임이 느리게 느껴지는 거 아니야?

"헛소리는 집어치우고 죽기나 해라!"

내가 그렇게 생각하고 있는데 관구검이 재차 창을 찌르고 들어온다.

'느리다.'

내가 절영의 배를 툭 건드려 놈을 향해 거리를 좁혔다.

창을 쳐낼 필요도 없다. 간단하게 몸을 옆으로 틀어 그 창 끝을 피해내며 검을 휘둘렀다.

서걱-!

"크윽!"

섬뜩하기 그지없는, 갑옷과 살이 함께 베이는 그 소리가 울려 퍼짐과 피가 튀어 오른다.

관구검의 고통스러워하는 신음이 터져 나온다. 그와 동시에.

푸욱-!

내가 역주로 고쳐 잡은 검 끝이 어느덧 조금씩 멀어져 가는 놈의 등판 한가운데에 찔려져 들어간다.

"크아아아악!"

조금 전과는 비교도 되지 않을 정도로 커다란 비명과 함께 놈과의 거리가 빠르게 벌어지기 시작했다.

내 검을 등판에 꽂은 채, 관구검이 자기네 병사들 사이로 도망쳐 들어가고 있다.

황당해서 그 모습을 쳐다보고 있던 내가 정신을 차리고 마무리 짓고자 창을 던지려 했을 때, 놈은 이미 병사들 사이로 사라져 보이지도 않을 판이었다.

"……"

그래서일까? 그 모습을 지켜보고 있던, 우리 쪽과 원소 쪽 병사들의 사이에서 침묵이 내려앉았다.

누구도 입을 열지 못했다. 그저 말도 안 된다는 듯, 놀랍다는 듯 나와 사라진 관구검 쪽을 번갈아 쳐다보고만 있을 뿐이었다.

그러길 잠시.

"우와아아아아아아아아아아-!"

"십만지적!"

"위-속! 위-속! 위-속! 위-속!"

우리 쪽 병사들의 사이에서 온 세상이 다 떠내려갈 정도로 커다란 환호성과 함께 외침이 터져 나오기 시작했다.

관구검과 그 휘하의 맹호대 및 원소군 병사들에게 측면을 공격당해 위태로운 상황에 몰려 있던 후성과 위월의 병사들 역시 마찬가지.

그런 와중에서 관구검의 휘하에 있던 병사들의 얼굴이 까무잡잡하게 죽어가고 있었다.

"지금 이 타이밍, 이거 완전……."

"다들 보았느냐! 스승님께서 적장 관구검을 물리치셨다!

나를 따르라! 돌격!"

내가 중얼거리기가 무섭게 저 뒤쪽에서 육손이의 외침이 터져 나왔다.

녀석이 말을 몰아 원소군 병사들을 향해 질주해 나아간다. 우리 병사들이, 원소군 병사들이 멍하니 그 모습을 지켜만 보고 있었다.

그렇게 육손이가 내 옆을 스치듯 지나며 계속해서 질주하고 있을 때.

"뭣들 하는 거야? 육손 장군을 따르자! 이번 전투에서 이기면 승진이라고! 다들 잊어버린 거야?"

"가자, 형제들! 승진이 눈앞에 있다고!"

"우와아아아아아아아아아-!"

"승-진! 승-진! 승-진! 승-진!"

조금 전과는 또 다른 함성과 함께 병사들이 승진을 외치며 원소군을 향해 돌진하기 시작했다.

"마, 막아라! 막아야 한다! 수적으로는 우리가 훨씬……."

원소군 쪽에서 누군가 소리치며 무기를 들고 앞으로 나온다. 그런 놈을 향해 육손이가 질주하더니 창을 푹 찔러 넣었다. 녀석이 채 말을 끝내기도 전에 절명해 쓰러졌다.

그러는 동안, 육손이는 볼 것도 없다는 듯 허리춤에서 검을 뽑아 들어 계속해서 원소군을 향해 질주하고 있었다.

"돌격하라! 모조리 쓸어버리자! 승진이 너희의 코앞에 있다! 승진!"

"우와아아아아아아! 승진!"

병사들이 마치 약을 먹고서 눈이 돌아가기라도 한 것처럼, 미친 듯이 원소군 병사들을 향해 돌진한다.

"괴물이다! 괴물들이 온다!"

"으아아아악! 살려줘!"

전의를 잃은 원소군 병사들이 뒷걸음질 치더니 이윽고 아예 등을 돌리며 도망치기 시작했다.

하, 하하……. 이거, 이러면 우리가 이기는 거 맞지?

📱

"승-진! 승-진! 승-진! 승-진!"

"승-진! 승-진! 승-진! 승-진!"

계속해서 우리 병사들이 내뱉는 그 목소리가 울려 퍼진다. 관구검이 패퇴하기 시작한 직후, 사기가 오를 대로 오른 육손과 우리 쪽 병사들이 관우가 이끄는 중군에 합류하고부터 계속해서 저걸 외치는 중이다.

너무 멀리에서, 너무 많은 병사들이 미친 듯이 연호하고 있어서 소리가 다 뭉개져 제대로 알아듣기도 힘들 정도.

승진이 약속된 건 어디까지나 후성이와 그 휘하의 병사들일 뿐인데…… 이거 난감하게 됐다.

이기고 나면 다들 승진을 기대하게 될 텐데. 뭘 줘야 해?

"급보입니다! 적 우익의 장합이 군을 물려 퇴각하고 있습니다!"

"주공! 적 좌익을 맡았던 문추가 군을 뒤로 물리고 있습니다!"

"적장 원담이 오십여 리 물러나 낭야성으로 돌아간다는 명령을 장수들에게 전하고 있답니다! 적들이 물러가고 있습니다!"

유비군의 본대, 그곳에서 유비와 함께 있는데 전령들이 하나둘 달려 들어와 전선의 상황을 전하기 시작했다.

유비가 가만히 그 이야기들을 들으며 만족스럽다는 얼굴로 고개를 끄덕이고 있었다.

"대승입니다, 주공."

"대승이지요. 스승님께서 전장에 합류하신 덕택입니다."

유비 쪽 장군이 말하기가 무섭게 육손이가 날 향해 커다란 목소리로 말했다. 마치 주변의 장수들에게 들으라는 것처럼.

"어? 어…… 이게 그렇게 되나?"

"스승님께서 관구검을 제압하셨기에 병사들의 아군의 사기가 높아지고, 적군의 사기가 땅에 떨어진 것 아니겠습니까? 스승님 덕분이지요. 그렇지 않습니까?"

이제는 아예 육손이가 유비 쪽 장수들을 향해 반문하는데 유비가 고개를 끄덕이며 우리들 쪽으로 다가왔다.

"육손 장군의 말씀이 참으로 옳습니다. 총군사께서 이곳에 계셨기에 적은 피해로 적들을 제압할 수 있던 게지요. 온후께서 이곳에 계셨더라면 아마도……."

"힘들었겠죠. 우리 형님이 안 계셔서 그나마 적은 피해로 이긴 거니까…… 음?"

"초, 총군사?"

"스승님?"

내가 혼자 고개를 끄덕이며 말하는데 좌중에서 뜨악한 얼굴로 날 쳐다본다. 심지어는 유비와 육손이 역시 마찬가지.

'아차.'

"하하. 말이 헛나왔습니다. 실수요, 실수."

"아…… 그러셨군요."

유비가 묘한 얼굴로 날 쳐다본다.

뒤에서 형님 욕하는 꼴이니 더 말이야 못하겠지만…… 그래도 형님이 없었으니 편하게 이긴 건 맞을 거다.

형님이면 아마 내가 원담 데리고 썰 풀고 있을 시간에 그냥 공격해서 힘으로 쓸어버리자고 했을 테니까. 그 양반이 막무가내로 날뛰는 게 뭐 한두 번도 아니고…….

"그나저나 우리 공명이랑 주유가 감당할 수 있으려나 모르겠네."

흐흐. 그 자식들, 지금쯤 머리깨나 썩고 있겠지?

📱

형주에서 익주로 넘어가는 길목에 있는, 천혜의 요새나 다름없는 백제성.

십만 대군을 이끌고 그 앞에서 진을 꾸린 채, 제갈량과 주유는 저 멀리 앞에 우뚝 솟아 있는 백제성의 모습을 응시하고 있었다.

"참으로 높군."

"그러게 말입니다."

"기암괴석의 돌산과 성벽이 이어진 덕택에 공격하기도 쉽지는 않아 보이고. 무턱대고 공격했다간 희생이 클 걸세."

완벽하다고 해도 과언이 아닐 순백의 기다란 머리카락을 흩날리며 주유가 말했다.

그 옆에서 제갈량이 백우선을 흔들며 산세를 가리켜 보이고 있었다.

"깎아 지르는 험한 산세에 성벽을 이은, 천혜의 요새입니다. 백제성주는 이러한 점을 자신들의 강점이라 생각하고 그에 맞춰 방어 계획을 짤 터. 우리가 적의 그러한 강점을 약점으로 만들면 되지 않겠습니까?"

제갈량의 시선이 저 뒤편에서 자신과 주유의 명령을 기다리고 있는 산월족 병사들을 향해 옮겨졌다.

"거기에 더해서 조조의 익주 점령에 불만을 가진, 백제성 내부의 불만분자를 이용하면 되겠지. 내부에서 호응하고, 공명 자네의 말대로 산월족 병사들을 침투시켜 혼란을 가중한다면 성은 하룻밤이면 떨어지게 될 걸세."

"그러면 오늘 밤이 되면 곧장 산월족 병사들을 산중에 잠입시켜 성으로 통하는 샛길을 찾도록 하겠습니다. 장군 쪽은 어떻습니까?"

"한 해 전부터 총군사의 계획을 접하고 준비해 두었네. 우리가 공격을 시작한다면 곧장 호응이 있을 것이고."

"그렇다면 길을 찾는 것만 기다리면 되겠군요."

만족스럽기 그지없는 얼굴로 말하며 제갈량이 주변을 돌아보았다.

익주에서 시작된 장강의 물줄기를 따라 길이 만들어져 있기는 하지만 그것을 제외한다면 모조리 험준한 산일뿐이다. 강남의 산월족이 거주하던 산들보다 훨씬 더 험준한, 군을 이끌고 움직이는 것조차 힘들 정도의 산.

그런 곳의 지형을 이용해 지어진 관문만 네 개고, 성은 총 열두 개가 넘는다. 그런 곳을 그들은 고작 한 달 만에 돌파하며 이곳까지 올라온 상태였다.

"스승님이 아니라면 이렇게 말이 잘 통하고 편하게 일할 수 있는 인물이 없을 줄 알았는데. 확실히…… 흠?"

"급보입니다!"

주유에 대해 감탄하며 말하던 제갈량이 채 그 말을 끝내기도 전에, 저 멀리에서 익숙하고도 다급한 목소리가 들려왔다. 마속이다.

위속이 형주를 점령하며 그 휘하로 들어오게 된 형주의 명사, 마량의 동생 마속이 창백해진 얼굴로 헐레벌떡 달려오고 있다.

그 모습을 지켜보고 있던 주유와 제갈량의 얼굴이 딱딱하게 굳어지고 있었다.

"설마……."

"그 설마가 맞는 것 같습니다만."

심각해진 얼굴로 말하며 제갈량이 마속을 응시했다.

그들의 앞에서 말을 멈춰 세우며 휘리릭 뛰어내린 마속이 잠시 숨을 고르더니 소리쳤다.

"크, 큰일입니다! 주공, 주공께서 오시고 계십니다!"

"벌써?"

"주공과 총군사님께서 환원관 인근에 모인 조조군을 일거에 격파하는 동안 감녕 장군의 별동대가 낙양성을 점령했다 합니다!"

"단 한 번의 전투로?"

"예! 한 번의 전투로요!"

"하…… 아무리 스승님이시라고 해도 한 번에 그렇게 낙양성을 점령하실 거라고는 생각도 못 했는데. 새 됐구만."

"그래서 주공은? 어디까지 오셨다던가?"

"무릉을 지나 자귀현에 도착하셨답니다!"

"그럼 백제성까지 이틀이면 도착하신다는 이야기가 아닌가!"

주유가 소리치자 마속이 고개를 끄덕였다.

딱딱하게 굳어진 얼굴로 주유가 제갈량 쪽으로 시선을 옮겼다. 얼굴이 심각해진 건 제갈량 역시 마찬가지였다.

"공명."

"예, 장군. 저도 그리 생각하고 있었습니다. 주공께서 도착하시면 우리가 지금까지 백제성을 최소의 피해로 최단시간 내에 점령하기 위해 준비한 계책이 물거품이 되겠지요. 준비가 허술해도 지금 당장 움직여야 합니다."

"빌어먹을. 일이 이렇게 될 줄이야. 천하의 명마라더니, 과연 적토마는 적토마인 것인가."

주유가 주먹을 움켜쥐었다.

살짝 벌겋게 달아오른 얼굴로 주유가 주변을 돌아보더니 검을 뽑아 들었다. 그 얼굴이 비장하기 그지없이 변해가고 있었다.

"주공께서 오시기 전에 백제성을 점령해야 한다! 공격을 준비하라!"

"예, 장군!"

"주공께서 오시기 전에 백제성을 점령한다! 다들 움직여! 서둘러야 한다!"

"산월족은 이쪽으로! 시작이 좀 앞당겨진다는 걸 제외한다면 달라지는 건 아무것도 없다. 자네들은 공격이 진행되는 동안 성으로 통하는 샛길을 찾아 그대로 돌입해 들어가야 해!"

주유의 그 목소리에 백제성 앞에 모인 병사들이, 장수들이 허겁지겁 움직이기 시작했다.

주유는 제갈량 그리고 마속과 함께 딱딱하게 굳어진 얼굴로 그 모습을 지켜볼 뿐이었다.

📱

"흐으음."

오십만. 진짜 많아도 너무 많은 것 같다. 상대해 본 적 없는 숫자는 아니지만 이렇게까지 압박감이 느껴지는 적은 없었다.

지금 내 앞에 놓인, 이번 전투의 결과에 대한 보고들을 확인하는 것만으로도 속이 다 답답해져 올 지경이었다.

"적 사상자는 오만 명 내외로 예상, 아군 사상자는 오천 명 가량이라……."

나쁘지 않은 수치다. 우리 쪽이 한 명 죽거나 다칠 때 적들은 열 명이 죽거나 다친다는 얘기니까.

그렇기는 하지만…….

"너무 아슬아슬한데?"

"예?"

"뭐야. 내 말을 못 알아듣는 것처럼."

"무슨 말씀이신지 정말로 잘 이해가 되질 않습니다만?"

"응?"

"예?"

육손이가 고개를 갸웃거린다.

뭐야…… 진짜 이해를 못 한 거였어?

"오늘은 전투가 잘 풀려서 대승을 거뒀으니 이 정도의 수치인 거지, 서로 사기가 땅에 떨어지거나 하는 상황이 생기지 않으면 비슷한 수준의 교환비가 나올 거라고. 우리가 불리해."

"스승님이시라면 당연히 적들을 격파할 묘안을 만들어내시지 않겠습니까? 지금까지 그렇게 하셨던 것처럼 말입니다."

"나름 묘안을 만들어는 보겠지만 그게 항상 성공할 거란 보장은 없는 거잖냐."

육손이가 고개를 젓더니 말했다.

"아닙니다. 성공할 것입니다. 스승님께서는 산양 대전에서 홍수를 예견해 원소가 친히 이끌고 내려왔던 대군을 수몰시키셨고, 몇 년 뒤의 연주 대전에선 역시 원소가 친히 이끌던 오십만 대군을 고작 십만이 조금 넘는 병력으로 격파하셨잖습니까."

"그러기는 했는데. 그렇다고 그게 내가 무조건 성공할 거라 보장할 수 있는 근거가 되는 건 아니잖아."

"아니요, 됩니다. 충분하지요."

"으응?"

얘가 갑자기 무슨 소리를 하는 거야?

"주공근이 원소의 책사들과 함께 손을 붙잡고 남북 양측에서 대군을 일으킨 것도 두 차례나, 그것도 수적으로 절대적인 열세의 상황에서 무찌르셨지요. 나아가 역으로 원술의 수급을 취해 강남땅을 점거하기까지 하셨고요. 어디 그뿐입니까?"

육손이가 좌중을 돌아본다.

나와 함께 막사에서 오늘의 전황에 대해서 보고 받은 유비나 관우와 장비 그리고 그들의 아들들을 비롯한 여러 장수들이 날 쳐다본다. 그 눈빛에 기묘한 신뢰가, 굳건한 믿음이 깃들어 있었다.

"지금껏 수도 없이 많은 전투를 치러왔음에도 스승님께선 단 한 번도 패배한 적이 없으십니다. 그 어떤 전투에서도 기책을 발휘해 승리를 끌어내셨지요. 그러한 무패의, 연전연승의 명장인 스승님이라면 필시 이번에도 기발하기 그지없는 계책을 만들어내실 수 있을 것입니다. 제자는 믿어 의심치 않습니다."

"맞소이다!"

"옳소!"

"계책을 주십시오!"

아니, 이것들이? 갑자기 왜 이렇게 사람한테 부담을 줘?

어이가 없어서 그 장수들을 하나하나 쳐다보는데 후성이, 위월이와 시선이 마주쳤다.

"얘들아. 너희는 내 마음……."

"장군!"

"어, 어?"

후성이 성큼성큼 다가오더니 내 손을 붙잡는다.

"소장 역시 믿고 있습니다! 지난 세월, 장군의 바로 옆에서 장군을 모셔온 소장이라면 확실히 알지요!"

"야. 그게 무슨……."

"장군이시라면 원담과 방통이 뼈도 못 추릴, 하북에서 재능을 꽃피웠다던 저 방통조차 꿈에서도 상상치 못할 천하에 다시 없을 기책을 만들어내실 것입니다. 이 후성! 이십 년 가까운 세월을 장군을 모셔온 이 후성이는 알고 있고, 믿고 있습니다!"

이런 쓰벌?

"오오!"

"총군사의 심복인 후성 장군이 저렇게 이야기할 정도라면 벌써 뭔가 대단한 계책이 만들어진 모양입니다?"

"히야…… 정말이지 감탄만 나오는군. 총군사의 머리에서 나오는 계책은 능히 이십만 대군 이상의 몫을 해낸다니까?"

장수들이 저마다 각자의 기대에 부풀어 떠들어대는데 부담감이 미칠 듯이 밀려온다.

이런 와중에서 후성이는 눈빛으로 '잘했죠?'라며 말도 안 되는 헛소리를 하는 중이고, 육손이는 정말로 내가 이런 대단한 계책을 낼 거라고 믿어 의심치 않는 얼굴로 날 쳐다보고 있다.

아니, 이게 뭔…….

"일단은 내일 얘기합시다. 아직 내 머릿속의 생각이 정리되지 않은 상태니까."

더 무슨 말들이 튀어나올지 모른다. 그 말 하나만을 남기고서 막사를 빠져나와 내 군막으로 돌아가는데 문득 온몸이 다 쑤셔오는 것이 느껴졌다.

아프다. 지독한 감기 몸살이라도 온 것처럼, 몸에서 아프지 않은 곳이 없을 정도.

전투가 끝나고, 그 전황을 확인하는 작업을 거치며 몸의 긴장이 풀린 건지 손가락 하나 까딱하기조차 힘들다.

"총군사님!"

나도 모르게 몸을 비틀거리니 바로 옆에서 날 수행하던 백인장 하나가 화들짝 놀라선 팔을 붙잡아준다.

"괜찮으십니까? 자네, 가서 의원을……."

"아냐, 괜찮아. 그냥 지친 거라고."

"하지만 총군사님."

"괜찮다니까? 막사로나 가자."

계속해서 부축을 받으며 막사로 걸어가는데 저 하늘에서

휘영청 노란빛을 뿜어내는 보름달이 시야에 들어왔다.

갑자기 뭐 때문에 이렇게 진이 쭉 빠진 건지는 모르겠지만…… 진짜 무릉도원에 들어갈 날을 맞춰 전투를 시작했다는 게 다행스럽기만 할 뿐이었다.

쏴아아아-

이 꿈속에 들어올 때 특유의 그 바람 소리를 들으며 눈을 떴다. 자연스레 핸드폰을 손에 쥐고 무릉도원에 접속했다.

지금의 이 시점에서 원담과 방통을 격파하고, 서주를 지켜냄과 동시에 새로이 점령한 낙양을 안정시킬 방책을 찾아내야 한다.

그렇게 생각하며 삼국지 토론 게시판으로 들어가는데 문득 '위속의_일대기를_ARABOJA(위빠주의)'라는 글이 눈에 들어왔다. 이거면…… 이번 전투에 대해서도 얘기가 올라와 있겠지?

〈내가 진짜ㅋㅋㅋㅋ 삼국지 별로 안 좋아했는데 이번에 신삼국지 보는데 위속이랑 여포랑 개 멋있게 나와서 조빠 청산하고 위빠로 갈아탐. ㅋㅋㅋㅋㅋㅋㅋ 그래서 위속 연표 한번 만들어봤음. ㅇㅇㅇㅇ〉

그러면서 연도별로 내가 뭘 했는지를 싹 다 적어놨는데 형님과 함께 동탁의 휘하에 있던 시절부터 시작해 내가 지금껏 치러온 전투를 한눈에 알아볼 수 있도록 표시해 놨다.

198년에 동민 전투에서 조조를 무찌르고, 199년엔 유벽을 도와 연주의 식량난을 수습하며 진류에서 일어난 반란을 진압했다. 그해 가을에 유벽을 노리고 쳐들어왔던 주유를 처음 세양에서 때려잡았고.

공명이가 내 제자로 들어온 것도 이쯤이었지.

199년엔 조조랑 원담이 유비를 노리고 쳐들어오는 걸 막으러 가서 원담을 격파하고 조조랑은 화평을 맺었다.

그러고 보니 안량을 잡은 것도 이때였구만.

200년엔 곽공을 항복시켜서 예주를 얻었고, 형님이 갑자기 뛰쳐나와서 수춘을 점령했다. 그리고 그다음부터는 원소와의 치고받는 기나긴 싸움의 시작이다.

홍수로 대군을 쓸어버렸던 1차 연주 대전, 원소가 혼자 낙양이며 서량이며 하는 곳들을 집어삼키지 못하게 조조를 도우러 가 동남풍을 만들었던 일, 거기에 기억 상실 상태였던 마초를 주워 온 것, 원소와 원술이 두 차례나 손을 붙잡고 주유를 앞세워 쳐들어왔던 것까지.

202년부터 시작된 그 정신없는 싸움이 중간중간의 휴식기를 몇 번씩 거치며 210년에 원술이 죽고 주유가 우리에게 항복해 강남을 점령하게 될 때까지 이어졌고. 그다음부터는 내정의 연속이었다.

산월족과 우리 백성들의 통합을 위해 4년을 쏟아 내정을 다지고 214년에 형주로 나아갔고, 또 그 땅을 안정시키며 외부로 힘을 쏟아낼 수 있도록 제도를 개선하고 인구를 파악하며 호족들의 힘을 약화시키느라 죽간에만 파묻혀 지냈다.

강력한 국가를 만들려면 결국엔 강력한 중앙 집권을 이뤄야 했으니까.

그렇게 해서 218년, 지금에 이른 건데…….

"시간 참 빠르구만."

위속이 되어 살아온 지 벌써 20년이라니.

꿈속에서는 아직도 젊고 파릇파릇한, 흰머리 하나 없는 모습인데 현실로 돌아가고 나면 영락없는 아재다.

"쯧."

혼자 혀를 차며 계속해서 글을 내리는데 아직 겪지 못한, 미래의 일들이 시야에 들어왔다.

〈218년- 낙양 점령, 원담과 서주에서 대치 중 반격을 위해 대군을 이끌고 온 가후에게 낙양을 탈환 당함. 진궁이 여기에서 죽었음……. ㅠㅠ 이거 여파로 219년에 연주랑 예주, 서주까지 뺏기고 강남이랑 형주, 익주 입구 쪽에서만 전전긍긍하다가 위속 223년에 사마의 때문에 피토하고 죽음……. 218년 봄까진 진짜 역대급 커리어인데 그다음부터가 아쉬움……. ㅋ〉

└대군사가후: 킹갓제네럴 가후 님이 짱이시다.

└갓사마중달: (대충 남 성질 긁는 건 사마의가 최고라는 짤)

└저격수여포: ㄹㅇ 218년 봄까지만 놓고 보면 삼국지 시대에서 위속이랑 견줄 책사 하나도 없는 듯.

└인생은가후처럼: ??? 위빠 인증 글이라고 해도 이건 좀;;; 가후 무시함?

└방통동주: ㅋㅋㅋㅋㅋㅋㅋㅋ 삼국지 후기에서 가후가 잘한 건 인정하는데 이건 좀. ㅋㅋㅋㅋㅋㅋㅋㅋㅋ 아무리 그래도 가후를 위속한테 비비는 건 아니지. ㅋㅋㅋㅋㅋㅋㅋㅋㅋㅋ

└똥유갓공근: ㅇㅈ합니다. 저 위에 연표 안 보임?? 위속이랑 비교하려면 나폴레옹이나 알렉산더 같은 애들은 데리고 와야죠;;

└하루세번제갈영찬양: 게임에서 위속 무력/지력/정치/통솔/매력이 98/99/92/99/100임;; 가후 32/98/98/73/56이고;; 갓에이 형님들이 이미 인증해 주셨는데 위속한테 가후를??

낙양이 점령당한다? 진궁이 그 와중에서 전사하고?

멍하니 댓글들을 읽어 내려가는데 퍼뜩 정신이 든다.

가후다. 우리 조조 형이 자신의 장자방이라며, 꾀주머니라며 자랑해 마지않던 그 가후.

무릉도원이라는 치트 키를 보유한 나 다음으로 뛰어난 인물로 평가받는 가후인 만큼, 진짜 칼을 갈고서 낙양을 공격하려 한다면 무슨 짓을 벌이게 될지 모른다.

망할. 원담과 방통의 휘하에 아직도 사십만이나 남은 그 대군을 상대하는 것만으로도 벅찬데 병력도, 장수도 부족한 상황에서 낙양까지 커버하라니? 이거…… 방법을 찾을 수 있을까?

스ㅇㅇㅇ으-

잠에서 깨어나며 몸을 일으켰다.

휘장 사이로 살짝살짝 시원한 바람이 불어 들어오는 게 느껴진다.

잠들기 전과는 비교도 할 수 없을 정도로 몸이 상쾌하다. 그동안 확인해 온 무릉도원의 효능 때문이겠지. 상처가 되었건, 피로가 되었건 일단 무릉도원에 들어갔다가 나오고 나면 다 회복되는.

"장군, 일어나셨습니까?"

옷을 갈아입고, 위에 갑옷을 걸치고서 난 장수들이 모여 있을 군막으로 향했다.

지금쯤이면 다들 모여 전황에 대해 좀 더 자세한 설명을 듣고, 앞으로 어떻게 할지를 의논하고 있을 터. 가서 이야기해야 한다.

내가 그렇게 생각하며 군막에 들어섰을 때.

"……하여 지금 원소군은 어제의 전투에서 패주해 사방으로 흩어진 병사들을 소집하는 것에 전력을 다하고 있습니다. 원담의 명으로 탈영했던 자들에 대해 죄를 묻지 않는다는 포고까지 했다고…… 오셨습니까? 스승님."

자신이 파악한 원담 군의 동태를 브리핑하던 육손이가 날 맞이하니 관우와 장비, 후성이를 비롯한 장수들이 자리에서 일어났다.

그들이 날 쳐다보고 있다. 하나같이 기대감 어린 눈들이다.

다들 내가 무슨 말도 안 되는 기책을 내서 적을 간단하게 격파하겠다고 이야기하는 걸 기대하는 것 같지만…….

"육손아. 원담에게 사람을 보내라."

"예? 사람 말씀이십니까?"

"어. 원담과 협상을 할 거다. 가후가 낙양으로 밀려오고 있어. 계속 이곳에서 원담과 투덕거리고 있다간 낙양을 점령당하고, 예주와 연주까지 모조리 잃게 될 거다."

"아니, 위속 형님. 갑자기 무슨 소리를 하는 거요? 가후가 낙양을 공격한다니? 아직 낙양 쪽에서 전해져 온 소식은 아무것도 없잖소?"

가만히 내 이야기를 듣고 있던 장비가 황당하다는 듯 반문했다. 주변의 다른 장수들 역시 듣고 보니 그렇다는 듯 장비의 의견에 동조하며 고개를 끄덕이고 있었다.

"소식이 온 건 없지. 그러나 지금까지 조조 측에서 보여온 움직임, 그리고 그들의 상황을 생각해 본다면 가후는 분명 낙양을 수복하러 올 거다."

"그러니까 결국엔 추측이란 말이잖소. 당장의 증거는 전혀 없는. 게다가 낙양엔 공대 선생이 칠만 명 가까운 병력을 데리고 주둔 중인 것으로 아는데 그 정도면 충분히 버틸 수 있는 것 아니오?"

"일반적인 상황에서라면 버틸 수 있겠지. 그러나 상대는 가후야. 평범한 장수를 상대한다고 생각했다간 큰코다친다."

"흠…… 내가 어지간하면 형님이 하는 말씀을 다 믿으려고 하는 편이오만, 이건 좀 아닌 것 같소. 형님이 좋은 계책을 내면 얼마든지 원담을 때려 부술 수 있는 것 아니오? 그런데 이제 와서 협상이라니……."

"익덕 장군. 스승님께서 이렇게 말씀하실 정도면 뭔가 확실하다는 것 아니겠습니까? 지금까지 스승님께서 보여주신 전적이 그 신빙성을 더하고 있잖습니까."

장비의 이야기를 듣고 있던 육손이가 말하니 장비가 고개를 젓는다.

"아무리 형님이라고 해도 이번엔 좀 너무 나갔소. 물론 낙양을 뺏겼으니 조조가 수복하려 하겠지. 하지만 병력도 부족하지 않게 있고, 성벽에 의지해서 지킬 낙양이 점령당하고 예주와 연주까지 잃게 된다니?"

"스승님께서 예견하신 대로 위험한 상황이 벌어질 수도 있는 것이잖습니까."

육손이의 얼굴이 살짝 굳어진다.

"그럴 수도 있겠지. 그런데 낙양은 말이다, 그렇게 간단하게 점령당할 곳이 아니야. 육손이라 했지? 너는 아직 어려서 낙양을 잘 모르겠지만, 그곳은 조조에 의해 요새로 변모한 곳이다. 그리 쉽게 점령당할 리가 없어."

"장군, 그 말씀…… 확신하실 수 있겠습니까?"

자기가 잘 안다는 듯, 확신에 가득 찬 어조로 이야기하는 장비를 향해 육손이가 말했다.

"내가 형님만큼은 아니어도 전장을 전전한 지 어언 서른 해가 다 되어간다. 가후가 낙양을 수복하고자 들려면 못 해도 두 달은 준비를 해야 해. 그런데 이렇게 바로 움직인다? 낙양을 포위할 수는 있어도 점령하는 건 말도 안 될 소리다. 위속 형님의 말씀이 맞으면 내가 육손 네 녀석의 제자가 되마.”

“정말이십니까?”

“남아일언 중천금이라 하였다! 내 한 입으로 두말할 것 같으냐?”

장비가 자기 가슴을 탕탕 두드리며 자신감 넘치는 목소리로 말했다.

흠…… 내 주변에 있는 사람들은 도대체 왜 이렇게 자기 손으로 자기 무덤을 파는 거지?

장비의 목소리가 너무 당당하고 자신만만해서 뭐라 말도 못 하겠다.

“자자, 이 모든 것이 다 모두가 잘 먹고 잘사는 세상을 만들어보자고 하는 것이 아니겠소? 다들 식사합시다. 식사를 내어오너라!”

좌중의 분위기가 약간은 불편하게 변해갈 즈음, 유비가 짝짝 손바닥을 치며 군막 밖에서 대기 중이던 병사들을 향해 소리쳤다.

그리고 그와 거의 동시에.

다그닥- 다그닥-!

다급하기 그지없는 말발굽 소리와 함께 급보임을 알리는 병사 하나가 휘장을 걷으며 군막 안으로 달려 들어왔다.

온몸이 땀으로 흥건하게 젖은 병사다. 그가 혼비백산이라도 한 것 같은 얼굴로 소리쳤다.

"가, 가후가 삼십만 대군을 이끌고 낙양을 향해 진격해 오고 있습니다!"

"뭐, 뭣?"

"그게 정말인가?"

"총군사의 말씀대로…… 가후가?"

"가후가 준비한 공성 병기만 화살을 막아줄 벽이 달린 사다리 천 개가, 충차가 오십 대에 발석거도 이백 대나 된다 합니다! 총군사님, 낙양이 위급합니다!"

"총군사! 소장을 보내주십시오. 소장이 지금 당장 낙양으로 달려가 공대 선생을 돕겠습니다!"

"아닙니다, 소장을 보내주십시오!"

"적들이 코앞에 있는데 어찌 병력을 나눈단 말입니까? 스승님의 말씀대로 원담과 협상을 해야만 합니다!"

장수들이 저마다 한 마디씩, 어서 움직여야 한다는 식으로 이야기하는 와중에서 장비의 얼굴이 벌겋게 달아오르기 시작했다.

녀석의 어깨에 육손이가 손을 턱 얹는다.

"이, 이건."

"앞으로 잘 부탁하마! 제자."

육손이의 입가에 사악하기 그지없는 미소가 피어오르고 있었다.

"크으윽!"

"쯔쯔……."

힘내라, 장비!

📱

"웃기지도 않는군. 협상을 빌미로 시간을 끌어 아군의 후방을 노렸던 게 바로 며칠 전이거늘. 이제 와 협상을 하자고? 이게 말이 되는 처사라 생각하시오?"

원담이 대군을 이끌고 퇴각해 돌아간 낭야성 인근, 그곳을 흐르는 사방이 탁 트인 강변에서 오천 명의 호위 병력을 이끌고 온 방통이 인상을 잔뜩 찌푸리며 말했다.

"말이 안 되는 처사면 아예 협상하러 나오지도 말지. 나와놓고 무슨 헛소리를 하는 거야?"

"그대의 행태가 어이없으니 하는 소리 아니외까!"

이젠 아예 손가락질까지 하는 중이다.

그 옆에서 원담이 딱딱하게 굳어진 얼굴로 날 쳐다본다. 그 뒤에서 대기하고 있던 문추며 장합이며 하는 녀석들 역시 마찬가지.

"원담아, 내가 병사 천 명만 데리고 온다고 하지 않았냐? 호위라곤 내 제자랑 제자의 제자, 허저 정도가 전분데 이건 뭐 총출동이야?"

"무엄하다!"

내가 어이가 없어서 한마디 하니 저 뒤에서 장합이 소리친다. 녀석이 당장에라도 창을 꼬나 잡고 돌진해 오기라도 할 것처럼 날 노려보고 있었다.

"내가 무엄한 건 인정. 근데 사실 우리가 서로 예의 차리고 뭐 그럴 달짝지근한 사이는 아니잖아? 그리고 얘기가 나와서 말인데 너희도 좀 우습지 않냐? 내가 그렇게 무서워?"

"뭐, 뭐라?"

"아니, 그렇잖아? 천 명 조금 넘는 병력이랑 장수 몇 명 상대한다고 뭐 그렇게 바리바리 싸 들고 와? 도독이라는 애부터가 이렇게 후달려 하니 병사들 사기도 땅에 떨어지지, 쯔쯔쯔."

"이, 이 치졸하고 파렴치하며 극악무도한 소인배가!"

"어, 칭찬 고맙다. 그동안 나한테 많이 당해서 그런가? 장합이 너는 날 잘 아네?"

"이익!"

"장합 장군, 그만하시오!"

욱한 장합의 얼굴이 시뻘겋게 달아오르기 시작했을 즈음, 원담의 목소리가 울려 퍼졌다.

말 등 위에서 앉아 뒤쪽 멀찌감치 떨어진 곳에서 나와 장합, 그리고 방통의 설전을 지켜보던 원담이다. 그런 놈이 호통으로 장합을 진정시키며 말을 몰아 나오고 있었다.

"……협상을 청하는 자치곤 굉장히 무례하군."

"스승님을 핍박한 것은 그대의 군사가 아니던가!"

저 뒤쪽에서 육손이가 소리친다.

피곤하다는 기색이 역력한 모습으로 원담이 육손이를, 방통을 한 번씩 번갈아 쳐다보더니 한숨을 푹 내쉬며 말을 이었다.

"이쯤 하면 서로 받은 만큼은 돌려준 것 같으니 이야기해 보지. 무슨 협상을 하겠다는 것이지?"

"거래를 하자는 거지."

"그러니까 무슨 거래를 하자는 것인지 묻는 게 아닌가."

"조용히 둘이서만 얘기하는 게 좋을 건데?"

"말도 안 되는 감언이설로 날 속이려 드는 것이거든, 애초에 희망을 접는 게 좋을 것이다."

원담이 경멸스럽다는 듯 날 쳐다본다.

"얘기를 듣는다고 해서 손해 볼 것도 아닌데. 그렇게 무섭냐? 그냥 말 몇 마디 듣는 것만으로도 가슴이 두근두근해? 너한테도 손해될 거 없으니까 나와. 조용히 얘기하자고."

내가 말을 몰아 우리 쪽 병사들과 원담 쪽 병사들의 딱 가운데에 자리한 곳으로 나아가 멈췄다.

원담이 싸늘하기 그지없는 얼굴로 말을 몰아 나오고 있었다.

"어차피 개수작이겠지만 어서 지껄여 봐라. 네놈의 개소리를 듣고 난 뒤엔 곧장 성으로 돌아가 술로 귀를 닦을 것이니."

"간단해. 네 꿈을 이뤄줄 거래를 하자는 거다."

"개소리가 지나치시군. 고작 거래 따위로 어찌 내 꿈을 이뤄주겠다는 것이냐?"

"네가 능력을 증명하는 결과가 만들어지면 되는 거잖아? 원상보다 네가 낫다는 식의."

원담의 눈매가 가늘어진다.

"계속 얘기해 봐라."

"뭐, 어려운 얘기는 아니야. 그림을 그리자는 거지. 첫날의 전투에서 내게 속아 대패하긴 했으나 전투를 지속하기 어려운 상황이 된 우리의 상황을 간파, 거래를 제안해서 이득을 봤다는 거로."

"이득?"

"어, 이득. 네가 원소 앞에 가서 잔뜩 자랑할 수 있게 만들어 주마."

"도대체 무슨 소리를……."

"낙양을 주마."

원담의 눈이 동그랗게 커졌다.

하지만 그것도 잠시, 그 눈이 다시 가늘게 변해간다.

"낙양을 이야기하며 날 현혹하고, 계책을 써 아군을 격파한 것이 바로 얼마 전이다. 그런데 이제 와서 낙양을 넘겨주겠다니? 내가 또 속을 것이라 보는가?"

"내가 지금 상황에서 널 속여서 얻을 게 있다고 보나? 잘 봐."

내가 손을 들어 저 뒤에서 원담과 우릴 지켜보고 있는 원소군을 가리켰다. 그리고 그 뒤편으로는 저 멀리 지평선 근처에 낭야성이 우뚝 솟아 있었다.

"너희 병력은 전부 낭야성에 틀어박혀 있거나 아직 점령하지 못한 성들을 포위하고 있어. 우리 병력은 너도 확인하고 있겠지만 영채에 들어가서 휴식을 취하는 중이고. 이런 상황에서 내가 널 속인다고 뭘 더 얻을 수 있을 것 같냐?"

"……."

원담이 입을 다문다.

자기도 할 말이 없겠지. 전투를 의도하는 것이라면 병력을 사방으로 흩어놓고 원담이 알아차리지 못하도록 은근슬쩍, 조금씩 뒤로 빼내는 방법을 쓰겠지만 지금은 그것도 아니다. 아예 알아보기 쉽도록 한곳에 모아놓고 움직이지 않는다는 걸 광고하듯 보여주는 중이니까.

"어쩔 거냐."

"……이야기해 봐라. 낙양을 넘기는 대가로 서주에서 물러나라는 것인가?"

"와, 이거 완전 날강도네? 오십만 대군을 끌고 와서도 고작 십칠만을 못 이겨서 대패해 놓고, 퇴각하는 조건으로 낙양을 내놓으라고? 넌 무슨 양심은 군량고에다가 따로 떼놓고 나왔냐?"

"우리 하북의 대군은! 이미 낭야성을 점령했고 청주에서 서주로 향하는 길목에 있는 성 전부를 포위해 하나하나 점령해 나아가는 중이다! 그런 것을 포기하는 조건이거늘, 그 무슨 망발이란 말인가!"

원담이 채찍을 들고선 그 끝으로 날 겨누며 쩌렁쩌렁하기 그지없는 목소리로 외친다.

"개소리하지 마라, 위속!"

"도독께서 자비를 베풀어 대화에 응하고 계시거늘, 어찌 망발을 지껄인단 말인가!"

그 뒤에서 원담의 휘하 장수들이, 장합과 여위황 같은 녀석들이 소리치기까지.

어이가 없네. 쟤들 지금, 내가 무슨 소리를 했는지도 모르고 원담이 소리치니 그냥 반사적으로 떠드는 거잖아? 뭐가 저렇게 당당해?

내가 인상을 찌푸리고 있을 때.

"자비를 베푸는 것은 우리 스승님이시다! 이미 한 차례, 그대들의 도독을 격파하여 대승을 거두고도 그대들을 가엽게 여겨 살아날 방도를 일러주고 계시거늘 그 어찌 망발을 토해 낸단 말인가!"

저 뒤에서 육손이의 목소리가 들려왔다. 우리 병사들이 그 목소리에 호응하며 함성을 내지르고 있었다.

"오냐! 네놈에게 전장의 쓴맛을 보여주마!"

'응?'

여위황이 갑자기 창대를 꼬나 잡고 앞쪽으로 달려온다. 나와 원담에게선 꽤 떨어진 곳이다.

이게 뭐 하는 짓거린가 싶어서 원담을 보니 놈 역시 황당하긴 마찬가지인 듯 표정을 굳히고 있었다.

"여위황!"

"제자야!"

원담이 여위황을 부르던 찰나, 육손이가 말을 몰고 앞으로 달려오며 소리친다.

육손이가 제자라고 부를 거면…… 장비잖아?

"이런 빌어먹을!"

익숙한 그 목소리와 함께 육손이의 제자로 불리기가 창피하다며 가면을 뒤집어쓰고 있던 장비가 말을 몰아 앞으로 함께 나아간다.

"여 장군을 도와라!"

그 광경에 장합을 비롯한 원소군의 장수들이 우르르 뛰쳐 나온다.

여위황에게서 약간 떨어진 곳에 멈춘 육손이가 그 광경을 지켜보는데 뛰쳐나오는 원소군 장수의 숫자가 점점 많아진다. 처음엔 넷, 다섯이었던 것이 이제는 스물이 넘어간다. 개중엔 슬금슬금 나와 원담이가 있는 쪽으로 다가오는 녀석들까지 있을 정도.

"와아아아아아-!"

"여 장군 힘내십시오!"

"양익 장군의 원수를 갚아주셔야 합니다!"

원소군 쪽에서 함성이 터져 나온다.

이건 뭐…….

"야, 원담. 판 깨고 싸워보자고? 여기에서?"

"내 의도는 아니오!"

"네 의도가 아니면?"

"크으윽! 도대체 뭣들 하는 것이냐! 썩 돌아가지 못할까!"

원담이가 호통을 치는데 함성에 목소리가 묻힌 것인지 반응이 없다. 이젠 장수들에 이어 병사들까지 슬금슬금 밀려 나오고 있다.

저놈들 머릿속에 든 생각이야 뻔하지. 수적으로 자기들이 우위에 있으니 여기에서 날 잡아 전공을 세우겠다는 것일 터.

망할. 이거 이러다가 진짜 판 깨지는 거 아니야? 이 상황을 어떻게 해야 무난하게 수습해?

"육손의 목을 베라!"

"양익 장군의 원수를 갚자!"

"와아아아아-!"

원담의 장수들이 괴성을 내지르는 와중, 가면을 쓰고 있던 장비의 등이 들썩인다. 땅이 꺼져라 한숨을 토해내는 모양.

그런 장비가 말을 몰아 육손이를 향해 달려오는 장수들을 향해 질주해 나아가고 있었다.

"육손의 제자다! 일단 저놈을 베자!"

여위황이 창끝으로 장비를 가리킨다.

너희가 벤다고? 우리 장비를?

부웅-!

여위황의 창이 장비를 향해 찔려져 들어가는데 끝을 가죽으로 덮은 장팔사모가 부웅 허공을 가른다.

장팔사모가 여위황의 창을 쳐냄과 함께 놈의 몸통을 같이 강타하고 있었다.

"으헉!"

기세 좋게 질주하던 여휘황이 말에서 떨어진다.

펵, 퍼버버버벅-!

그것은 그 뒤에서 함께 질주해 오던 장수들 역시 마찬가지.

장팔사모가 한 번 움직일 때마다 장수가 한 명씩 말에서 떨어진다. 사방에서 고통에 가득 찬 신음과 함께 땅에 떨어지는, 그 철퍼덕 소리가 울려 퍼지고 있었다.

"네, 네놈의 정체가 뭐냐!"

달려온 놈들 중, 유일하게 말에서 떨어지지 않고 뒤쪽으로 슬금슬금 물러나 있던 장합이 소리친다.

장비가 천천히 가면을 벗으며 조각과도 같은, 미중년의 모습을 내어 보이고 있었다.

"자, 장비?"

"장비라고?"

"장비가 위속의 제자인 육손의 제자?"

낙마한 장수들의 비명과도 같은 외침이 사방에서 울려 퍼진다.

믿을 수 없다는 듯 중얼거리는 것은 원담 역시 마찬가지.

녀석이 나를, 육손이를, 인상을 찌푸리고 있는 장비를 번갈아 쳐다보고 있었다.

"무, 물러나라! 모두 물러나라! 서둘러!"

비명에 가까운 장합의 목소리가 울려 퍼진다.

낙마해 있던 장수들이 헐레벌떡 땅에 떨어졌던 무기를 챙기며 물러나고 있었다.

"네놈, 언제 장비를……."

"장비가 내 제자의 제자가 된 건 알 거 없고, 어쩔 거냐. 협상할 거야, 말 거야? 안 할 거면 얘기해. 이곳에서 바로 쓸어주마."

"하, 할 것이다! 할 거라고! 모두 물러나라! 내 명령이 있기 전까지는 꼼짝도 하지 마라! 알겠느냐?"

애초부터 우릴 공격할 마음 같은 건 없었겠지만 이 정도면 확실하게 알았을 것이다.

원담이 다급하게 외치니 함성이 사라진 그 휘하 병력의 사이에서 침묵이 감돈다.

그런 와중에서 원담이가 안도의 한숨인지 뭔지 모를 것을 내뱉으며 날 응시하고 있었다.

"그래서…… 낙양을 넘기는 조건은? 뭘 달라는 것이냐?"

"두 가지다. 하나는 지금까지 점령한 성들과 포위하고 있는 성 전체에서 퇴각하는 것."

"수락하겠다."

"그리고 청주의 동무성도 내놔야겠다."

"뭐라?"

"모양새는 좋게 만들어줄 거야. 너희가 낙양을 양도받기 위해 대군을 이끌고 움직이는 동안, 빈집을 터는 거로 해주마. 그러면 너도 원소한테 가서 뭔가 말할 수 있겠지. 뭐, 싫으면 말든지."

원담의 얼굴이 딱딱하게 굳어진다.

하지만 걱정되지는 않는다. 어차피 원담이 얘, 이거 받아들일 수밖에 없다. 자기 입장이 입장인 만큼, 후계자 싸움에서 이기기 위해 뭐라도 하나 제대로 된 성과를 올리지 않을 수가 없으니까.

나는 그렇게 생각하며 팔짱을 낀 채, 놈의 고민이 끝나기를 기다렸다.

그리고 약간의 시간이 지났을 때.

"……좋다. 받아들이마."

반갑기 그지없는 목소리가 들려왔다.

거래 성립. 뭐, 그런 거지.

"……불쾌하군."

낙양에서 패주해 돌아왔던 조인의 패잔병을 수습해 총 삼십만이 된 대군을 이끌고 나아가는 길. 덜컹덜컹 흔들리는 커다란 수레에서 죽간을 읽으며 위속의 행로에 대한 정보를 확인하고 있던 가후가 중얼거렸다.

그 죽간에는 위속이 오십만이나 되는 대군을 이끌고 남하했던 원담을 격파했다는 소식이 담겨 있었다.

"군사. 이렇게 되면…… 익주가 위험해지지 않겠소?"

그런 가후의 수레 곁에서 말을 몰아 움직이던 하후연이 말했다.

가후가 고개를 끄덕였다.

"위험할 겝니다. 허나 익주에는 인재를 내려보냈으니 제갈량과 주유가 방어선을 모두 돌파하지는 못하겠지요."

"그리된다면야 좋겠소만 상대가 위속 그자인지라……."

"익주의 대비가 충분하니 그곳을 돌파할 수도 없을뿐더러, 우리가 낙양을 점령하기만 하면 위속은 아무것도 할 수 없게 되오. 외통수가 되는 셈이지."

"원소…… 를 염두에 두고 계시는 것입니까?"

하후연의 뒤에서 조심스레 말을 몰아 나아가던 청년, 사마의가 말했다.

가후가 위속의 대승 소식이 적힌 죽간을 곱게 접어 끈으로 말아 정리하며 고개를 끄덕였다.

그런 가후의 눈빛이 섬뜩하게 번쩍이고 있었다.

"익주의 험한 산로를 헤치고 움직이는 것이 십만일세. 여포 휘하의 정예 중에서도 고르고 고른 정예병이지. 그들이 익주에서 여러 숙장들과 함께 갇혀 있는 동안, 우린 낙양을 뚫고 변변한 방어선 하나 마련되지 않은 연주와 예주를 칠 걸세. 그러기 위한 준비들이지."

가후의 시선이 저 뒤쪽에서 느릿느릿 끌려오는 여러 발석거와 운제를 향했다.

'공성 병기.'

낙양과 같은, 높은 성벽을 단번에 올라 점령하기 위한.

사마의의 눈매가 날카롭게 변해갔다.

사마의는 머릿속으로 저 공성 병기들이 낙양에 도착했을 때, 진궁이 펼칠 수 있을 계책들을 떠올리기 시작했다.

하지만 병력도 적고, 그나마 있는 여유 병력조차 전부 위속과 주유 등의 손에 쥐어진 여포군의 상황상 진궁이 할 수 있는 일은 굳건히 성문을 걸어 잠그고 지키는 것이 전부일 뿐.

"선생의 말씀대로 일이 그렇게만 된다면……."

전율한 사마의의 목소리에 가후가 고개를 끄덕였다.

"계획대로 우리 손에 낙양이 떨어지기만 한다면 그다음으로는 어부지리를 꾀하던 원소의 대군이 재차 남하해 내려오게 될 걸세. 그다음으론 우리와 원소가 각각 서쪽과 동쪽에서 연주와 예주, 서주를 점령하게 되겠지. 그러기 위한 덫이었네."

"그러기 위한 덫…… 설마?"

사마의의 눈이 동그랗게 커졌다.

사마의가 믿을 수 없다는 듯, 꼿꼿이 허리를 편 채로 수레에 앉아 있는 가후의 모습을 응시했다.

가후가 싸늘하기 그지없는 미소를 입가에 짓고 있었다.

"익주의 호족이 우리에게 불만이 많다는 것은 진작부터 알고 있었네. 허나 그들이 있어야 위속이 익주를 정벌할 엄두를 낼 터. 덫이자 미끼로 남겨둔 게지. 주유나 위속 둘 중 하나는 익주로 향해야만 할 것이니 말일세."

"하, 하하…… 이렇게까지 큰 그림일 줄은……."

"십 년에 한 번 올까 말까 할 기회일세. 그러기 위한 준비이고. 낙양을 빼앗겼던 것이 아쉽기는 하지만…… 새로운 계획대로라면 그 역시 전화위복이 될 터."

가후의 시선이 저 멀리 앞의, 어딘가에 있을 낙양성을 향해 옮겨졌다. 그런 와중에서 기마 한 기가 정신없이 그들 쪽으로 달려오고 있었다.

"급보입니다! 군사님! 낙양 쪽에서의 급보입니다!"

"급보라니? 무슨 일이냐?"

"낙양, 낙양이 점령당했습니다!"

"낙양이 점령을? 낙양은 이미 위속에게 점령당하질 않았더냐?"

그게 무슨 헛소리냐는 듯, 사마의가 말했다.

"그, 그게 아닙니다! 원담입니다, 군사님! 원담이 낙양성을 점령했습니다!"

"뭐, 원담? 위속과 전투를 벌이고 있던 원담이 낙양성을 점령했다고?"

어이가 없다는 듯, 사마의가 가후를 향해 시선을 옮겼다.

가후의 얼굴이 딱딱하게 굳어져 있었다.

"내가 직접 가서 볼 것이다. 말을 대령하라!"

그 외침과 동시에 부장이 뒤쪽에 있던 말을 끌고 왔다.

가후는 그 말에 올라 하후연 그리고 사마의와 함께 정신없이 말을 달려 낙양성 쪽으로 나아갔다.

그러길 얼마나 지났을까?

원(袁)이 선명하게 새겨진 깃발이 성벽 위에서 펄럭이는 게 가후의 시야에 들어왔다. 그런 깃발이 일정한 간격으로 성벽 위에 가득히 꽂혀 있다.

성벽 위에서 버티고 있는 병사들 역시 척 보는 것만으로도 군율이 엄정하고 잘 훈련되었다는 것을 알아차릴 수 있을 정도였다.

"허…… 이런 것이었나."

"군사?"

"잘 보게. 위속은 내 속내를 간파하고 낙양을 지킬 수 없을 것으로 판단해 후계 구도에서 승리하기 위한 공이 절실한 원담에게 낙양을 넘긴 걸세."

"그러면……."

"원담은 죽기 살기로 낙양을 지키려 들겠지. 대군이 낙양과 주변에 진을 치고 있을 터. 이거…… 완전히 당했군."

가후가 쓸쓸하게 웃었다. 자신이 꾀하는 것을 전부 간파당한 꼴이니까.

이런 것까지 다 알아차리는 위속에 대해 분노가 치미는 게 아니라, 오히려 존경심마저 들 정도였다.

가후가 그렇게 생각하며 이 상황을 어떻게 타개해야 할지 고민하고 있을 때, 낙양성 앞에 세워져 있는 커다란 바위 하나가 시야에 들어왔다.

그 바위에 글자가 적혀 있었다.

"위속 왔다 감, 가후 넌 나한테…… 안 됨…… 미안? 미안이라고?"

멍하니 그 글을 읽던 가후의 얼굴이 벌겋게 달아오르기 시작했다.

그런 가후의 머릿속에서 위속이 강남에 이 문구를 남겼던, 그 시절의 상황들이 떠오르기 시작했다.

조롱이다. 전후좌우 그 어떤 맥락을 살펴봐도 명백하게 알 수밖에 없을, 선명하기 그지없는 조롱이었다.

"서, 선생?"

"위속 이…… 치졸한 작자가!"

이를 악문 가후의 주먹이 부들부들 떨린다. 온 힘을 다해 움켜쥔 주먹이 새하얗게 질려가고 있었다.

"오냐! 내 천지신명께 맹세코 위속 네놈을 찢어 죽이고야 말리라!"

to be continued

막장 악역이 되다

크레도 퓨전 판타지 장편소설
WISHBOOKS FUSION FANTASY STORY

자고 일어나니 소설속. 그런데……

[이진우]

재벌 3세, 안하무인, 호색남, 이상 성욕자, 변태.
가장 찌질했던 악역. 양판소에나 등장할 법한 전형적인 악인.

"잠깐, 설마…… 아니겠지."

소설대로 가면 끔찍하게 죽는다.
주인공을 방해하면 세계는 멸망한다.

막장 악역이 되다

흙수저 이진우의 티타늄수저 악역 생활!

崑崙 곤륜패션
覇仙

윤신현 신무협 장편소설
WISHBOOKS ORIENTAL FANTASY STORY

선대의 안배로 인해 시공간의 진에 갇힌
곤륜의 도사 벽우진.

"……뭐야? 왜 이렇게 되어 있어?"

겨우겨우 탈출해서 나온 그의 눈에 보이는 것은!

"정말, 정말 멸문했다고? 나의 사문이? 천하의 곤륜파가?"

강자존의 세상, 강호.
무너진 곤륜을 재건하기 위해 패선이 돌아왔다!

곤륜패선(崑崙覇仙)

'이왕 할 거면 과거보다 더 나은 곤륜파를 만들어야지.'

나는 몰 놈이다

글쓰는기계 게임 판타지 장편소설
WISHBOOKS GAME FANTASY STORY

판타지 온라인의 투기장.

대장장이로 PVP 랭킹을 휩쓴 남자가 있다?

"아니, 어디서 이런 미친놈이 나타나서……."

랭킹 20위, 일대일 싸움 특화형 도적, 패배!

"항복!"

'바퀴벌레'라고 불릴 정도로
끈질긴 생명력을 가진 성기사조차 패배!

"판타지 온라인 2, 다음 달에 나온다고 했지?"

평범함을 거부하는 남자, 김태현!
그가 써내려가는 신개념 게임 정복기!

무공을 배우다

목마 퓨전 판타지 장편소설
WISHBOOKS FUSION FANTASY STORY

"무(武)를 아느냐?"

잠결에 들린 처음 듣는 목소리에 눈을 떴을 때,
눈앞에 노인이 앉아 있었다.

"싸움해 본 적 있나?"
"없는데요."

[무공을 배우다.]

20년 동안 무공을 배운 백현,
어비스에 침식된 현대로 귀환하다!

'현실은 고작 5년밖에 지나지 않았다고?'